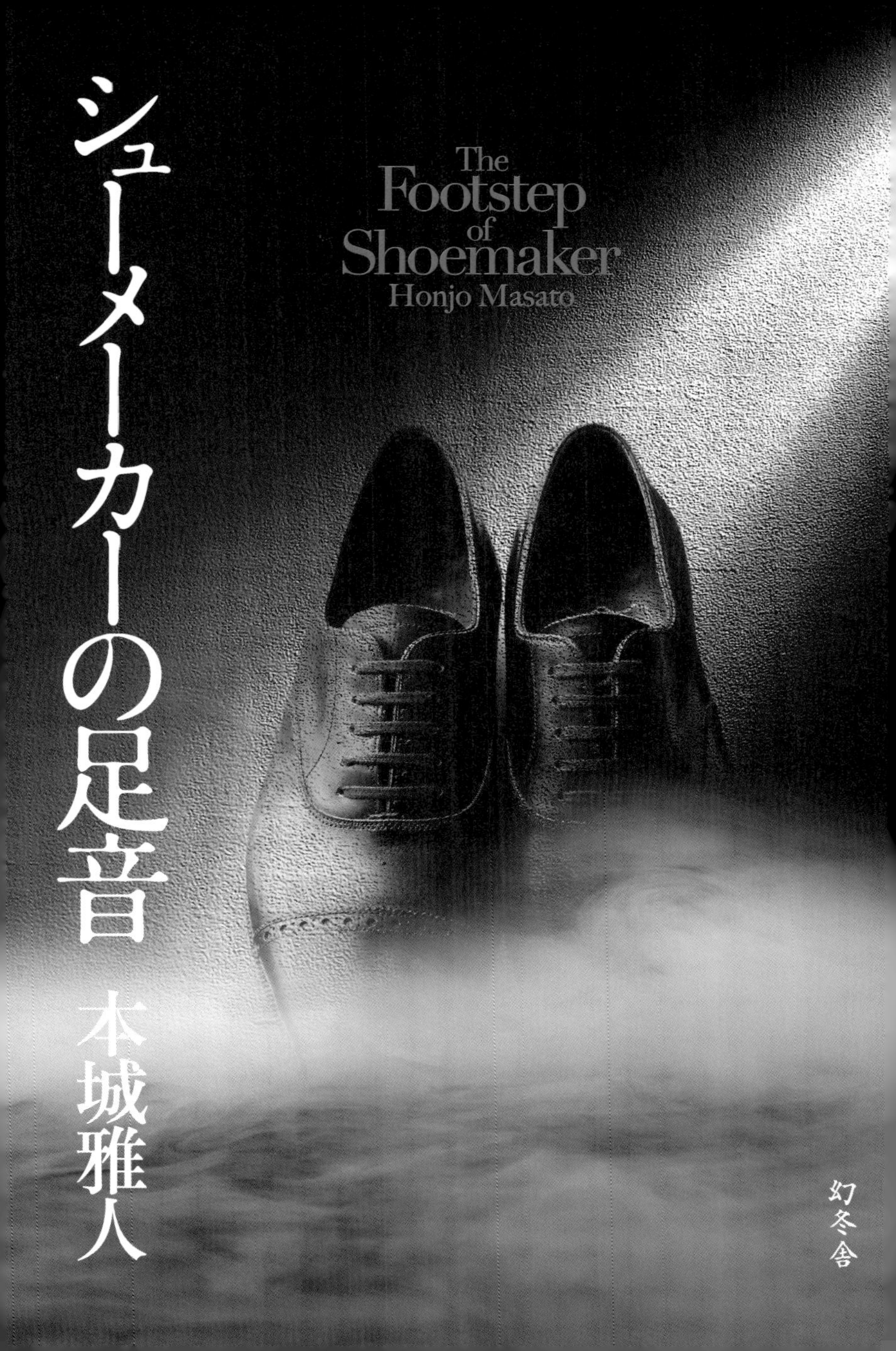
シューメーカーの足音
The Footstep of Shoemaker
Honjo Masato
本城雅人
幻冬舎

シューメーカーの足音

目次

装　幀　片岡忠彦
カバー写真　赤坂トモヒロ

第一章　ジャーミン通り《ストリート》の名店

1

椅子に座ったまま両膝で木型《ラスト》を挟むと、木型を覆った革をピンサーと呼ばれるペンチで力強く引っ張りあげた。引っ張った革には釘《くぎ》を打って、仮止めしていく。

この工程を「釣り込み」と呼ぶ。

靴作りの中では、もっとも高い技術が求められ、職人のセンスの差が出る作業の一つだ。平面な革を立体的に、頭の中で作り上げたフォルムに近づけることができるか――この工程の成否で美しい靴に仕上がるか、それとも垢《あか》抜けない野暮ったい靴になるか分かれると言ってもいい。

皺《しわ》が出ないように結構な力を入れて革を張らなくてはならない。かといってあまり強く引っ張ってしまうと革は破けてしまう。

とくに今、斎藤良一《さいとうりょういち》が扱っている「ロシアン・レインディア」と呼ばれるトナカイの革は、二百年以上前、帝政ロシア時代に鞣《なめ》された古い革なので、普段にも増して扱いに慎重を要した。

一七八六年、ロシア・サンクトペテルブルク港からイタリア・ジェノバに向かって出航した船が、英国南西部を航海中に嵐に遭遇して沈没した。二百年近く経《た》った一九七三年に引き揚げられた船の底から、奇跡的に発見されたのがこの革だった。

百八十七年もの間、海底で塩漬けされたことで、このロシアン・レインディアには人間の力ではけっして醸《かも》し出すことができない上品で独特の風合いがある。これだけの希少な革を扱えるのはごく一部の職人だけだ。ここまでの過程で斎藤もすでに何度も魂を奮い立たせられた。

あと二度ほど革を引っ張り、釘を打てば完成するところで、地下室にブザー音が鳴り響いた。一階のサロンに来客があった合図だ。

斎藤は革を摑《つか》んだまま、腕まくりをしたシャツから覗《のぞ》く古いロンジンの腕時計を見た。

午後六時五十分、アポイントの時間より十分早い。

「らしいな」と思った。英国人の客なら、逆に十分遅れてきたとしても、申し訳ないと謝罪の一つも述べないだろう。

作業机の対面で、部下の中で一人残業していた永井《ながい》美樹《みき》が「私が行きます」と席を立った。工房ではもっともキャリアの浅い見習い《アプレンティス》である。

「すまないね。あと五分ほどで行くから、上で待っていてもらってくれ」

「分かりました」

「キミはこのまま上がって構わないよ」

「では、お茶をお出しするのだけ、手伝わせていただきます」

美樹はエプロンを外して、壁にかけた。

エプロンの下は、白のブラウスにグレーのスラックスを穿《は》いている。靴はもちろん革靴だ。工房でTシャツやジーンズといったカジュアルな服装は認められない。男性ならワイシャツにネクタイを着用し、その上からエプロンをかける。女性も——といっても数は少ないが——ネクタイはしないものの、男性とほぼ同じ格好をする。これが英国の靴職人《シューメーカー》のドレスコードのようなものである。

斎藤が経営する「S&Cグッドマン」は、ロンドンの繁華街、ジャーミン通り《ストリート》にある。スーツのサヴィルロウと並んで紳士靴の名店が軒を連ねる通りとして知られている。

一階のサロンと地下の工房を合わせても日本でいう四十平米ほどの広さしかないにもかかわらず、月の家賃は三〇〇〇ポンド（四十五万円）もする。それでもここに、日本人として初めて注文靴の専門店を出すことに意義があった。

今やってきた日本人も先月、「来月初めにロンドンに出張に行くことになったので、その際、ぜひ斎藤さんに靴を作っていただきたいと思いまして」と頼んできた。

それがこの日の夕方になって「仕事が長引きそうで、お約束した六時までに行けそうにありません」と連絡を寄越してきた。

斎藤は「お店を開けてお待ちしていますので、お仕事を終えてからゆっくり来てください」と伝えた。

「でしたら七時でお願いします。必ずその時間に伺わせていただきますので」

客は声を弾《はず》ませて感激していた。

約束した時間に遅れてはいけないと、客は大急ぎでここへ来た。今頃、サロンのソファーで汗だくになっているのではないか。

斎藤はすべての釣り込みを終えると、木型に吸いつくように張りついた革を四方から眺め、緩みがないか確認した。

注文主は日本の有名セレクトショップ「バークレーズ」の社長、二津木《ふたつぎ》克巳《かつみ》である。最近は他の仕事に追われ、工房に入ることが少なくなったが、この靴は部下には任せられないと、すべて斎藤の手でここまで制作してきた。

二津木からオーダーを受けるのは五足目だ。最初の一足から二津木は一切、口出しすることはなく、スタイル、及びデザインのすべてを斎藤が任されている。

今回、一足分だけ卸し業者の倉庫に残っていたロシアン・レインディアを使って選んだのは、2アイレット（紐《ひも》穴）の外羽根式《ダービー》だった。つま先《トウ》は「チゼル」といって、甲《アッパー》からつま先にかけて鑿《のみ》（チゼル）でストンと切り落としたかのようなダウンヒルを描いている。

古い英国のカントリーシューズのスタイルを継承しながらも、土踏まずは女性のウエストのようにくびれていて、斎藤の作品らしい色気のある靴に仕上がった。

いい出来だ。もしかしたら今まで自分が作った靴の中でも一番の靴になるかもしれない。二津木に渡すのがもったいない気さえした。

一足出来あがるたびに、毎回こうやって最高傑作だと自負するのだから、自己満足もいいところだ。

斎藤は、画家だろうが建築家だろうが、そして靴職人であろうが、それぐらいのナルシシズムがなければ頂点まで到達することはできないと思っている。自分の作品を手放したくないと思えるからこそ、客はそれを手に入れようと欲する。最初から売ることだけを目的に作った商売品など、誰が高い金を支払って自分のものにしたいと思うだろうか。

立ちあがってエプロンを脱ぐと、壁にかけてあるスーツの上着を羽織った。しかし斎藤はあえてドレスアップして客の前に出る。その方が仕事がしやすいと思っているからだ。

ロンドンの名店で働く職人の多くは、エプロン姿のまま接客する。しかし斎藤はあえてドレスアップして客の前に出る。その方が仕事がしやすいと思っているからだ。

地下の工房と一階を結ぶ、螺旋《らせん》階段を昇っていった。築百年の古い建物は、一歩足を踏み出すたびに軋《きし》む音がする。絨毯《じゅうたん》はテカテカに光っているため、注意して昇らないと滑って足を踏み外しかねない。

階上まで昇ると、革張りのソファーに腰をかけていた男性が慌てて立ち上がり、斎藤に向かってお辞儀をした。

斎藤も恭《うやうや》しく頭を下げた。「ようこそ、お越し下さいました。斎藤良一と申します」と笑顔で近づき、握手を求めた。

「きょうは無理を言いまして、申し訳ございません」

「いえ、とんでもないです。わざわざ日本から来ていただき、大変感謝しております」

電話の声からして、そんなに年はいっていないだろうなとは予想していた。男性はまだ二十代後半から三十になったぐらいの風貌《ふうぼう》をしていた。グッドマンの日本人客は四十代、五十代がほとんどだが、ごく稀《まれ》にこうした若い客がやってくる。

一見して既製と分かる黒靴を履いていた。エドワードグリーンか、それともジョンロブか。いずれにしても日本では十五万から二十万円はする高級品である。

英国が紳士の国といえども、普通のサラリーマンがそれだけの高級品を身につけることはなかなかない。ところが日本には、若くして高級スーツやブランド時計、そして注文靴を買おうとする洒落《しやれ》者が数多くいる。日本という国は世界でもっとも情報の伝播《でんぱ》が早く、流行に敏感な国である。そのことを国が豊かだからと言われることもあれば、物を集めることに意義を感じてしまい、使いこなせていないと非難されることもある。

それでも素晴らしい品をコレクションすることは下品なことではなく、本来は賞賛されるべきことである。

こうした欲求は、人間の本能に組み込まれているものであり、労働への活力にも繋《つな》がっていく。ただし、忘れてはならないのは、コレクションというのは自己陶酔のためではなく、あくまでもスタイルの一環として行わなくてはならないということだ。スタイルだからこそ評価のマイナスになってはいけないし、バランスが大事になる。ある部分だけに金をかけて他をおろそかにすれば、それこそただのオタクと見向きもされない。

目の前の若者はいたって普通のグレーのスーツ、白のシャツに紺のネクタイをしっかりと締め、靴だけが不相応に映るような服装はしていなかった。

「あのぉ……僕はどうすればよろしいですか」

客は立ったまま、おどおどした口調で訊《き》いてきた。足を計測するのなら靴を脱がなくてはいけない、と思っているようだ。

「お急ぎですか」

斎藤が尋ねると、客は「あっ、いえ」とこちらを見た。「きょうはすべて仕事も終わりましたので、なにもありません」

「ではお時間はありますね」

「は、はい」

「でしたら紅茶を飲みましょう」

客はキョトンとした顔で斎藤の顔を見た。

「お茶でも飲みながら、いろいろとお客様のことを聞かせてください。アールグレイはお好きですか」

「はっ、はい」

「ミルクはどうされますか？　日本人の方はアールグレイにミルクは入れませんかね」

「い、いえ、じゃあお願いします」

客が答えるのを待って、部屋の奥にある流し台に向かって目配せした。帰り支度をした美樹が笑顔で頷《うなず》き、湯を注ぐ準備をした。

2

「それでは計測を始めさせていただきます。お手数ですが、靴を脱いでいただき、この紙の上に両足で載っていただけませんか」

紅茶を飲みながらしばし雑談した後、斎藤は客の前で片膝をつき、アラベスク模様の装丁が施されたA3ほどの大きさのあるノートを床に広げた。

紙は、粉でも吹き出しそうなほどまっさらだ。

客が「載っかっちゃっていいんですね」と聞き返してきた。斎藤は微笑《ほほえ》んだまま頷いた。

「リラックスしていただいて結構ですよ」

言いながら、両手で客のズボンの裾をまくっていった。そして客がノートの上で静止するのを確認してから、鉛筆を手に取り、客の足形をなぞっていった。

これが靴のオーダーシートとなる。

「靴下はいつもこれぐらいの厚さですか」

「はい、いつもこれです」

「でしたら問題ありませんね」

もし普段は薄手のものを履いているなら、店で用意しているいくつかの靴下から選んで履き替えてもらわなくてはならない。わずか数ミリでも、靴を履いた時の感覚というのは違ってくるからだ。

「次にメジャーをさせていただきます」

手元に用意していた巻き尺を足の裏に通し、最初にボールジョイント部——足の指の付け根あたりの、足でもっとも幅が広い箇所——にグルリと一周させた。

ただし巻き尺といっても、目盛りが刻まれていないただの白いテープである。双方から回した白いテープが重なったところに鉛筆で印を記入していく。

かつて日本の雑誌から「斎藤さんはどうして目盛りのある巻き尺を使わないのですか」と質問されたことがあった。

その時は「数値があると、その数値に惑わされて、せっかく頭に浮かんだお客様の足の形を崩してしまうからです」と答えた。

記者は「なるほど」と感心していた。英国で白いテープを使う店は、グッドマンだけではない。このロンドンでもっとも有名な注文靴店である「ジョンロブ・ロンドン」がこの採寸方法を続けている。本音を言えば、ジョンロブがそうしているから、斎藤も真似《まね》をしているのであり、実際は数値があった方が効率はいい。

ボールジョイントを終えると、足の甲の一番高い部分の外周、足首周辺、そして足首の太さなど計七箇所を測っていった。客は緊張しているのか足に力が入ったままだった。

計測を終えると、斎藤は客の足を自分の膝に載せ、手で両足をマッサージするように揉《も》んだ。揉みながら特徴や癖を確認していくのだ。

客の足にとくに気になる癖はなかった。

若干、左足の方が右足より大きく、指の幅も広がっていた。それでも極端に左右が違う形というわけではなく、難しいタイプの足ではない。

斎藤はそれらをシートの空白の部分に書き込んでいった。足の特徴から歩き方の癖まで、気づいたことはすべてここに記しておく。

「お疲れさまでした」

摑んでいた足をゆっくり床に下ろした。

「それではスタイルになりますが、きょうはどんなタイプをお考えになられていますか」

「黒のパンチドキャップでお願いします」

客は即座にスタンダードな内羽根式《オックスフォード》の名前を出した。つま先と甲の繋ぎの部分に穴飾り《パーフォレーション》があるタイプで、もっともクラシックと呼ばれるスタイルの一つだ。

斎藤が「ジョンロブのフィリップⅡですね」と言うと、客は恥ずかしそうに「はい」と答えた。そう呼べば大概の靴好きには通じるほど、この型は日本人に人気がある。斎藤の店を訪れる日本人の多くが、最初の一足としてこの型をオーダーする。

スタイルが決まったら、次は革の選択となる。

十センチ四方の革が五十枚ごと束になっている二冊のサンプルを見せた。材質はもっともポピュラーなカーフからスエード、バッファロー、鹿、コードヴァン、インパラまで、それぞれ黒、ダークブラウン、ミディアムブラウン、ライトブラウン、ベージュ、バーガンディー、ボルドー、モスグリーンなどに色分けされている。客は「え〜と、黒がいいと思っているんですけど……」と呟《つぶや》きながら、サンプルの束をめくっては戻り、またくっては戻りという動作を繰り返していた。

「この他にもクロコダイルやリザード、クードゥやエイなんてものもあります」

「クードゥってなんですか」

「南アフリカに生息する鹿のことです。でも最初の一足は私はできるだけスタンダードなものをお薦めするようにしています」

「その方が飽きが来ることなく長く履けますものね」

言いながらも客はまだ決めかねていた。顎《あご》に手を当て首を捻《ひね》る。

黒のカーフでも鞣し方法によって数種類あるため、なかなか一つに絞り切れないのだろう。

斎藤は「ちょっと待っていてください」と断りを入れて、地下に降りていった。

工房の棚からまだワックスの匂《にお》いが残る真新しい靴を持って階段を昇った。今さっきまで永井美樹が丹念に磨いていた、英国人の舞台演出家がオーダーした靴である。

一階のサロンに戻り、その靴を客に見せた。

「この革はいかがですか。そこのサンプルには入れていませんが、この革は今はなき、ドイツのカール・フロイデンベルグ社のデッドストックになります。切れたら終わりなのですが、あと一足分だけ在庫があります」

客はその靴を舐《な》め回すように見て、「この靴、すごく輝いていますね」と驚愕《きょうがく》した。

「ええ、最高級のボックスカーフで、私もずいぶん長くこの仕事をしておりますが、これだけの艶《つや》があるものはなかなかお目にかかれません」

説明すると、客は早く決めないと売り切れになってしまうかのように早口になった。

「じゃ、これでお願いします」

「いいタイミングでいらっしゃっていただきました」

「本当です。ラッキーでした」

「それでは最後に、今、お履きになっている靴を見せていただいてよろしいですか」

初めての客には必ずこう許可を得ている。靴を見ることで自分が感じた癖や特徴が正解であったか、確認できるからだ。

斎藤は客が脱いだ黒靴を手に取り、履き口から中を覗いた。エドワードグリーンだった。中敷きにエドワードグリーンのロゴとともに「BOOTMAKER NORTHAMPTON（ノーザンプトンの靴店）」と刻印されていた。

「結構、歩かれるお仕事ですか」

靴を見ながら尋ねると「そうなんです。営業をやっているんで、底《ソール》がすぐに減ってしまうんです」と返ってきた。「でもひと目で分かってしまうなんてさすがですね」

仕事だけではない。靴を見ればその人間がどんな歩き方をするのか、せっかちなのか、あるいはのんびりしている性格なのかまで判断がつく。確かにソールは減っていた。だが斎藤が歩く仕事だと感じたのは、ソールより、靴の中のライニングが擦れて破けそうになっていたからだ。もっともライニングが早いペースで傷んでいくのは、よく歩くこと以外に大きな理由がある。

「若干、サイズが大きいようですね」

斎藤はその理由を指摘した。

「そうなんです。買った時はちょうどいいと思ったんですが、履いていくうちに大きいのかなと感じるようになりました。とくに右足なんですけど……」

「お客さまの場合、右と左ではハーフサイズ大きさが違いますので、既製だとどうしてもそうなってしまいます。ですが足の大きな左足でも、この靴はほんの少しですが緩いような気がします」

「この靴を買う時も下のサイズとどっちがいいのか相当迷ったんです。でもきついのは嫌だと、大きい方に決めてしまいました」

「それは仕方がありません。きついか緩いかで迷ったら、大抵の人は緩い靴を選びます。私自身も最初に買ったエドワードグリーンがそうでしたから」

「斎藤さんもグリーンを履かれていたのですか」

自分のと同じ靴が出てきて、親近感が湧《わ》いたようだ。相好を崩して訊いてきた。

「といっても二十歳《はたち》の時ですから、もう二十年前の話ですけどね。靴作りを学ぶため、この国に初めて来たのですが、それまでは高価な靴は一足も持っていなかったので、せめて一足ぐらいはと買いにいったんです」

「どんなモデルを買われたのですか」

「Uチップです」

甲がU字に縫われているので日本ではそう呼ばれている。

「ドーヴァーですね」

客は即座にモデル名を挙げた。ジョンロブのフィリップⅡと同じくらい有名だ。

「日本にいた時からずっとこの靴に憧《あこが》れていて、いつかロンドンに行ったら買おうって心に決めていたんです。値段は今の半額以下でしたが、当時の私はそれはもうびっくりするくらい貧乏でしたからね。それこそ清水の舞台から飛び降りるぐらいの覚悟がいりました」

斎藤は苦笑いしながら話を続けた。

「当時のエドワードグリーンは同じジャーミン・ストリートですが、今とは若干違った場所にありました。そこにトムという有名なベテラン店員がいたんです。彼は私の足を計測してくれ、それでこの靴がいいと出してきました。サイズは8ハーフDでしたが、履いてみるとすごくきつい。それで小さいと言ったんです」

足の両側から締め付けてくる感覚は今でも残っている。

「トムは階段を降りて、地下の倉庫から今度は8ハーフEの靴を持ってきてくれました。それでも私にはきつい。幅ではなく、長さだと思って『9をお願いします』と頼んだのですが、それを履いてもしっくりこなかったので、もうハーフサイズ上をお願いしました。私が断るたびに、トムは靴箱を持って、狭くて急な階段をいちいち昇り降りしなければならず、段々申し訳なく感じました。なにせトムはその階段が窮屈なほど体が大きくて、結構年も取っていましたからね」

　両手で恰幅《かっぷく》があったことを示した。斎藤の倍ぐらいの体の幅だ。

「四度目ですから、さすがにトムも疲れたようで、ゼエゼエと息を切らしながら、階段を昇ってきました。『大丈夫ですか』と言おうとしたら、彼は靴箱は持ってなく、その代わりにハンマーを持っていたんです」

「ハンマー？」

「ええ、しかもこうやって私に向かって振り上げてきたんです」

　ハンマーを振り上げる真似をした。

「マジですか」

「私もビックリしましたよ。そのハンマーで殴られるのかと咄嗟《とっさ》に身を窄《すぼ》めました」

　客も驚いていた。まさかこんな話になるとは予想もしていなかったのではないか。

「でもそれはトムのジョークだったんです」

「ジョーク、ですか……」

「ええ、『いいから黙って俺の言う通りのサイズを買え』ってことですね。トムはお茶目な男でしたので」

「お茶目って、全然ジョークになってないじゃないですか」客は呆《あき》れながら言った。「で、斎藤さんはどうされたんですか」

「もちろん買いましたよ。こっちは初めての海外で、しかもトムはこう鼻の下に髭《ひげ》を生やしていて、怒らせたら怖そうな感じでしたから……それで言われるままに彼が最初に出した8ハーフDの靴を買ったんです」

鼻の下を擦《こす》りながら言った。

「無理やり買わされたってことですか。それって酷《ひど》くないですか。いくら若い客だからって」

客は斎藤の味方になってくれた。斎藤は首を左右に振り「それが違ったんです」と答えた。

「その靴をしばらく履き続けていくうちに気づいたんです。このサイズこそ、まさにジャストフイットだと」

「ワンサイズ以上、きつく感じたのにですか」

「その時、私は靴を作る上でとても大事なことに気づいたんです。ああ『快適さ《カンフォタブル》』と『痛み《ペイン》』というのは紙一重なんだなって」

「あっ、その話」

客が嬉《うれ》しそうな顔をした。「斎藤さんが雑誌のインタビューで答えていたのを読んだことがあります」

「ありがとうございます」

いろんな雑誌で語っているので、ファンには伝わっているようだ。

「本来は対立する感覚である『快適さ』と『痛み』が横並びで存在するということは、『快適さ』を追求していくには、『痛み』と同じ方向に進んでいかなくてはなりません。つまりきつさに近づいていかないことには、本当の『快適さ』は得られないということです。もちろん、痛みまで達してしまうか、もっとも快適なところできっちり止められるかが、シューメーカーの腕の見せどころです。まぁ、これは靴作りに限らず、なんでもそうですね。痛気持ちいいなんて言葉がありますが、女性に言わせると、雑で痛いだけなのは論外だけど、痛くも気持ち良くもない男なんて、味気なくて二度としたくないって言いますからね」

突然、喩《たと》え話が変わったことに客は困惑していた。斎藤が言っている話を必死に理解しようとしている様がおかしい。

「サイズの緩い靴というのは、『痛み』を感じることはありませんが、『快適さ』を感じることも一生ないということです」

「は、はい」

「もしかしたら私の靴は最初の一瞬だけきついと思うかもしれません。でもそれは斎藤良一が究極の『快適さ』を求めて作ったものだと理解していただけるとありがたいです。最初の一日、慣らしていただければ、すぐにきつさは感じなくなります。もちろんそれでも痛みが続くようでしたら、すぐに一から作り直します」

あえて、そんなことはありえませんが、の言葉は嚥下《えんげ》した。言わなくても十分、この客には伝わっている。客は笑顔に戻った。さっきまで硬い表情をしていたのが別人ではないかと思うほど一気に緊張がほぐれたみたいだ。

だがここで終わらせてしまっては不十分である。斎藤の靴の素晴らしさの半分も知ることなく、完成まで半年間待つのはいささか可哀想《かわいそう》だ。

「もう一つ、私の靴のスタイルには特別な点があります」

言いながら、持ってきた舞台演出家の黒靴を、客の足元に踵《かかと》が来るように向きを変え、左右をきちんと揃《そろ》えて置いた。

「いかがですか。そちらから見ると、若干、つま先が内側に曲がっているように見えませんか」

男はどう答えていいか逡巡しながら「確かに少し曲がっています……」と口籠《くちご》もった。

「前に一度、『こんな先っちょが曲がった靴を履けるか！』と突き返されたことがあるんです」

客の目にもそう見えている。踵から甲あたりまで真っ直《ます》ぐなのに、そこから先だけが内側に曲がっている。お世辞にも格好よく見えないのではないか。

斎藤の靴だけがそうなのではなく、他の靴にしても踵から揃えて並べ、そしてキャップの部分を注視すれば曲がって見えるものだ。それでもインサイドのストレートに近いラインが特徴の斎藤の靴は、内側が強調されることで、トゥキャップの外側付近から極端に内にカーブしているように錯覚する。

客の顔がみるみるうちに曇っていった。

「でしたら今度は逆側から見ていただけませんか。お客様が履いている靴ではなく、私が履いている靴だと思って……」

斎藤は片膝をつけた姿勢のまま、今度はつま先を客に向けるように、靴を一八〇度引っ繰り返した。

「両足の幅を少し広げさせていただきますね。両足を揃えて立つなんてことは、悪いことをして、廊下に立たされない限り、そうあるもんじゃありませんから」

　左右の靴を十センチほど離し、さらにつま先を逆ハの字に広げた。

　その瞬間、客が「あっ」と声をあげた。

　斎藤は立ち上がり、左手で右手の甲を握るようにして組んだ。

「いかがですか。先が曲がっていたのが、まったく気にならなくなりませんか。そればかりか、靴の形までが美しく変わったように見えませんか」

「すごい。さっきとはまったく別の靴みたいです」首を軽快に上下させて頷く。「本当にカッコいいです。でもどうして、こうも変わるんですか」

「こういうことは世の中にたくさんあります。見る角度によってまったく異なるものに映る。だからこそ他人の物がよく見えるんです」

「隣の芝生が青く見えるって意味ですね」

「そうですね。でも男性の場合、色とか美しさより、大きさとか力強さの方が重要ですね」

「大きさとか力強さ、ですか？」

「ええ、ほら男性ってすぐに人と比較しようとするじゃないですか。どうして自分のは人と比べて小さいのかとか」

　客の顔がまた固まった。

「でも相手も同じことを思っていたりするんですよ。向こうの方が大きいんじゃないかって……つまり立体的なものというのは、こうやって自分が上から見る角度と、そちら側から見る角度とではまったく違って映るということです」

斎藤は顎を引き、握った両手のあたり、ベルトの下付近をチラリと見た。

客は斎藤が言う立体的なものが何を指しているのか、自分の推測が当たっているのか悩んでいるようだった。まさかこの状況で、この店の佇《たたず》まいで、そんな下品な会話はするはずがない、でもどう考えてもあの部分のことを言っているとしか思えない……。

斎藤はそれで正解なのだと、わざとらしく目尻に皺を作った。

「すみません。あまりいい喩えではなかったですね」

斎藤が笑顔で詫《わ》びると、「い、いえ……」と客は頬《ほお》を緩ませた。

「斎藤さんでもそんなこと気にするんだなって思って。ちょっとビックリしました」

「そりゃ、気にしますよ。私だって男ですからね。ライオンが大きな鬣《たてがみ》を、鹿が高くそびえたつ角の大きさを強さの象徴とみなすのと同じことです」

足に合っていない大きな靴を履こうとするのも似た心理だと思っている。足が小さいと小心で臆病で精力的でないと見られてしまうと、とくに男性は思い悩む。

斎藤はフフッと失礼にならない程度に笑いを漏らした。

「初対面で、それもお客様に対し、こんな下品な話をしたらいけませんね。大変失礼いたしました」

「全然失礼じゃないですよ。靴作りの神様のように呼ばれている斎藤さんが、こんなに面白い方だとは思ってもいなかったので、むしろ感激しているくらいです」

「最近は自己評価なんて言葉が普通に使われるようになりましたが、私は本来、評価は他人がするものだと考えています。私はお客様が自分で見てカッコいいと思われる靴より、お客様がその靴を履いていると、いろんな方から『カッコいいね』と言われる、そんな靴を作らせていただきたい。こういうことを言うと、靴屋のくせになに偉そうなことを言っているんだと叱《しか》られるかもしれませんが」

「偉そうなことだなんて……斎藤さんがおっしゃる通りだと思います。だからこそ、僕は斎藤さんに作ってほしいと思ったんですから」

「ありがとうございます。お客様にそう言っていただけると私も職人冥利《みょうり》に尽きます」

斎藤はもう一度頭を下げた。

「試し履き《フィッティング》はされますか」

「はい、お願いします」

注文靴の世界でいうフィッティングとは、釣り込みを終えた靴を、底付けする前に一度客に履いてもらうことを指す。

「では三カ月後にはソールをつける前の段階まで仕上げます。ソールを仮縫いした靴をフィッティングしていただき、指が当たるなどの問題がなければ、その三カ月後には、このオックスフォードのように美しくポリッシュされた完成品をお渡しさせていただきます。この後、ロンドンに来られる予定はございますか」

「はい、ちょうど三カ月後、また仕事でこっちに来ることになっています」

「それは良かった。詳しい日程が決まりましたら、メールでも電話でも構いませんので、お知らせいただけますでしょうか。お客様の日程に合わせて、用意しておきますので」

「ぜひよろしくお願いします。本当にきょうはここに来て良かった。今から靴が出来るのが待ち遠しいです」

男はポケットからクレジットカードを出した。代金の半額をデポジットとして頂戴することは、連絡をもらった段階で伝えてある。

一足、シューツリー込みで二八〇〇ポンドだから、日本円で四十二万円。

ジョンロブよりは安いが、同じく名店と言われるフォスター&サンやクレバリーと同程度の価格だから、結構な値段だ。だが値段を下げればオーダーが殺到するかといえば、けっしてそうでないところが、この世界の不思議なところである。

もし靴一足に四十万もの大金を支払うことに躊躇《ちゅうちょ》しながらやってきたとしても、こうしてオーダーが終わると満足感に浸り、軽い足取りで帰っていく。そういう気分にさせるのもまた、斎藤はプロの仕事だと思っている。

英国のジェントルマンと呼ばれる人たちは代々、衣服や靴というのは客と職人が会話をし、互いの意見を交換させながら作り上げていくものだと教えられてきた。だから物を誂《あつら》えることを、こちらではビスポーク（Be spoke）と呼ぶ——。

3

客を見送って鍵《かぎ》を閉めると、奥から「相変わらず素晴らしい営業トークね」と声がした。

斎藤は声が聞こえてきた方向に顔だけ向けた。

「なんだ、キミか。驚かさないでくれよ」

流し台とサロンを仕切るカーテンの前に弓岡《ゆみおか》里沙子《さこ》が立っていた。

「ちょうどあなたが下に降りた時に来たの」

地下の工房に舞台演出家の靴を取りに降りた時だ。里沙子には店の鍵を渡している。

「せっかくだからあなたがどうやって客をファンにしていくのか、奥から拝見させてもらったわ」

「覗き見はあまりいい趣味ではないな。それにファンにするなんて……俺はなにもショーを見せたのではないけどな」

「流石《さすが》だと感心したのよ。下ネタまでがきちんと計算し尽くされているんだから」

少し皮肉が込められているのは分かったが、斎藤は気にしなかった。里沙子がこういう言い方をするのはいつものことである。

「それは単に俺が西洋式で接客しているからだよ」

「西洋式？　下ネタを言うことが？」

「ああ、でもそれだけじゃない。日本人の接客は腰が低くて丁寧のようだが、買う気のない客をその気にさせたりはしない」

「そう？　こっちの店員はむしろ強引で横柄だと思うけど」

「時にはその強引さがいいことだってある」

「じゃあ日本式と西洋式は具体的にどう違うの」

「簡単さ。日本人の靴職人なら、完成した靴を客に履かせて『なにも問題はありません』と言う。だがこっちの職人はたった一言、こう言う。『ビューティフル』と」

「自分が作った靴を美しいだなんて、普通は言えないわよ」

里沙子は反論したが、彼女だって分かっているはずだ。こっちの人間は自分が作った靴を褒めているのではなく、自分の靴を履いた客の足を「美しい」と称《たた》えているのだ。逆に日本人が使う「よくお似合いです」と言うセリフは、丁寧なようで、実は上から目線で言っている。

「でもあのお客さん、なんだか可哀想ね」

「可哀想？　どうしてだよ」

「だって斎藤良一に靴を作って欲しくて、わざわざロンドンまで来たのよ。でも実際に作るのはあなたじゃないんだから」

頭の回転はいいが、口は悪い——それがこの女の最大の欠点でもある。

金融街《シティ》にあるロイズ銀行《バンク》の調査部門で働いていながら、斎藤との個人的な関係で「S&Cグッドマン」の経理も任せている。本人はいずれは銀行をやめ、公私ともに斎藤のパートナーであることに専念したいと考えているようだ。細身で、長身、黒髪と斎藤の好みの女だ。なによりも自分の意思をしっかり持っているのがいい。ただし、その強い意思をくじくのは、斎藤が靴作りと同じくらい好きなことでもあるが。

「俺じゃないっていうのはいくらなんでも言い過ぎだろ。トニーが作ろうが、そのトニーに靴作りのノウハウをすべて教えたのは俺だ。分身とまではいかないが、ほぼ俺に近い技術は身につけている」

「それは分かっているけどね」

里沙子は含みのある言い方をした。

「もしかして日本の受注会で、トニーがミスをしでかしたのか」

斎藤は心配になって尋ねた。

里沙子はきょうの夕方、ヒースロー着の飛行機で日本から帰ってきた。トニー・マーという部下が行ったバークレーズのビスポーク靴の受注会に付き添ってきたのだ。

年二回、東京と大阪のバークレーズで行われる受注会は、バークレーズの取り分が加わるため、価格はおよそ六十万円と、ロンドンの一・五倍になる。にもかかわらず、毎回五十足を超えるオーダーが入る。

日本での受注会を始めた当初は、バークレーズの宣伝によって客を集めてもらったと二津木に感謝してやまなかった。しかし最近は斎藤の靴を取り上げた雑誌などを見て、バークレーズに問い合わせる客の方が増えているのではないか。だからといって二津木がなにか特別なことをしてくれることはないが。

これまではすべて斎藤が日本に行って客の足を採寸した。しかし今回は急用が入ったため、トニーを代わりに行かせた。

「トニーは別にミスはしていないわよ。すごく無難にこなしていたと思う」

「だったら問題ないじゃないか」

「でも客はそう思っていないわよ。なにも高いお金を払って中国人に靴を作って貰《もら》いたいなんて思っていないってことよ」

里沙子の説明は斎藤も危惧《きぐ》していたことでもあった。ここではトニーと呼んでいるが、本名は馬燦《マーツアン》という上海出身の中国人だ。

三年前、「いつか故郷の上海に戻って店を出したい」と斎藤の元にやってきた。

身長が一六〇センチ台と小柄で、まるで体操選手のような風貌をしている。その垢ぬけない容姿からは信じられないほどのセンスを持ち得ていて、斎藤が伝えた要点を自分の頭の中で立体的に作り上げていくことに長《た》けていた。手先も器用で、時間や仕事におけるルーズさも一切ない。まだ完璧《かんぺき》とは言えないが、斎藤が描いていた以上の速度で成長している。

「だがその点に関しては二津木社長に了承してもらっている。なにせこっちはバークレーズとの次のビジネスのためにてんてこ舞いだったんだから」

「二津木社長もそれは理解していたわ」

「トニーが足りない分を補うために、キミに行ってもらったんじゃないか」

「私としても出来ることはしたつもりよ」

「なら心配はないさ。いくら客が、トニーに対して不安を感じたとしても、半年後の受注会には俺が顔を出して最高の出来栄えの靴を客の前で披露する。仮にその靴の大半をトニーが作ったとしても、客はそんなことは知らずに感激してくれるはずだ」

自信満々に言うと、里沙子は「まぁ、そうね」と納得した。

斎藤は現在、バークレーズと組んで新しいビジネスの計画を進めている。

バークレーズに「S&Cグッドマン」の既製靴を販売してもらえないかと持ちかけたのだ。

ビスポーク靴はすべて手作業のため、一足作るのに相当な手間と時間がかかる。

斎藤の工房には四人の職人がいて、工程を分担することで効率化を図っている。だが美樹はまだ職人のレベルに達していないため、実質三人で、月産十二〜十五足作るのが精いっぱいである。この数ではいくら高価といっても、店の賃料に材料費、さらに職人たちに給与を払ったら、それほど大きな儲《もう》けは出ない。

そこで多くの他の有名なシューメーカーが行っているように、「S&Cグッドマン」と名前の入った工場製の既製靴を販売することで頭打ちの収益構造を変えたいと考えた。既製靴は大量生産が可能なため、販売数が増えれば、収入はいくらでも伸びる。

ところが誤算だったのは二津木という紳士面した男は、ことビジネスとなると、あまりにシビアになり、斎藤にとことん卸値を下げるように要求してきたことだった。

当初は「エドワードグリーン」や「クロケット&ジョーンズ」といった大手メーカーに

製造委託《OEM》するつもりだった。だが価格設定が低いというのに、二津木の要求は細部にまで煩《うるさ》く、他所《よそ》に委託していたのではとても採算が取れないと、思い切って工場を買い取るという手段に出た。目をつけたのは何度も倒産を繰り返した小さな工場だった。格安だったが、斎藤の手持ちの資金では足りず、銀行から相当な借金をすることになった。

金のやりくりは里沙子のおかげでうまくいった。ところが工場で新たな問題が生じてしまい、それを解決するために、斎藤は英国を離れるわけにはいかなくなったのだ。

「せめてトニーではなく、サイモンが行ってくれればよかったのに」

「もちろん俺だってそうしたかったよ。だけど本人が飛行機に乗りたくないというんだから仕方がないだろ」

「飛行機に乗りたくないだなんて、今時子供でも言わないわよ」

サイモンは斎藤がグッドマンを設立した際、有名店から引き抜いた職人だ。年齢は斎藤より三歳上の四十三歳。

ボトムメイキングと呼ばれる底付けの作業において、英国でトップクラスの職人であるサイモンは、ドラッグ、そして重度のアルコール依存症で、稼いだ金はすべてそっちに消えてしまうほど生活は荒《すさ》んでいる。

斎藤が声をかけたのは、彼がマリファナによる二度目の摘発を受け、ロンドン中のシューメーカーから仕事を干されている時だった。

社名の「S&C」は斎藤の「S」とサイモンの苗字であるコールの「C」から取った。

名義上、「S&Cグッドマン」は斎藤良一とサイモン・コールの共同経営という形を取っているが、実際はサイモンは一銭の金も出しておらず、書類上も彼は名ばかりの役員でしかない。報酬も彼が希望するので、固定給にしている。それでもトニーや美樹とは比較にならないほどの高給を払っている。

「それにサイモンなんか日本にやったら、二日酔いで話にならなかっただろう」

「そうね。アルコール臭い息で仕事されるくらいなら、中国人の方がましだったかもしれないけど」

里沙子が蔑《さげす》んだ言い方をした。さすがにトニーが近くにいたら注意するが、斎藤は「ああ、そういうことだ」と同調した。

「それより今晩だけど、キミとの食事をキャンセルしなきゃいけなくなった」

「えっ、そうなの？　あなたが誘ってくれたから、空港から真っ直ぐここに来たのに」

「申し訳ない。実はきょうスタンリー卿《きょう》が来たんだ」

言いながら部屋の隅に視線を移した。斎藤につられるように里沙子もそこを見る。そこには汚れた靴が十足、床に積まれてあった。

「スタンリーが出来あがった靴を取りに来た。その時、俺が気を利かせて『よろしかったら、今履いているのを磨いておきましょうか』と言ったら、だったらこれも頼むと外に停めてあったロールスロイスから、運転手にでっかい袋を運ばせてきた。俺もさすがに驚いたよ。あの男、最初から俺に十足の靴を磨かせるつもりだったんだ」

貴族出身のスタンリーは鉄鋼会社を経営し、ニューマーケットの厩舎《きゅうしゃ》に競走馬を三十頭以上預けている大富豪である。

前回、店に来た時も斎藤が三年前に作った靴を履いてきて、「キミの靴は単に美しいだけではない。使い減りしない競走馬のことをtough like old boots（古い靴のように丈夫）と言うが、キミの靴を履いているとまさにそんな言葉を思い出すよ」と言った。

スタンリーにしてみたら、耐久性もあると褒めたつもりなのだろう。

しかし靴を馬に喩えることからして、靴というのは移動するための道具でしかなく、どんなに斎藤が名声を得ていようが、靴職人など所詮《しょせん》は使用人の一人でしかないと決めつけている証拠である。

「でもあなただって自分が磨くわけではなく、あの見習いの娘《こ》にさせるんでしょ」

里沙子は美樹のことが気に入らないのか、名前で呼ぶことはない。

「だとしても頼み方ってもんがある。ヤツはまるで洗濯物でも渡すように、ずだ袋に入れて渡してきた。俺が作った靴だぞ。そこらで売っているバーゲン品ではない」

「あなたが怒る気持ちも分からなくもないけど、でもそれと私とのディナーがキャンセルになったのがどう関係があるの」

「靴磨きのお礼か知らんが、今晩、ミュージカルに来いだとよ」

「ミュージカル？」

「オペラ座の怪人だ」

「あら、いいじゃない。新しい怪人《ファントム》、まだ私も見てないのよ」

里沙子の表情が変わった。同じ演目でもキャストが変わるたびに足を運ぶほど彼女は演劇通だ。

「まさか、呼ばれてもいないのに、キミを連れていくわけにはいかないだろう」

「どうしてよ」

「ロイヤルサークルだ。ヤツは仕事仲間とでも行くつもりなんだろう。きっと席は窮屈過ぎるほどで、俺は端に申し訳程度に座らせてもらうだけだ」

ロイヤルサークルとは二階の両サイドにはみ出したバルコニー席で、ドレスサークルとも言われる。ミュージカルでもバレエやオペラほどのドレスコードが求められる。

「そこにお抱えのシューメーカーを呼んで、仕事仲間に自慢しようということ？」

「あの男らしいだろ」

嫌みな言い方をしたものの、誘われた瞬間は悪い気はしなかった。ロイヤルサークルに招待されるのは、大事な友人に加えられた証《あか》しでもある。

「それじゃ仕方がないわね」

説明を聞き、里沙子も状況を把握したようだ。

「だったら打ち上げのディナーは明日にしてもらおうかしら。でもドタキャンされた分、高くつくわよ」

「分かっているよ。それに頼んでいた例の調べものが分かったら、すぐに知らせて欲しい」

「今晩、調査会社から電話が入ることになっているから連絡するわ」

「すぐに知らせてくれ。ファントムが仮面を残してクリスティーヌから身を引くシーンだったとしても、俺は劇場を離れてすぐにキミの元に向かう」

冗談めかして言ったのが逆によくなかったのか、里沙子が真顔になった。

「でもあなたがそこまで気にしていることってなんなの」

「とくにたいしたことではない」

「悪いことじゃないわよね？」

「悪いことってなんだよ」

「だから脅迫されているとか」

「脅迫？　俺はただ、どこかの爺《じい》さんから古い靴の修理を頼まれただけだぜ」

「でもあの古い靴が、あなたの過去となにかしらの関係があるんでしょ」

「どうしてそう思うんだよ」

「だって店に来た老人の身元を調査してくれだなんて、あなたとあの靴になにもなければ、そんなことどうでもいいじゃない」

日本とイギリスへの往復の飛行機の中で彼女なりに考えたのだろう。店に古い靴の修理を持ちこんできた老紳士を調べてほしい、しかもその男がかつて日本に行ったことがあるか、また今は外資に買収された老舗《しにせ》のケミカルメーカーとなんらかの関係があるか……次から次へとそんな指示をされたら、大抵はよくないことを想像する。

「約束した通り、あの爺さんが誰だか分かった段階で、キミにちゃんと説明する。だがキミが心配するほどのことではないから安心してくれ」

斎藤は「開演に間に合わなくなるので、俺はそろそろ出かける」と話を打ち切った。

一カ月前、老人がS&Cグッドマンに黒の紐靴を修理に持ち込んだ。老人の顔は見覚えがなかったが、靴には記憶があった。自分が作った靴だ――ひと目見て、そう思った。

大昔に自分が作った靴を、見ず知らずの客から修理を依頼されることはこの国では珍しいことではない。靴でもスーツでも、いい物は祖父から父、そして父から子へ、時には友人たちへと受け継がれていくのが英国の伝統である。老人も知り合いからもらったのだろうとその時は考えた。

それだけならそれほど驚くことはなかっただろう。

だが自分が作ったと思った靴が、実はそうではないと分かった時は、驚きどころか、全身に鳥肌が立った。

その靴は斎藤自身でさえ自分が作ったものだと見間違えたほど、ある男の足に忠実に沿って作られた見事なまでのコピー品だったからだ。

履き古したように見せかけていただけで、ごく最近に作られたことも分かった。

だがこの数年の間、誰かが男の足を計測したということは、まずありえない。

なぜならば、斎藤が知るその男というのは、十三年も前にこの世からいなくなっていたからだ――。

4

ソーホーの劇場街から店まで、斎藤は徒歩で戻った。

何台もの二階建バスが横を通り過ぎていった。タクシーに乗る手もあったが、真冬の乾いた冷気の中を歩く方が頭を冷やすにはいいと考えた。

人の流れは逆だった。劇場や中華街に向かう多くの観光客が斎藤とすれ違っていった。

地図を見ながら歩く日本人らしき母娘に道を尋ねられた。娘の方が「あっ、エクスキューズミー」と斎藤を止め、「中華街はどこですか」と英語で訊いてきた。

斎藤は黙ったまま、一つ向こうの通りを指さした。

「だから私が言ったじゃない」と母親が日本語で言うと、娘は「お母さんは逆だって言っていたじゃない」と言い返していた。斎藤が立ち去ろうとすると、慌てて「サンキュー、ベリーマッチ」と礼を言った。

二人は斎藤のことを同じ日本人だとは思いもしなかったようだ。

濃い顔をしているわけではないのに、斎藤は外国人観光客からも地元の人間と間違えられる。身長があるのも理由の一つだろうが、それより態度ではないか。どこの国にいようが、姿勢を正して、堂々としていれば、周りの景色の方が合わせるように馴染《なじ》んでくれるものだ。

人力車のような幌《ほろ》をつけた客車を引っ張る自転車が横の道路を走り抜けていった。エコタクシーという名の新しいロンドンの観光名物である。

昔のロンドンは交通渋滞が酷かった。それが八ポンド（一二〇〇円）という高い通行税を取るようになって、町中から自家用車が一気に減った。

その代わりに出てきたのがこの人力車だ。中心部はほとんどが片側一車線なので、この自転車に前を走られると、タクシーもバスも自転車に合わせて徐行運転しなくてはならない。日本ならクラクションが鳴りやまないだろう。不思議なことに、この国で文句を言う人間は極めて少ない。

それはきっとこの国の時間の流れが産業革命時からずっと止まったままで、他の先進国と比べてあまりに遅いからではないか。まるで八ミリ映画のように一コマずつ流れていく……だから公園の樹木や花壇に植えられた美しい花々など、ロンドンには色彩が鮮やかな場所はいくらでもあるのに、残っている記憶は厚い雲に覆われたモノトーンの映像しかない。

時間の流れが遅いということは、気を許せばその流れに風化されかねない。この国で野心を持ち続けることがどんなに大変か——斎藤はこの二十年間、嫌というほどそれを痛感してきた。

ピカデリー広場《サーカス》まで辿《たど》り着いた。つい最近までここにＳＡＮＹＯのネオンが設置されていた。日本人にとってのロンドンのランドマークのような場所だ。

斎藤は車が来ていないことを確認し、信号を無視して横断した。タクシーがスピードを緩めることなく角を曲がってきたが、かといってクラクションを鳴らされることもない。

このピカデリー広場とハロッズ・デパートのあるナイトブリッジを結ぶのがピカデリー通り、そのピカデリー通りより一本南側を平行して伸びる細い道が、斎藤が店を構えるジャーミン通りである。

広場から近い方には高級レストランや紳士服の名店がある。当然、利便性はこっちの方がよく、いい物件もあった。しかし斎藤はこの界隈《かいわい》に店を出すつもりはなかった。

「紳士靴の通り」として知られるのは、通りの真ん中あたり、紅茶で知られるフォートナム＆メイソンとセントジェームス教会を過ぎた向こう側になる。

エルメス傘下にあるジョンロブ・パリがあり、フォスター＆サンがあり、斎藤の店の先にはエドワードグリーン、クロケット＆ジョーンズ、トリッカーズと日本でも有名な既製靴の店舗が続く。

さらに突きあたりのセントジェームス通りを左折し、少し緩やかな坂を下っていくと、大資本に吸収されることなく頑《かたく》なにビスポークのみを作り続けているジョンロブの本家、通称ジョンロブ・ロンドンが店を構える。

靴好きなら、日本人、米国人、ヨーロッパ人と人種を問わず、必ずここにやってくる。近くのサヴィルロウでスーツを誂えた客に対し、テーラーが「靴を作られるのでしたら……」と薦めてくれるのも、このジャーミン通りだ。

グッドマンに辿り着くと、斎藤はポケットから鍵を取り出し、解錠してから重たい扉を引いた。

客用のソファーに座る里沙子が、ワイングラスを手にこちらに目を向けた。

里沙子は一目見て「どうしたの、そんな怖い顔をして」と尋ねてきた。

冬の夜気で冷ましてきたにもかかわらず、斎藤の顔はまだ紅潮していたようだ。

「まだ開演したばかりじゃないの」

里沙子に言われ、腕時計を見た。八時二十分。この日の開演は八時だったからまだ二十分しか経っていない。斎藤は幕が開く前には劇場の外に出ていて、里沙子を店に来るよう呼び出した。

「まったくスタンリーの野郎、バカにしやがって」

感情を抑えきれずに怒りを口にした。

「あの男、待ちあわせの時間に十分も遅れてきた上に、最初に言った言葉が『どうしたんだ。オリエンタルな美人の彼女は一緒じゃないのか』だとよ」

「なんだ、だったら私を呼んでくれたら良かったじゃない。すぐに用意して行ったのに」

里沙子のアパートはここからタクシーで五分の場所にある。劇場までも十分かからない。

「ヤツは仲間三人とやってきて、俺にチケットを渡した。『キミも愉《たの》しみなさい』と言ってな。渡されたのは三階席《アッパーサークル》だった」

「ロイヤルサークルでスタンリー卿と一緒に観劇するんじゃなかったの」

「ああ、まるで俺なんかと一緒の席で過ごすのは不愉快とばかりに、チケットを渡してからは二度と振り向きもせずに仲間とお喋《しゃべ》りしながら去っていったよ。ヤツはただ仲間にお抱えのシューメーカーがいるのを自慢したかっただけだ。そして靴を作らせてやっているだけでなく、たまにこうしてミュージカルも見せてやっている姿をひけらかしたかったのだろう」

「あら、そんなことで怒って帰ってきちゃったの」

里沙子は呆れ顔で言った。

スタンリーにはこれまでも自分たちとは気位からして違うのだということを示され、そのたびに嫌な思いをさせられてきた。それでも彼はグッドマンで毎年、何足もオーダーしてくれる上客だ。どんな人間で、どんな思想を持っていようが、目を瞑《つぶ》ってきた。

普段ならこの程度でいちいち腹を立てたりはしなかった。入手が困難なミュージカルのチケットをくれたのだ。感謝することはあっても中にも入らずに出てくるような大人げない行動には出なかった。しかしこの日のスタンリーはいつも以上に図に乗っていた。

「ヤツはチケットを渡した瞬間、オレのスーツをちらりと見て、いつものハンツマンだな、と訊いてきたんだ」

サヴィルロウにある有名なテーラーだ。

「よく分かっているじゃない」

「いつもヤツが店に来るたびに着ているのだから分かるのは当然だろ。なにせ俺はハンツマンのスーツは三着しか持っていない」

「あんな高いテーラーの服、三着も持っていれば十分よ」

「俺もそう思っていたよ。だけどヤツの感覚は違ったみたいだ。ヤツは俺の耳元でこう言ったよ。『そろそろ新しいスーツを誂えた方がいいんじゃないか。会うたびに同じスーツを目にするのは、キミが会うたびに同じ靴を履いている客を見るのと同じぐらい不愉快なものだ』って」

「そんなこと言われたの」

里沙子も苦々しく思ったようだ。斎藤の方も話しながらスタンリーの顔を思い出し、収まりかけていた怒りに再び火がついた。まったく人を馬鹿にしやがって――。

「俺がこのスーツを作るのにどれだけ苦労したのか、あの男はまったく分かっていない」

スーツは三着とも八年前に誂えた。ロンドン郊外にグッドマンの最初の店を開いた直後だ。ただし、金を出して買ったわけではない。当時の斎藤にはスーツ一着に四千ポンドも支払うほどの余裕はなかった。

たまたまパブで知り合ったハンツマンの若い職人と意気投合し、斎藤が彼の靴を作る代わりに、彼は斎藤のスーツを作る、言わば物々交換したものだった。

その職人は「靴二足に対し、スーツ一着」と交換条件を出してきた。

確かに売値は靴よりスーツの方が高いが、一対二の比率が成立するほどではなかった。斎藤は異を唱えたが、彼はすぐにこう言い返してきた。「それが昔からの伝統だ」と。

有名ブランドの既製品などなく、服や靴はすべて職人の手仕事に委《ゆだ》ねていた時代、ロンドンの街にも、無数の仕立屋や靴職人がいた。金のない職人たちは、それぞれが作ったものを交換することで、紳士たち相手に仕事をするのにふさわしい身なりを装っていった。

斎藤は渋々従った。

三着のスーツを得るために、六足の靴を作った。

ほぼ二カ月近く、そのテーラーのために寝る間も惜しんで働いたことになる。テーラーが斎藤のスーツにどれぐらいの時間を費やしたかは分からない。向こうもハンツマンが扱う古い織り機で織られたヴィンテージウールを使って仕立てた。それでも所詮は布だ。

斎藤は彼の要求通り、フロイデンベルグ社やフランス・デュプイ社が扱う最高級の革を使用した。斎藤の方がコストがかかっていたのは明らかだった。

「あなたも一着作ればいいじゃない。今、あなたが店に行けば、向こうはあなたの顔を見ただけで上客として扱ってくれるわ。今のあなたはそれぐらい、このロンドンでも顔が売れているもの」

「まさか、今の俺にそんな余裕はないさ。工場を買収したせいで、車まで売っちまったんだぞ。来月の職人に払う給料さえ、どうやりくりすればいいのか頭を抱えている」

「そうだったわね。ごめんなさい」

経理を任せている里沙子は、斎藤の懐具合を熟知している。里沙子が顔を曇らせたので、斎藤はあえて明るく振る舞った。

「まぁ、王室御用達印《ロイヤルワラント》を取るまでの勝負だ。その時はスタンリーなどこっちから出入り禁止にしてやる。ヤツが俺よりサイモンの腕にほれ込んでいるなら、サイモンごとくれてやってもいい。サイモンは伝統的な英国靴は作れるけど、俺のような新しいデザインはできないんだから」

「でも本当に日本人のあなたがロイヤルワラントなんて取れるの」

里沙子が訝《いぶか》しげに訊いてくる。

「日本人かどうかなんて関係ない。要は王室から三年続けてオーダーを取れればいいだけの話だ」

付け加えるなら、三年注文を受け続けて、ロイヤルワラントを取得できたとしても、三年間、注文が途切れれば、返上しなくてはならない。

だが斎藤はずっと保持する必要はないと思っている。

日本人シューメーカーとして、初めて英国王室《ロイヤルファミリー》から認められた——その看板さえあれば、その後のビジネスは想像を絶する速さで発展していくことだろう。

「だけど、どうやって王室の人間にあなたの靴を履かせるの？　履いてくれないことには、いくらあなたが最高の靴を作ったところで、彼らが履き心地を知ることもないじゃない。履かなきゃオーダーなんて来ないわよ」

「それならすでに手を打ってある」

斎藤が「絶対に口外するなよ」と念を押すと、里沙子は静かに首肯した。

「だったら地下室に行くか。その前に俺にもワインをくれ」

里沙子がワイングラスに注ごうとしたが、「やっぱりボトルごと持っていこう」と制した。

斎藤はボトルを片手に螺旋状の階段をゆっくり降り始める。高いヒールを履く里沙子は転ばないように注意しながら、背後からついてきた。

5

地下室の壁一面には、これまで斎藤が注文を受けてきた顧客たちの木型が、鈴なりの果実のように吊《つ》り下げられていた。

ビスポークの靴というのはすべてこの木型を元に作られる。一足目はノートに書かれた足形や特徴が判断材料になる。しかし一度木型が完成し、一足目を客に手渡してからは、なにか不具合が生じた際はこの木型を削るなり、革を盛るなりして修正していく。客が満足したからといってそれで完成ではなく、二足目以降も客と相談しながら木型を修正し、いっそう深く足が包まれていくような履き心地を追求していく。もちろん客が極端に痩せたり、太ったりした場合は一から作り直すこともある。

すでにこの狭い工房の壁に吊り下げているだけでは収まらないほど客は増えていて、一部は郊外に借りてある倉庫に収納している。

斎藤は綺麗《きれい》に片づけられたテーブルの上にワインボトルを置くと、壁にかけてある木型の右端から一組を取った。

他の物はすべて通し番号と日付、そして顧客のフルネームが書かれているが、この木型だけは斎藤の字で「S&Cグッドマン」と店の名前しか書かれていない。

「これは公爵《デューク》の木型だ」

斎藤がその木型を里沙子に渡した。

「デュークって……もしかしてあのデューク・スチュアート？」

「あのって、他にどこにデュークがいるんだ。正真正銘、アラン・スチュアートの木型だよ」

本名アラン・スチュアート。今、ロンドンを、いや世界中をもっとも騒がせているセレブ中のセレブだ。

大手広告会社で働いていた彼は、半年前、王位継承権のある王女と婚約、結婚後は王室に入る道を選んだ。まだ公爵の称号は得ていないが、映画俳優もやれそうなほどの甘いマスクにエリートコースを歩んだ学歴、両親ともに現役の大学の教授、祖父、曾祖父はいずれも政治家と申し分のない家柄から、マスコミは勝手に彼を「デューク」と呼ぶようになった。結婚すれば、いずれは公爵位をもらうことになるだろう。

厳格な家の出にもかかわらず、私生活は奔放で、しかもお洒落だということもまた、彼が人気のある理由である。どこのレストランで食事をし、どこのクラブに顔を出し、そしてその時どんな服を着ていたのか、それだけでも記事になる。最近はデュークが登場しない雑誌はないとまで言われている。

王女との婚約後、女性遍歴が次々と明るみにでた。

モデル、歌手、大学生、そして売春婦まで、元ガールフレンドを名乗る女たちが、次々とゴシップ誌に登場し、過去の交際を赤裸々に告白していった。いかにも売名行為と思われる眉唾《まゆつば》ものもあったが、デュークは一切、弁解しなかった。

「過去は過去であり、恥じることは一切していない。今は神に誓って王女だけを愛している」

レポーターたちに向かってそう堂々とコメントした。

それ以降もハリー王子と夜遊びしている姿がタブロイド紙に撮られたこともあった。しかしデュークが非難されることはなく、むしろ明るい話題として扱われている。その手のスキャンダルを嫌うこの国の重鎮たちも、王室の広告塔として期待しているのではないか。

「二枚目にふさわしく、足の形も抜群に美しいだろ」

即座に「本当ね」という声が返ってきた。里沙子はデュークに好感を持っているようだ。まるで本人の足に触れているかのように、マニキュアが塗られた細い指先は、さっきからずっと木型を触ったままだ。

「どうしてあなたがこれを持っているの」

「これは王女との婚約後、デュークがロイヤルワラントを持つ有名店でオーダーした時に作った木型を元に、俺が作ったものだ。ただし、その店で作った靴は、デュークは一度も履いていないようだけどな」

「気に入らなかったってこと？」

「デザインが古臭いんだろ。イタリアものが大好きなデュークにとって、このロンドンのセンスは十年、いや二十年は遅れていると感じたんじゃないか」

「その気持ちは分かるけどね」

英国に住んでいながらイタリアブランドばかり買う里沙子だけに、共感できたようだ。

「その老舗で働く職人とクリスが友人だったんだ。そこでクリスを通じてその職人に賄賂《わいろ》を渡し、店に保管されていた木型を計測させた。その数値を元に俺が、こうやって再現させた」

「クリスって、あなたがハイドパークで知り合ったというビジネスマンよね」

斎藤は黙って頷いた。

趣味のジョギングをして一休みしている時、偶然同じベンチに座っていた男だ。話しかけてきたのはクリスの方だ。普段なら挨拶程度で済ませていた斎藤が会話を弾ませたのは、彼がひと目でビスポークだと分かる靴を履いていたからだ。

フィリップ・シーモア・ホフマンのようなメタボな体型をしているクリスは、こう言っては失礼だが、見た目にそぐわないほど洒落者だった。靴だけでなく、スーツ、シャツとすべてが上等な誂え品らしく、見事なまでに彼の醜《みにく》い体を隠していた。

クリスは斎藤の顔は知らなかった。それでもジャーミン通りに「S&Cグッドマン」という新鋭のビスポーク店ができ、そこに斎藤良一という抜群のセンスを持つ職人がいるとの噂《うわさ》は耳にしていた。

目の前でスポーツウエアを着ていた日本人が斎藤本人だと分かると、クリスは感動し、握手を求めてきた。彼はシティで仲間と投資顧問会社を経営していると自己紹介してきた。名刺には副社長《ヴァイスプレジデント》の肩書があった。

それから何度か二人で酒を飲んだ。

デュークの話を持ち出してきたのはクリスの方だ。

デュークがオーダーした老舗に知り合いの職人がいる。彼は借金で困っている。金を渡せば木型の数値を計測してくれる。キミならそれを元に、デュークが気に入る靴を作ることができるのではないかと。

すぐに信用したわけではない。

なによりも疑問に思ったのは斎藤がいくらデュークの足にぴったりな、そしてデュークのお眼鏡に適《かな》う上品な靴を作ったとしても、どうやってそれをデューク本人に渡すのだ。

だがクリスは素晴らしいアイデアを用意していた。

クリスはスチュアート家に仕えている執事《バトラー》を知っているというのだ。

その執事に頼み、デュークのクローゼットに、斎藤の靴を忍ばせておく――。

「ファッションセレブと呼ばれるのが大好きなデュークのことだ。キミがデザインした靴ならきっと飛びつくだろう」

クリスの言葉は最高の賛辞に聞こえた。

経緯を説明すると、里沙子はしばらく頭の中で話を整理し、「確かにそうやって王室御用達《ごようたし》の看板を手に入れていったという話は聞いたことがあるけど」と呟いた。

「そうでもしないと、新しい店はロイヤルファミリーに手に取ってもらえなかった。彼らはファッション誌なんか読まなかっただろうからな」

「でもそれってひと昔前の、閉鎖的な時代の話でしょ。今は王室も開かれているから、彼らだって自分で好きな物を選択するんじゃないの」

「確かにそうだな。昔の話だ」

里沙子の反論を斎藤は素直に認めた。王室御用達店で同業者らによる盗難が横行したのはエリザベス女王が独身だった頃まで遡《さかのぼ》らなくてはならないだろう。だからといってその手の犯罪が、まったくこの国から消滅した訳ではない。

「それでも、王室に入れば買うより貰う方が圧倒的に多いのは間違いない。ましてやデュークならなおさらだ。自社製品を身につけて宣伝して欲しいと思っているブランドは世界中に山ほどある」

王室が開かれてきたからこそ、古くからそこにいる人間たちは伝統を守ろうとする。そうしなければ英国の象徴である人々が、イタリアの服を着て、フランスの靴を履き、ドイツ車を乗り回すことになりかねない。

「いくら有名ブランドでも気に入らなければ着ないし、履かないということ？」

「好みだけじゃない。なによりも大事なのがサイズだ。王室の一員になると、体に合っていないものを身につけるわけにはいかなくなる。それがこの国の伝統であり、仕来《しきた》りだ」

そう言うと、グラスのワインを一気に飲み干した。ちょうど里沙子のグラスも空になっていたので、両方にワインを注いだ。

「それは分かったけど、でもこの木型が本当にデュークのだって保証はあるの」

「それはクリスを信用するしかないな。だがデュークが載っているあらゆる雑誌を見て、彼の足がほぼこの形で間違いないことは分かった」

「そんなの見ただけで分かるの」

「俺は何千人という人間の足を見てきたんだぜ」斎藤はグラスに口をつけながら答えた。「履いている靴を見れば、足の形は想像できる。この木型は間違いなくデュークのものだ」

断定できるだけの根拠はないが、それでも確信している。もし適当な数字を送ってきたのなら、実際の靴とは明らかな違いが見られる。素人はごまかせても斎藤の目はごまかせない。

「それなら私の方が質問するわ。そのクリスという男はあなたにどんな交換条件を持ちかけてきたの？」

「ロイヤルワラントを取ったら、自分もS&Cグッドマンの経営に加えてくれということだった」

「会社の権利を分けてくれってこと？」

里沙子の声が大きくなる。

「なにもただでくれって言っているわけではない。きちんと投資するから仲間に入れて欲しいと言っているだけだ」

「投資っていくら」

「それなりの額だろう。その時は英国王室御用達の店として、パリにでもニューヨークにでも出店できる。もし彼がイギリス以外に店を出すことを望んでいるとしたらだけどな」

S&Cグッドマンは斎藤が所持していた一千万円を元手に、八年前ロンドン郊外に工房を借りて設立した。斎藤が三十二歳、サイモンが三十五歳の時だ。今よりも狭いスペースでビスポーク靴の注文を取っては、変わり者のサイモンと椅子を並べて、黙々と靴を作り続けた。それこそ息が詰まりそうな毎日だった。

郊外の工房で貯《た》めた蓄えで、昨年、ついに念願だったジャーミン通りに店を移した。工場の買収などで借金は増えたが、店の時価総額は資本金の十倍近くまで跳ね上がっていてもおかしくない。

クリスとは金の話はしていない。彼にとってグッドマンが魅力的な投資先になるかどうかは、もう少し時間が経たないことには見極められないだろうと慮《おもんぱか》ったからだ。換言するなら、ロイヤルワラントを手にすれば、あるいはデュークのお気に入りのシューメーカーだという評判を手にすれば、彼はいくら大金を出しても惜しくない、十分に採算は取れると考える――。

「だったらそのクリスって男は信用していいのね」

「もちろんクリスの会社は確認している。業績も悪くないし、副社長だから給料も相当な額を貰っている。だがその肩書以上の担保になるのは、彼がヴィンテージバイクのジェントルマンクラブに入っていることだ」

「ジェントルマンクラブ？」

「特権階級の社交場だよ。入るには厳しい審査があって、身元調査される。過去の犯罪歴も徹底的に調べられるし、法を犯したら即刻除名だ。もちろん、俺のような他所者《よそもの》は簡単に入会は認められない」

別に高い会費を払ってそんなところに入りたいとは思っていないので、どうでもいい。

「そのクラブに問い合わせをしたっていうの」

「残念ながらクラブが借りている高級アパートには入口にコンシエルジュがいて、中を覗くこともできなかったよ。だけど幸運なことにグッドマンの客にロンドンフィルハーモニーで活躍する日本人チェリストがいて、楽団の中にそのヴィンテージバイクのクラブに入っている者がいると教えてくれた。俺は適当な理由をつけて、『そのクラブにクリス・ティエールという投資顧問会社の副社長がいないか調べてもらえないか』と頼んだ。三日もしないうちに彼から電話があったよ。『間違いなくクリスはいる』ってね」

「そこまで裏が取れたのなら信頼できそうね」

「疑い深いキミでもこれで納得してくれるだろ」

「だって公園で出会ったなんて、一応は疑ってかかった方がよさそうじゃない」

「そんなことより、このラストをもっと見てくれよ。こんな美しい足型がこの世にあるのかと驚かないか」

里沙子から木型を奪い返すと、まるでアールヌーヴォーのガラスでも見せるかのように、目の高さまで持ち上げ、ゆっくりと回転させていった。

人間の足には直線である部分は一つもない——まるでこの木型はそのことを証明しているかのようだった。

地面に着地している足底にしたって、けっして平面ではない。指の裏から若干膨らみ、そこから中心に向かって深い谷に落ちるように下っていく。そして踵に向かって再びなだらかな膨らみを帯びていく……内側と外側も同じ高さではない。複雑な球面の組み合わせのようなものだ。

いくら機械が発達したといっても、この立体感を生みだすことはできない。できるとしたら手仕事だけだ。

「しかもこの木型を正面から見てくれ。まるで手ぬぐいを絞るかのように、木が捻られているように見えないか」

斎藤が里沙子の目線に合わせてつま先方向を向けると、里沙子は「本当ね」とその美しさに見《み》惚《と》れた。

美しい木型は、ツイストされているように見える——。

それは人間の足というものが、甲より前は内側に、甲から踵に向かう後ろは外側に傾いているからだ。

斎藤はクリスからデータをもらうと、丸二日間、すべての作業をやめて、朝から真夜中までぶっ通しで木を削り続けた。完成するまでは食事もろくに喉《のど》を通らなかった。いつ寝たのかも記憶にない。それぐらいこの木型に取り憑《つ》かれてしまった。

「元の木型を作った職人にしてもなかなかの腕利きだ。ただ残念ながら、伝統という重しが邪魔になり、デュークが気に入る靴は作ることができなかった。それはとても不幸なことだ」

「そこであなたが、この木型を作って、デュークのお気に入りの靴を作るわけね」

「ああ、すでに一足目は完成して、クリスに渡してある。舞踏会に履いていく黒のプレーントゥなのでデュークといえどもなかなか履くことはないだろうが、それでも王女がジェラシーを感じるくらい美しく仕上げることができた。クリスも『こんな見事な靴は見たことがない』と驚いていたよ」

クリスは「この作戦は無理矢理履かせるのではなく、デューク本人にクローゼットから発見させるところに意義がある。だからバトラーに言って、奥の方にしまわせる」と話していた。

デュークのクローゼットには靴が溢《あふ》れるほどあるだろうから、すぐには見つけられないかもしれない。それでも視界に入りさえすれば、デュークは即座に手に取ってくれるだろう。そう自信を持って言えるほど、斎藤の靴はデュークがこれまで好んで履いてきたパリやミラノのブランドが作る工業製品とは一線を画す。

「舞踏会で履いてくれたら話題にはなるでしょうけど、そうチャンスはあるものではないわよね」

「ああ、だから二足目は夜遊びする時に履きたくなる靴を考えている」

「夜遊び？　それはいいかもしれないわね。パパラッチも狙《ねら》っているし」

「それより、キミの方はどうなったんだ。今晩、探偵から電話がかかってくると言っていたよな」

斎藤は工房に里沙子を呼び出した本題を挙げた。

「探偵なんて安っぽい言い方をしないで。れっきとした調査会社よ」

里沙子はわざとらしく口角を上げると、ワイングラスを口元に運び、一度、口の中を潤した。

「男が預かり証に書いた住所、名前に偽りはなかったわ。エド・ハインズという大学教授で、七十歳になった今でもロンドン北部の小さな大学で週二回、教壇に立っている。何年か前にケンブリッジで教えたこともあったみたいだけど、だからといって学界で知られるほどの有名な学者ではないようね」

「日本との関わりは？」

「いろいろ調べたけどないみたい。過去五年間の彼の教え子に日本人留学生は一人もいないし、海外渡航歴を調べたけど、ここ十年は日本へ行くどころか、イギリスから一歩も出ていないわ」

「そんなことまで分かるのか」

「当たり前じゃない。そこまで調べられなきゃ、頼む意味がないわよ」

里沙子はさも当然とばかりに言った。

「株の方はどうだった」

その人間がとある日本の老舗ケミカルメーカーの買収に関わっていないかを知りたかった。

「彼は英国文学が専門よ。もちろん株ぐらいは手を出したことはあるだろうけど、熱心な投資家ではないわね。ガーデニングとラグビー観戦が趣味という、典型的な英国人よ」

里沙子は斎藤が頼んだことをほぼ完璧に調べ上げていた。ただし残念ながら斎藤が懸念していた十三年前の事件との関連性は一つもなかった。

「ねえ、どういうことなの。どうしてこんなおじいさんにあなたが興味を持つの」

里沙子が訴えるような目をむける。

ここまで調べさせて、事情を説明しないわけにはいかないだろう。この女にならすべてを明かしても他に漏れることはない。

斎藤は立ち上がった。

そして手にしていたデュークの木型を元あった壁の右端に戻し、今度は左の一番下から、色焼けした古い木型を取り出した。木型には「0001」と番号だけが振られていた。

「この木型は俺が十五年前、俺にとって最初の客になってくれた人間に頼まれて作ったものだ。俺が未熟だったこともあり、お世辞にも美しいとは言えないけどな」

だからといってけっして下手ではない。あくまでも今と比較したら、という意味である。

十五年前だから二十五歳の時だ。すでに英国で靴職人として働いていた。ただし、ビスポーク店から受けた親方の仕事を孫請けするだけで、木型から起こして靴を作って欲しいと頼まれたのはその人物が初めてだった。

「あなたが初めて作った木型とその靴がどう関係があるの」

斎藤は床に放置してあった、そのハインズという教授が一カ月前に修理を頼んできた黒靴を手にした。靴の紐をすべて解くと、その中に木型を押し込んでいく。飲み込まれるような音がして、木型は靴の中にすっぽり収まった。

「どうだ。ぴったりだろう」

靴の甲の部分を指で押しながら言った。〇・一ミリの隙間《すきま》もないほど、まるで革が木型に張り付いているようだ。

「ということは、この靴はあなたが作ったものなの」

斎藤はゆっくりと首を横に振った。

「トゥのシェイプから、土踏まずにかけてのライン、踵の大きさまで俺が作った靴のようだ。まだ半人前で、ところどころ下手くそなことまでよく似ている」

革の表面を指で擦りながら言った。けっして悪くはないが、斎藤が使っていた高級な革と比較すれば大きく劣る。

「似ているということは、あなたが作った靴ではないということ？」

「このデザインのものは何足も作ったが、この靴は俺が作った靴ではない。誰かが最近作ったものを、わざと年季が入ったように革を傷め、靴底をやすりで削るなどして、修理する段階まで摩耗させたのだろう」

自然に靴底が減ったように見せかけているが、ソールの傷みに対して、中は綺麗だった。十五年前の靴にしては、中敷きやライニングに変色がないなど、不自然な点が多過ぎる。

「この木型が誰のかは、覚えているんでしょ」

「忘れるわけがない。薗田《そのだ》幾男《いくお》。俺が初めて靴をオーダーされた客だからな」

「その男は今、なにしているの」

「死んだよ」

「死んだ？」

「ああ、もうとっくの昔にな。俺が日本に戻っていた時の話だから十三年前になる」

「ということは、あなたが薗田って人の靴を作ったのは十三年以上前ということになるわよね」

「それくらい昔になるな」

「やっぱりあなたが覚えていないだけで、この靴はあなたが作ったんじゃないの」

里沙子はそれしか考えられない、という言い方をした。斎藤だって最初はそう考えた。修理を頼まれた靴は左右のサイズも微妙に違っていたし、右足の方が土踏まずが高く、左足が極端な外《がい》反母趾《はんぼし》という点でも薗田の足と一致していた。これだけ特徴のある足が両足ともに同じというのは、同一指紋の人間を捜すのと同じぐらい困難だ。

「ならば決定的な違いを教えるよ」

斎藤はそう言って、最近修理に持ち込まれた別の靴を出した。ハインズという教授が持ち込んだ靴と二足並べ、靴底が上になるように裏返しにした。

机の引き出しから普段使っているナイフを取り出す。

「右側が俺が作った靴。左側がハインズという教授が持ってきた靴だ」

「私にはどっちもあなたが作ったように見えるけど」

里沙子は汚れた靴底を眺めながら言った。確かに素人にはまったく区別がつかないほど、革底まで酷似している。

斎藤は自分が作った靴のソールの表面を薄く削り、革をめくりあげた。続けてハインズが持ち込んだ靴も同様に表面を削る。

「ステッチが見えるだろう」

こうすることで靴底とウエルト（底と甲との継ぎ目の革）を縫い合わせた糸が見える。

「よく結び目を見てくれ。俺が作った靴は右側から縫い始め、グルリと一周させて、縫い始めた場所で糸を結んでいる」

「うん、それはよく分かる」

「こっちの靴は違う。靴の左側から始めて左側で結んでいる」

「どうして逆なの」

「この靴を作った人間が左利きだからだよ」

里沙子は黙った。斎藤が右利きなのは当然知っている。

「だったらこの靴を持ち込んだ人間の目的はなんなの。どうして薗田という人の靴とまったく同じものを持ち込んできたの？」

「さぁ、どうしてだろうか」

「恍《とぼ》けないでよ」

「いずれにせよ彼はもう死んでしまっているので、彼が靴の修理を頼むことはない」

「なら、誰がこんなことをしてきたの？　あなたが作った靴のように見せかけるなんて、なにか狙いがあるとしか思えないじゃない」

「狙い？」

「そうよ。じゃなければ脅迫よ。ねえ、あなた、その薗田って人になにをしたの」

気の強い里沙子でさえ怯《おび》えているように見える。斎藤もこの靴を見た時、背筋が凍るような緊張を覚えた。

「そんなに気味悪がることはない。きっとこの左利きの職人は、自分はこれだけの靴を作れると俺にアピールしたかったんじゃないか」

表情を変えることなく説明したが、心中は、この靴を見て以来、底知れない恐怖を感じたまま、不安から抜け出せないでいる。

十三年前、斎藤は薗田幾男を見殺しにした、いや殺した——。

どっちの言い方をしても同じだろう。その秘密を知った誰かが、エド・ハインズという大学教授を使って斎藤を脅してきた。そう考えるのが妥当だ。殺された人間の靴を、殺した人間に修理させるという、斎藤の恐怖心を煽《あお》る方法で……。

いったい誰だ。誰がこんな手のこんだことをするのだ。顔の見えない脅迫者は、気がつかないうちに斎藤のすぐそばまで迫っているようで、その靴音だけが耳の中で響いた。

ただし事情を今、説明したところで里沙子を怖がらせるだけだ。

来週には彼女を連れて、買収したノーザンプトンの工場に出向き、工員たちと給与カットについて話し合いをしなくてはならない。話すのは大事な交渉が終わってからでいい。

「アピールしたかったんじゃないか」という説明が良かったのか、里沙子がそれ以上、追及してくることはなかった。気持ちも少し落ち着いたようだ。

斎藤は椅子に腰を下ろし、空いていたグラスにワインを注ぎ込んだ。

「きょうはこれぐらいでいいだろう」

「これぐらいって」

「キミが心配する必要はないということだ。それよりそこに立って、俺を楽しませてくれ」

里沙子の手からグラスを奪い取ると、壁際に目配せした。

「キミの体を見せてくれと言っているんだよ。早くしてくれ」

里沙子は「えっ」と狼狽《うろた》えた。

だが斎藤が「早くしろ」と低い声で命じると、里沙子は俯《うつむ》いたまま壁側に向かって後ずさりしていった。その姿を斎藤はじっと見続けた。

里沙子は壁際まで下がり、そこできちんと気を付けの姿勢で立った。

グレーのVネックのセーターに、下はバーバリー柄のスカート、膝下からは黒いストッキングをまとった足が伸び、ダークネイビーのヒールを履いていた。

ワイングラスに口をつけた。口の中を潤わせてから、もう一度、里沙子の全身を値踏みするように凝視した。

「ねえ、いつまでこうしていなきゃいけないの」

「俺がいいと言うまでだよ」

「恥ずかしいわ、これならまだ服を脱いだ方がまし」

必死に懇願するが、本気でそう思っているわけではない。その証拠に両手はきちんと降ろし、足は揃えて立っていた。里沙子は今、自分の体が斎藤の目にどう映っているのか思い浮かべている。そしてこれからどんなことを命じられるのかを妄想して、興奮している。

斎藤は人間が妄想することに肯定的だ。妄想は想像より創造に近いと思っている。

「ねぇ……」

また言いかけたので、斎藤は人差し指を口元に翳《かざ》した。

里沙子の切れ長の目を見つめながら黙っていろと示した。

第二章　一番町の修理屋

1

「いくらなんでもこんな古い靴、無理よね。破けちゃってるし」

初老の婦人が心配そうな顔で訊いてきた。榎本智哉《えのもとともや》は手にしたパンプスの底側からほつれ具合を確認して、口元を緩めた。

「大丈夫です。これぐらいなら元通りにできます。縫い目も隠せますのでほとんど見えません」

「ホント？」

「ええ、まだまだお履きいただける靴です」

そう言い切ると婦人は目を細め、少しはにかみながら説明した。

「そう言ってもらえると嬉しいわ。実はその靴、かれこれ二十五年前に主人に初めて買ってもらった靴なのよ」

「二十五年も履かれているのですか。それはすごい」

「違うのよ。最初のうちはもったいなくてなかなか履けなくてね。娘が大きくなってやっと普通に履くようになったんだけど、まぁそれでも十年は履いているわね」

「十年でも素晴らしいですよ。そんなに大切にされた靴でしたら、僕も気合を入れて直さないといけませんね」

智哉が答えると、婦人は「あっ、そうそう」と言って手提げ袋の中に手を突っ込んだ。

「あなた、前に古い靴があったら持ってきてって言っていたわよね。リサイクルしてくれるって」

スーパーのビニール袋を出し、その中に入っていた紳士靴を机の上に置いた。

革はひび割れ、底は穴が開きそうなほどすり減っていた。ひと目見て、ビスポークだと分かった。

「この靴、ご主人のものですか」

「違うのよ。主人の父が船会社で働いていた頃に履いていた靴らしいわよ」

ということは三十年、いや四十年以上前ではないか。靴の中には聞いたことのない靴店の名前が漢字で刻印されていた。

「ありがとうございます。だったら今回、娘さんのハイヒールの方はサービスでやらせていただきます」

「なに言っているのよ、そんなボロ靴。ずっと押入れでゴミになっていたんだから、こっちがお金を払って引き取ってもらわなきゃいけないのに」

「いえ、いつもお世話になっていますし」

「いいからヒールの方もちゃんとお代を取って」

それでも智哉が「また古い靴があったらお願いします」というと、「あなたも変わっているわよね。わかったわ。探してみるわね」と引き下がった。

代金をもらい、引き換え用紙を渡す。ハイヒールの修復は一時間もあればできるが、革を縫い直すのは一週間はかかる。申し訳ありません、と断りを入れたが、婦人は「そんなに早くできるの」とむしろ驚いていた。

「再来月の二十日が銀婚式なの。だからそれまででも構わないから、ゆっくりやって。だってあなた、商売繁盛でお客さんいっぱいじゃない」

婦人がからかうように手で叩《たた》く振りをした。智哉は「おかげさまで、ありがたいことです」と礼を言った。

「榎本靴修理店」は皇居の近く、東京、千代田区一番町にある。

雑居ビルの一階の隅、二坪もない狭いスペースを借りている。場所柄、さっきの婦人のような付近のお屋敷に住んでいる人や半蔵門周辺の企業で働く会社員、ＯＬたちが修理を持ち込んでくる。壁には「手作りシューズ請け負います」と看板を掲げているとはいえ、いまだかつて知り合い以外から頼まれたことはない。

婦人が帰るとちょうど時間は夕方の五時になった。智哉は店を閉めた。朝十一時開店だから、けっして長い営業時間ではないが、これからが智哉が根気を入れて働く時間だ。狭い作業場で、預かった靴の修理を深夜まで続ける。

店を閉めたといっても鍵は開けっぱなしにしており、馴染みの客には「夜にしか取りに来られない場合はノックしてください」と伝えてある。中には「晩ご飯にして」と近所の常連客が差し入れを持ってきてくれることもある。

やる仕事は山ほどあったが、それより先にどうしても興味をそそられることがあった。

今さっき婦人からもらった、四十年以上は前に作られたと思われる注文靴である。当時の船会社といえば外国と交易する花形企業だった。夫の父という人もきっと洒落者だったのではないか。ただ、この靴は日本の職人が作ったものだ。注文靴は完成まで半年から一年はかかるので、当時は外交官にでもならなければなかなか現地で作ることはできなかったはずだ。

それにしても素晴らしい靴が手に入った。中がどのようになっているのか、今から胸が高鳴る。

智哉は机の上に出ていたものをすべて片づけてから、作業椅子に腰を下ろした。

左手でナイフを摑むと、靴底に浮き出ている糸にナイフの先を当て切っていく。そして慎重にナイフを革底とウエルトの間に挟み、ゆっくりと革底を手前に引っ張った。

プチプチプチッと小気味よく糸が切れていく音がして、革底が剝《は》がれた。革底の内側にはフエルト布とシャンクという竹の切れ端が収まっていた。

既製靴はフエルト布ではなく、コルクをパテ状にしたものを使う。この方が足がコルクの上で沈んでいき、履いていくうちに持ち主の足の形状に靴が変化していくからだ。

しかし依頼主の足に合わせて作るビスポーク靴は変化させていく必要はない。最初の履き心地を長く維持させるためにはフエルト布の方が適している。

一方のシャンクはバネのような役割をして靴の歪《ゆが》みを補正するパーツである。これは既製靴、注文靴にかかわらず入っている。ただし既製靴では鉄やカーボンが主流で、ビスポークでは革を使うのが一般的だ。竹を使うのは珍しい。

竹はあまり力を入れ過ぎると横割れするため、アルコールランプで炙《あぶ》りながら反《そ》らせていかなくてはならず、時間も根気も求められる。

今でもフエルト布や竹のシャンクを使っているビスポーク職人がいないことはない。だが智哉が興味深く感じたのは、この靴が自分が生まれるずっと前に誕生したにもかかわらず、西洋の靴作りの製法に忠実に沿って作られていたことだ。

当時は今のように外国の一流靴が簡単に手に入らなかっただろう。四十年前だとしたら、日本の男性のほとんどが餃子靴《ギョーザ》と呼ばれたスリップオンを履いていた時代だ。

職人の道具にしたって十分ではなかった。当時の日本の職人は、その少ない道具で、しかもヨーロッパより気温と湿度の変化が激しい日本の気候に合わせながら工夫を凝らしたらしい。たとえば糸につけるワックスの分量にしても夏と冬とでは変えていたそうだ。この靴を作った職人も、さまざまな試行錯誤の末、ここまでの技術を身につけていったのだろう。

「あいかわらず研究熱心だな」

半開きになっていたドアから金髪の男が茶目っ気たっぷりの顔だけ覗かせていた。

「なんだ、ショーンか。ノックぐらいしてくれよ」

智哉が口を尖《とが》らせた。

「したさ。したのにトモヤが気づかないから、きっといつものように作業に夢中になっているんだなって思ったんだ」

ショーンは日本人と変わらないほど達者な発音でそう言うと、勝手に中に入ってきた。アパレル会社で、都内のデパートやセレクトショップを回っている彼は、仕事帰りや時間が余った時などにこうして店に顔を出す。

サラサラの髪を耳に被《かぶ》るほど伸ばし、太い眉毛に、長くて大きな鼻が特徴的なショーンは、視力が悪くないのに丸眼鏡をかけている。

ジョン・レノンの真似をしているのは、すぐ分かる。

休みの日はミリタリーシャツを着たり、白いTシャツに黒の革ジャンだったりするのだが、どんな格好をしたところでジョンのように不良っぽくは見えないのは、彼の前職が少なからず関係している。なにせ半年前まで、この一番町にある英国大使館で働いていた外交官だったのだ。

大使館で勤務していた時、ショーンは大使の靴を持って智哉の店にやってきた。「この店に不思議なインスピレーションを感じた」と言うだけで、彼がどうしてこんな小さな修理屋を選んだのかは分からない。それでも一足目の修理に感動してくれ、それ以来、次々と職員たちの靴を持ってきては、仲間うちに智哉のことを広めてくれている。今では英国だけではなく、ベルギーやアイルランドの大使館スタッフ、あるいはその友人たちが店を訪れてくれる。ショーンとの出会いがなければ店がここまで繁盛することはなかっただろう。

「そうやって靴を分解することで、トモヤの靴へのオマージュはいっそう高まっていくんだな」

「オマージュだなんて。ただ古い靴を見せてもらうと、昔の職人さんはこんなに手のこんだ仕事をしていたんだなと感心するだけだよ」

「手のこんだ？　靴職人はこの何十年間、まったく進歩していないみたいな言い方だな」

「そんなことはないって。技術はもちろん、道具だって全然違うわけだから、今の方が格段にいい靴だよ」

「だったらなにに感心するんだよ」

「道具が不自由だった分、一足一足にかける職人の執念のようなものを感じるんだよ。ほらこの中敷きを見てみて」

智哉は靴の後ろ半分だけ敷いてある、靴屋の名前が漢字で記された革を摘《つま》み、力いっぱい剝がした。靴職人の間ではこの中敷きをソックスと呼ぶ。智哉は剝がしたソックスをショーンに触らせた。

「真ん中から先にかけて革がだんだん薄くなっていくのが触った感じでも分かるだろ。これは職人さんが包丁を使って裂いたんだよ。こうすることで少しでも履いた人間が足に違和感を覚えないように工夫されているというわけさ」

「確かに薄くなっているな」

親指と人差し指で擦りながらショーンは感心する。

「だろ？　一ミリもないソックスを徐々に薄くしていくのだから、まさに職人技だよ」

「まぁ、技術はわかるけど。でも靴の形はボクには不格好にしか見えないけどね」

顎に指を当てて指摘された。その点に関しては智哉もショーンの意見に異論はない。ただし時代の流行があるので、好みが分かれるのは仕方がない。

「当時はこういう丸い靴が流行《はや》りだったんだろうし、それに昔の日本人は背も低くて、足だって偏平足で、今の若い人と比べたら格好悪かっただろうから」

「そういう意味では今、トモヤと知り合えて良かったよ。この靴が作られた時代だったら、今ほどキミに興味を持たなかった」

ショーンは将来、智哉と一緒に靴メーカーを作る夢を持っている。智哉が作った靴を東京だけでなく世界中で売りたい……智哉にとっては夢物語であり、まったく現実感がないにもかかわらず、ショーンの頭の中では順調に計画は進行しているようだ。半年前にあっさり外交官をやめてアパレル業界に転職したのも「今のうちにコネクションを作っておく」というのが理由だった。

放っておくとどんどん話が先に進んでいくので心配になる。それでも智哉は悪い気はしなかった。自分の腕に夢を預けられると、職人という人種は意気に感じて張り切ってしまう。それは有名だろうと無名だろうと、あるいはベテランだろうと半人前だろうと、変わらないと思っている。

「で、例の先生には迷惑はかかっていないだろうね」

智哉はずっと危惧していたことを尋ねた。

「大丈夫だよ。どうやら調査会社が近所を嗅《か》ぎまわったみたいだけど、なにも分からなかったんじゃないかな。なにせ教授がケンブリッジにいたのは一年だけ。数多くの学生の中にボクがいたなんてことは、一年かけても辿りつけないさ」

「しかしその先生はよく引き受けてくれたね」

いくら預かった靴を修理に持ち込むだけとはいえ、まったく理由は知らされていないのだ。ショーンが教授の名前を出した時、頼んだところで断られるだろうと思い込んでいた。

「彼は学者らしく、学問以外のことはあまり深く考えない性質なんだよ」ショーンは無邪気に笑った。「それにボクに大きな借りがあるからね」

「借り？」

「彼は大のラグビーファンだったんだ。それだけのためにケンブリッジで教鞭《きょうべん》をとったといってもいいぐらいだよ。なのに研究に夢中になって、オックスフォードとの対抗戦のチケットを取り忘れた。気づいた時にはソールドアウトだったんだ」

「で、キミが手配したということか」

「教授が無類のラグビー好きだというのは、彼の授業を受けて知っていたからね。ちょうどガールフレンドといくつもりでチケットを二枚持っていた。ガールフレンドには目を瞑ってもらって、教授にプレゼントしたってわけさ」

「目を瞑ってもらったって、試合の前に浮気がばれて振られたんじゃないのか」

ショーンは目を細めて「そういう勘の鋭いところは、トモヤの職人としての才能までも阻害してしまいそうで、ボクはいつも心配になるよ」と返してきた。

「まぁ、ボクの事情は置いておくとして、ボクは教授と並んでゲームを観戦した。そのゲーム、ケンブリッジがノーサイド間際に逆転トライで勝ったから、教授も大喜びだったよ。あれがラグビーではなく、アーセナルの試合だったらもっと仲良しになっただろうね」

ラグビーよりサッカー好きのショーンはそう言って両方の掌《てのひら》を上に向けた。きっと彼には退屈だったのではないか。

それでも、その付き合いをずっと維持してきたのはさすがショーンだと感心する。彼が大学生の頃だというと、大学一年だったとしてももう十年も前の話である。いつか貸しを返してもらうチャンスを待っていたのか。いや、大学生ならレポートの評価を少しでも甘くしてもらおうと思ったぐらいだろう。

いずれにしても、ショーンはこうした貸し借りを上手に利用することに長けている。けっして相手の気を悪くすることなく、いつの間にか頼み事を押し付けてしまうのだ。靴屋の共同経営者より、むしろ政治家になった方がいいのではないかと思ったりもする。

だがそう指摘すると必ずこう返されるのだ。

「ボクは美しい言葉を話す人間が美しい心を持っているとは思わない。だけど美しい靴を履いている人間には、なぜか惹《ひ》かれてしまうんだよ」と。

「で、トモヤはこのあと、どうするつもりなんだ?」

そう訊かれて、黙り込んでしまった。斎藤が昔作ったのとそっくりの靴を制作し、ハインズ教授を通じてグッドマンに届けた。

斎藤を驚かせるには十分な効果はあっただろう。彼はあの靴が手に入る人間がいるとしたら誰なのか、必死に記憶を甦《よみがえ》らせたはずだ。

だとしたら次はどのような手が有効か。さまざまな案が浮かんだが、前回を上回るものはなかった。

「斎藤は自分が作った靴ではないと気付いているかな」

「間違いなく気付いている」

智哉は言い切った。

出来あがった靴の底をわざと摩耗させてから智哉はショーンに渡した。

だが靴の中のライニングは新品のままにした。

客から処分を頼まれた古い靴の革を使って、履き古されたように作ることもできた。また斎藤と同じように右利きの職人が作ったと思い込ませるように作ることもできた。

そうしなかったのは、智哉はこの靴を作ったのは自分だというメッセージを送るつもりだったからだ。

斎藤のことだから、すぐさま靴底を剝がし、自分を追い詰めようとしている男の利き腕が「左」だと分かったはずだ。

「元になった靴は、トモヤの家には一足しかなかったんだよな」

「ああ、黒の靴は他にもあったけど、同じスタイルのものはなかった」

「だったらまったく同じものをもう一足作ったらどうだ。亡くなった人間の靴が何足も出てきたら、相当気持ち悪がると思うけどな」

「そのアイデアは考えたけどね。だけど……」言いかけて口籠った。

「だけど、なんだよ」

「気の遠くなるような作業を思い出すと、作業に見合うだけの対価があるのかって考えてしまうんだよ」

「確かに大変そうだったものな」

そばで見ていたショーンは智哉の気持ちを汲み取ってくれた。

「木型を作るのはそれほどでもなかったけど、あの靴を作るのは大変だった」

「なにせあの斎藤が作った靴だからな」

「十五年前にね」

苦笑いでそう言うと、ショーンは目を細めて、大きな鼻に皺を作った。

「この程度のことで大変だなんていうのは、僕が未熟だからなんだろうけどね」

「なに言っているんだよ。トモヤなら今すぐにでも修理屋をやめて、シューメーカー一本でやっていける。それぐらいの力はある」

「ショーンの言葉はいつも励みになるよ」

「励みじゃないよ。事実を言っているだけさ。なにせボクとトモヤは最高のビジネスパートナーなんだから」

「ビジネスパートナーといってもまだなにも始まっていないじゃないか」

「いや、実際はそうでも、ボクの心の中ではもうスタートしている」

確かにそうだ。すでにショーンを自分の計画に巻き込んでしまっている。

ショーンと話しているとつい甘えてしまうのだ。

大使館きっての日本通としてさまざまな文化に接してきたショーンは、日本人が好む距離感というのをよく弁《わきま》えている。大好きなクラブやホームパーティーに無理に誘うこともないし、友人に会わせたりもしない。店にも智哉が一段落ついた時、あるいは孤独を感じている時を見計らったかのようなタイミングでやってくる。

そのことを言うと、大抵「こういうのを阿吽《あうん》の呼吸って言うんだろ」と得意顔で返される。そして「ボクはイギリス人だけど、家ではきちんと靴を脱ぐからね」とも……土足で人の心にずけずけと入らないと言いたいのだ。

ただしこのセリフは智哉に対してより、他の場所でよく使っている。彼が日本人の女の子をそうやって口説いていたのを何度も耳にしたことがあった。

「ところで斎藤はどうしてサイモン・コールを共同経営者にしているんだ」

智哉は尋ねた。

野心家で目立ちたがり屋、日本のファッション雑誌にも頻繁に登場しては、靴や靴作りについて、独自の哲学を交えて饒舌《じょうぜつ》に語っていく斎藤良一が、なぜ他人と共同で店を立ち上げたのかが、智哉には不思議でならなかった。

「どうしてって」

「サイモンはイギリス人だろ？　いくら斎藤が自分の店だと言っても、ロンドンの人にはそう思われないんじゃないか」

「その通りだよ。いくら斎藤でも一人ではやっていけない。斎藤はそれが分かっているから、サイモンを選んだんだよ」

ショーンは断定した。

「サイモン・コールって有名な靴底職人《ボトムメーカー》だよね」

「ああ、一時はフォスター&サンやジョンロブが奪い合ったぐらい、この世界では有名人だ」

「ボトムメーカーということは、木型は作らないのか」

靴職人の花形はやはり木型職人《ラストメーカー》である。

接客し、客の足を採寸して、木型を削り、その木型に合わせて革を釣りこんでいく……伝説的なシューメーカーと呼ばれる人間の多くが、この役目を請け負ってきた。車に喩えるなら、デザインして外観や内装を作るのがラストメーカー、タイヤやサスペンションを作るのがボトムメーカーとなる。ボトムも大事な仕事であるものの、華やかさという点では、ラストメーカーの比ではない。

「サイモンも昔は木型を作ったみたいだね。作ったというか、今でも作れると思う」

「どうして今はボトムしかやらないんだよ」

「変わり物なんだよ。究極の偏屈人間って呼ばれているから」

「偏屈人間？」

「木型を作るとなると接客もしなきゃいけないだろ。人と接するのが大嫌いで、作業場に籠って、一人でコツコツと靴を作るのが性に合っているんだって。だから彼は週に三日しかグッドマンに顔を出さない」

ショーンは机の上に置いてあった作業中の靴に触れながら続けた。

「客の中には斎藤ではなく、サイモン目当てにオーダーする者もいるからね。とくに英国人はそうだよ。サイモンが工房にいるかいないかで、客の安心度も違ってくる。斎藤はそのことをちゃんと理解しているから、会社を作った段階で、週に最低三日は顔を出すという約束を取り交わしたらしい」

日本では靴作りの神様のように崇《あが》められている斎藤でさえ、英国で一人でやっていくのは難しいということか。

世界でもっとも保守的とも言われている英国だ。しかも伝統的な紳士靴の世界……いくら才能があっても、他所者が頂点に立つのは並大抵のことではない。それは音楽や演劇、バレエ、あるいはサッカーや競馬といったスポーツの分野でも同じらしい。日本人が欧州で成功したいと思うなら、ドイツやイタリアの方がはるかにチャンスがあると言われている。

「サイモンを味方につけることはできないかな」

「買収しろってことかい」

ショーンは靴を持ったまま眉根を寄せた。

「いや、買収だなんて」智哉は言い淀《よど》むが、すぐに口調を戻した。

「いや、やっぱりそういうことになるかな。もしかしたら斎藤とうまくいっていないかもしれないし」

「確かに共同経営者というのは名義だけで、実際のグッドマンは斎藤の個人所有で、ナンバーツーの座も恋人の弓岡里沙子が握っているようなものだからね」

「だったら余計に面白く思っていないかもしれないじゃない」

期待して言ったが、ショーンからは「でも無理だな」と否定された。

「物にしか興味がない男というのは、人間の情愛にも不感症なんだよ」

「不感症？　そうかな」

「間違いなくそうだよ。ボクがこれだけ心配しているのに、トモヤがちっぽけな遺恨にこだわって、自分の進むべき道を大きく遠回りしているのとまったく同じことだね」

ショーンは皮肉をこめてそう言った。またこの話だ。

智哉はショーンの気持ちは分かっているつもりだ。余計なことを考えずに、今のまま技術を磨いていけば、いずれ斎藤を上回るシューメーカーになれる——そう言ってショーンからはこれまで何度も計画を改めるよう説得された。

だが智哉はそのたびに、ぶっきらぼうに同じセリフを繰り返した。

「ショーン、嫌なら降りても構わないんだよ、キミが降りたからと言って、僕はキミと一緒に靴屋を開く夢を諦《あきら》めたりはしないよ。だけどそのためには、どうしてもやっておかないといけないことがある。他人から見ればつまらないことに見えるかもしれないけど、僕にとっては大事なことなんだ」

ショーンのつぶらな瞳《ひとみ》を見つめながら同じことを言うと、彼は大きな鼻からフゥーッと息を漏らした。手にしていた靴を作業机に戻す。

「なんだよ、その態度は」

少しムッとして言った。

「キミは斎藤のことになるといつもムキになるな」

「ムキになってなんかいないよ」

「いや、ムキになっている。まぁそういう頑固なところは本物の職人だな」

「からかうなよ」

「からかっているのではなく、褒めているのさ。まぁ、いいよ。トモヤといい、斎藤といい、サイモンといい、誰と組むにしたって、この世界には変人しかいないんだろうから」

「斎藤も変わっているのか」

智哉が訊くと、

「変人だからこそ、温厚なトモヤがそこまで思い詰めるんだろ」

思い詰めているわけではない。だがいくら説明したところで、この複雑な胸のうちを理解してもらうのは難しい気がする。自分自身でさえ、この感情の正体を摑み切れずにいるのだから。

「どうだい。久々に出かけないか」

ショーンが食事に誘ってきた。買ってきたコンビニ弁当をこの狭い部屋で二人で食べることはあっても、外食することは滅多にない。

少し迷ってから「ありがとう。でもきょうはやめておくよ」と断った。

「どうしてだよ」

「いや、この靴をもっと分解してみたいんだ。きっとキミと食事しても、気になってせっかくのディナーが台無しになってしまうかもしれないから」

「トモヤらしいな」ショーンは再び、笑みを零《こぼ》した。「まるでガンダムのプラモデルに夢中なる子供みたいだ」

「実際、父が死んでからは、こうやって遊んでいたからな」

「お父さんが亡くなったのはキミが十二の時だっけ」

「十三年前だからそうなるね」

言いながら十三回忌というのがあるのを思い出した。それが分かったところで今の智哉にはなにもできないのだが……。

「母さんが仕事に出ていたから、暇だったんだ。プラモデルを買うほど小遣いも貰えなかったし……そうしたら、たまたま父の靴が目についたんだ」

「それが今回、斎藤に送ったのと同じ靴だね」

「ただ、うちにあったのは母さんが鋏《はさみ》で切り裂いてしまったので、とても修理に出せるものではなかったけどね。まぁ、そのお陰で、靴ってこんな複雑に作られているんだと理解できた」

「お母さんが靴を切り裂いたって、お父さんが浮気でもしたのがバレたのか」

「そんなところだ。もしかしたらキミも経験があるのかもしれないけど」

そう言うと、ショーンは閉口した。冗談で言ったつもりだが、本当にあるのかもしれない。

ショーンは「だったら仕方がない」と諦めた。「せっかくいい店を見つけたのに。じゃあ、一人でギネスでも飲むかな」

「ギネスということは、そこはブリティッシュレストランなのか」

靴に目を向けたまま智哉が尋ねる。

「当たり前じゃないか。どんなにおいしいと評判だろうが、ボクがイタリアンやフレンチにトモヤを連れていったことはないだろ」

「じゃあ、今度、そこに連れていってもらうよ」

「よし、だったら来週いこう」

そう言うと、手にしていたウールのコートを羽織って、「じゃあ、また」と出ていった。

ショーンからはしょっちゅう、こんな口癖を聞かされている。

「イギリス人は味覚に鈍感なお陰で七つの海を制したと悪口を言われるけど、実際はそんなことはない。そういうことを言うのは本当の英国料理を食べたことがない人間だよ」

そんな偉そうなことを言うにもかかわらず、ショーンに連れていかれるのは、インド料理だったり、中華料理だったり、アラビア料理だったりする。時にはバングラデシュやガーナ料理店に行ったこともある。彼の頭の中の世界地図は、大航海時代のままで止まっているようだ。

それでも、どんな店だろうとも智哉は「ショーンが言う通り、イギリス料理は美味《うま》いわ」と答えるようにしている。

ショーンが「だろ?」と得意顔をするのが見ていて楽しいからだ。

2

斎藤が左腕に嵌《は》めたロンジンを見ると、午後五時五十五分を示していた。

終業時間まであと五分となった。長い長い一日がようやく終わろうとしている。

きょうは新規の客が来ることもなければ、常連客から食事に呼ばれることもなかった。昨日も一昨日もなかったからこれで三日連続だ。

バークレーズでの受注会を除けば、この店で注文を受けるのは月に五~十足程度だから、来客がない日が続いても珍しくない。待っていればそのうち客は来るのだろうが、変化のない工房で仕事を続けていると、鬱屈《うっくつ》した気分になっていく。

狭い地下の工房は窓がないため、光が差し込むこともなければ、フレッシュな空気が出入りすることもない。天井も低く、一八〇センチの斎藤が背伸びすれば頭がつきそうなほど、圧迫感がある。

工房が狭いことはどこの店でも当たり前とあって、口に出して文句を言う職人はいない。その代わりどんなに忙しくても昼は全員が外に出るし、喫煙者は頻繁に外に吸いに出る。

斎藤が音楽をかけることを好まないので、工房はいつも静まり返っている。

ピンと張りつめた空気の中で、聞こえてくるのは職人の手の動きによって発せられる音だけだ。木型を削る音、革をナイフで切る音、革を引っ張る音、糸のついた針が革を通過し、そのまま空間を切り裂いていく音……それぞれの職人が革や木と向きあいながら黙々と与えられた仕事をこなしていく。

ここでは工房の真ん中に置かれた木製の作業机を、斎藤を含めた四人の職人たちが囲って作業をしている。

斎藤の左側には中国人のトニーが座っている。

彼は朝からずっと木型を削っていた。

木型に使われるのはビーチ（ブナ）の木で、目が詰まっていて、湿度の変化にも強い。ただし、堅い分、削るのは大変である。

大型のペーパーカッターのような裁断機でおおまかな足の形にしてから、ナイフと「ラスプ」と呼ばれるおろし金のような突起がついた鉄やすりでひたすら削ってはメジャーで計測し、また削り直すという作業を繰り返す。まるで木との格闘だ。

斎藤もこれまで千を超える木型を拵《こしら》えてきた。今でも一足分が完成するたびに疲れがどっと出て、しばらく放心状態に陥ってしまう。

納得する形に仕上がったのだろう。トニーは木型を斎藤に渡し、チェックを求めた。斎藤は受け取った靴を目線の高さまで持ち上げると、左目を瞑る。そしてライフル銃のスコープから覗くように右目だけで全体のラインを確認した。悪くない出来だ。黙って返すと、トニーは小さく頷いた。

木型が完成すると、今度はその木型に合わせて紙のパターンを作り、パターンに合わせて革を裁断する。メダリオンと呼ばれるトゥキャップの意匠もこの時、ひと穴、ひと穴、鑿《のみ》を打つように手作業で開けていく。

こうして出来あがった革を木型に被せて釣り込む。ここまでが木型職人《ラストメーカー》の仕事であり、グッドマンでは斎藤とトニーが担当している。

その靴を受け取って底付けするのが共同経営者である靴底職人《ボトムメーカー》、サイモン・コールだ。

週三日の出勤日であるこの日、サイモンは普段と同じように会話一つ交わさず、仏頂面で仕事をこなしていた。

今は松ヤニを塗り込むことで強度を持たせた二本の麻糸を双方から革に通していた。通した糸は手を器用に持ち替え、両手を伸ばして引っ張っていく。子供の時にやった綾跳《あやと》びのように手を閉じては広げていくことを繰り返し、一見ダイナミックに見えなくはないが、実は地味で忍耐のいる作業である。

そして右隣に座るのが永井美樹だ。

まだ靴磨き《ポリッシュ》しか教えていないが、彼女も斎藤やトニーのような木型職人を目指していて、それでいてサイモンが得意とするボトムメイキングにも興味を持っている。面接の際、いつかは日本に戻って、すべてが自分の手によって作られる靴屋を開くのが夢だと話していた。

美樹はいつも笑顔を振りまいていて、どんなに単調な作業でも楽しそうに仕事をする。彼女が来てから、店の雰囲気がずいぶん変わった。

斎藤とトニーが釣り込みまで行い、それをサイモンが底付けし、最後は美樹が磨く……。フランスやイタリアといった大陸では、一人の職人が全工程を行う店もあるが、英国では伝統的に分業制だ。もっともほとんどのビスポーク店は、靴の底付けは下請け職人《アウトワーカー》に出すので、すべて自分たちの店で行っているのは珍しい。それがグッドマンの大きな売りの一つでもあった。

斎藤は朝から自分が作ったパターンに沿って、小さめのナイフで革を裁断《クリッキング》していた。デュークことアラン・スチュアートに渡す二足目の靴である。

舞踏会を意識した一足目の黒のプレーントゥとは違って、色はロンドンタンというオレンジに近い明るいブラウンを選んだ。デザインはデュークが好む細みのスーツにも合うよう考え抜いた。サイドはモード靴のようにエッジが立ち、それでいてノーズはけっして長過ぎず、トゥは卵のような柔らかなカーブを描いている。

この靴は、昼より夜、しかも室内より外のライトの下で映えるはずだ。できれば派手なネオンより、暗闇の中に小さな照明が灯《とも》された洒落たナイトクラブの前がいい。斎藤の頭の中にはすでにこの靴を履いたデュークが、パパラッチの前を闊歩《かっぽ》する映像までが焼き付いていた。

その写真がメディアに登場した瞬間、世界中のマスコミが騒ぎ出す。いったい、どこの誰が作った靴なのか……。

今年の春のことだった。斎藤の元に、パリのファッションデザイナーからコラボレーションしないかという誘いが入った。ただしコラボとは名ばかりで、彼は「うちのショーでキミの靴を披露すれば、キミの靴はもっとメジャーになれるよ」と、仲間に入れてやるから四の五の言わずにこっちが求める靴を提供しろといった言い方だった。

だがそんな上から目線も、デュークによって改められることだろう。

「ぜひうちのランウェイで使わせてもらえないか」

そのデザイナーがそう言ってひれ伏す姿まで想像できる。


もう一度、腕時計を見た。間もなく六時を指そうとしていた。

そう言えばこのロンジンは十五年前にあの男に貰ったものである。

こんな時計をしているからいまだに亡霊に取り憑かれるのだ。今すぐにでもゴミに出したい気分だ。だがずっと嵌めていたパテック・フィリップを手放してしまったため、今この時計を捨てれば時間を見る手立てがなくなる。

ブルースティールの長針が六時を過ぎたのを確認して、斎藤は立ち上がった。

サイモンもトニーも気にせず自分の仕事に没頭していた。美樹だけが日本語で「先生、お疲れさまでした」と言った。

「みんなも早く帰ってくれ」

英語でそう言うと、斎藤はデュークの靴を引き出しにしまった。エプロンを脱ぎ、壁にかけてあるジャケットを着る。

「そうだ」斎藤は腕を通しながら振り返った。

「明日は仕事で一日中出掛けるので、店には戻ってこない。なにかあったら携帯に連絡してほしい」

美樹が「分かりました」と答えた。トニーも「オーケー」と返事をするが、週三日しか店に来ないサイモンは、明日は出勤日でないことから、聞いてもいないようだった。

「今のところアポイントはない。だがもし飛び込みの客が来た時はトニーが応対してくれ。もしその客が気難しそうなら……」

そこまで言いかけてやめた。出直してくるように頼んでくれでは、トニーの腕を信頼していないようだ。

トニーはこの店に来て三年半にもなる一人前の技術を持った職人である。たいした給料は払っていないが、靴作り以外の仕事に追われる斎藤に代わって、グッドマンにふさわしい最高級の靴を作ってもらわねばならない。我関せずの態度を貫くサイモンがまったく頼りにならないので、余計にトニー任せになる。

「その時はどうすればいいんですか」

トニーが不安そうに訊いてきた。

「その時は、キミがうまくやってくれ」

トニーは「イエス、サー」と返事をし、目尻を下げた。

3

ロンドン・ユーストン駅から国営鉄道で北北西に一時間走ったところにノーザンプトンという駅がある。

列車がホームに到着すると、プシューと空気が抜ける音とともにドアが開いた。

斎藤は飲み終えたカフェラテのカップを片手にホームに降りる。改札の横で里沙子が不機嫌な顔をして立っているのが見えた。

里沙子は首の周りにファーがついたコートを着て、手にはカップを持っていた。ユーストン駅のコーヒーショップで一時間前に買った斎藤のと違い、彼女のそれはすでに二杯目か三杯目かだろう。湯気が立っているようにも見えなくはない。そう錯覚するのは彼女の怒りが沸点まで達しているせいかもしれないが。

「悪い、悪い。目が覚めたら約束の時間だった」

遅刻したのは自分なのだから斎藤は先に謝った。

里沙子は駅で待つと言ったが、ファーストクラスのチケットを買っていたため、先に向かってくれと言った。斎藤は一時間に二本しかない次の列車の普通席で来た。里沙子には悪いが、こっちの方が断然居心地が良かった。

「一時間半も本当に退屈したわ」

里沙子はようやく口を開いた。

「俺が遅れたのは三十分だろ」

「列車の中だって退屈だったわよ。ずっと同じ景色なんだから」

小さな唇を尖らせた。

「そうかな。キミの目にはこの田園風景は新鮮に映ると思っていたんだけどな。英国に来て三年になるのに、ウインザー城を見学した以外、ロンドンから出たことがないと言っていたじゃないか」

「新鮮なのは最初に目にした瞬間だけよ。あとはまるで羊が一匹、羊が二匹と眠くなるおまじないでもされているような気分だったわよ」

「だったらよく眠れたんじゃないのか」

軽口を叩いたが、彼女はニコリともしなかった。

「俺はここに初めて来た時は、車窓の外を流れるこの景色に釘付けにされたけどな。むしろロンドンの町中よりこっちが本物のイギリスだと思ったよ」

「残念ながら私は、あなたのような繊細な感性は持ち合わせていないのよ」

斎藤が初めてこの町に来たのは、この日のような低い雲が垂れこめた真冬ではなく、暖かな日差しが差し込む春の季節だった。

あの時乗った列車はガラガラに空《す》いていた。なのに斎藤は四人掛けシートの窓際に礼儀正しく座っていた。荷物はリュック一つだけ、それを膝の上に載せ、ただ外を眺めていた。今思えば、相当緊張していたのだろう。途中で車掌に切符の呈示を求められた時は、どこにしまったのか失念し、リュックの中身をすべてシートに出した。車掌から「リラックス、リラックス」と宥《なだ》められたものだ。

なにせ二十歳の男が、片道切符で、しかも労働ビザもなく、靴作りの仕事を学びたいとこの国にやってきたのだ。おどおどしていたのは当然だった。

里沙子には景色に目が釘付けにされたと感傷的に話したものの、実際は、広い牧草地のところどころに放牧された羊たちが、野原に咲くたんぽぽの綿毛のように見えたことぐらいしか覚えていない。

「こういう時に車があれば便利なのに」

里沙子が不満を言った。

「こういう時しか使わないんだから無駄の象徴みたいなものだろう」

斎藤は即座に返した。

これから見に行く工場の購入資金が、貯金と銀行からの借入金を足しても少し足りなかった。そのため斎藤は先月、手元にある金になりそうな贅沢品《ぜいたくひん》をいくつか売った。その一つがパテックの腕時計であり、マイセンのカップ&ソーサーのセット、まだ買って一年しか経っていない愛車のレンジローバーもその一つだった。

車はたまに郊外の邸宅に住む常連客からオーダーを受ける際、あるいは馬主である顧客から競馬場に誘われた時に使ったぐらいしか乗ってはいなかった。それでも四駆のロールスロイスと言われるその車は、事業で成功した者だけが持てるステータスシンボルだっただけに、不要だと分かっていても手放したくはなかった。

それもしばらくの辛抱だと思っている。これから乗り出すバークレーズとの新規事業が成功すれば、レンジローバーどころか、ロールスロイスだろうがベンツだろうが手に入れることはできる。時計にしても、スーツにしても、あるいは女にしたって同様だ。

駅前のロータリーで客待ちしていたロンドンタクシーの横を通り過ぎると、里沙子は「まさか歩いていく気？」と目を丸くした。

「別にけちっているわけではない。タクシーに乗るほどの距離じゃないだけだ」

「そう言っておいて、まさか十五分ぐらい歩かされるんじゃないでしょうね」

ズバリ言い当てる。

「駅から徒歩で行ける場所にあるんだから、俺が買った工場の立地条件は抜群だということだろ」

話を変えたが、「こんな田舎で立地がいいも悪いもないと思うけど」と里沙子はチークが薄く塗られた頰を膨らませた。

ノーザンプトンは靴の聖地と呼ばれるほど、有名なシューメーカーの工場が数多く点在している。

オリバー通り《ストリート》の「ジョンロブ」、ペリー通りの「クロケット&ジョーンズ」、セントミッチェルロードの「トリッカーズ」、セントジェームス通りの「チャーチ」……靴好きなら通り名まですらすら言えるのではないか。

この町に住んでいた五年間、斎藤は多くの日本人観光客を見た。

なぜ彼らがロンドンから遠く離れたこの町にやってくるのか。

それはどこの工場にもファクトリーショップが併設されていて、わずかな傷や擦れのせいで検品を撥《は》ねられたB級品が、格安の値段で売られていたからだ。

この町に住んでいた時、斎藤はブーツが欲しくなり、そのうちの一軒のファクトリーショップに出向いた。斎藤の足にちょうど合う煉瓦《れんが》色のカントリーブーツがあった。日本の四分の一程度の値段だった。それでも当時の斎藤の収入では簡単に買えなかった。しょっちゅう見に来るのになかなか買わない斎藤に痺《しび》れを切らした店員が、「特別サービスだ」と値引いてくれたのが、購入の後押しとなった。

ロンドンで買ったエドワードグリーンと、このファクトリーショップで購入したブーツを交互に、それこそ底に穴が開いてもなお自分で修理して履き続けた。

上はジャンパーやジーンズなのに、足元だけ革靴なのだから、滑稽《こっけい》に映ったかもしれない。ただし親方も似たような格好だったし、他の職人も同じだった。靴だけはちゃんとしたものを履く――それが職人たちのプライドのように感じた。

休みの日には自分用に靴を作ったが、それを履いて仕事に出ると親方に問題点を指摘されそうな気がして、履く勇気がなかった。出来栄えの問題より、まだ自分の腕に自信がなかったのだと思う。自分が作った靴を見せられるようになるまで三年ほどかかった。

斎藤には工房の隅にトイレほどの狭いスペースが与えられた。そこでただ目の前の革だけを見つめ、針を差し込んでは縫い上げていく作業を一心不乱に繰り返した。飯を食うのも、シャワーを浴びるのも、寝る時間さえも惜しんだ。それぐらい情熱を注がなければ、納得してもらえる腕前にはとても到達しないと感じた。

里沙子と並んで、少し上り坂になっている石の歩道を歩いていった。

歩道の石は三つに一つの割合でひび割れていて、そこには昨夜降ったと思われる雨水が溜まっていた。

ハイヒールが溝に入り込まないように里沙子は下ばかり見ていた。喋りかけてさえこない。さらに機嫌が悪くなっているのは間違いなかった。

さらに五分ほど進むと、円柱のような煉瓦作りの建物が見えてきた。町の景観から浮いてしまうほどの大きさで、最初に見た時は造船所だと勘違いした建物だ。

ノーザンプトンのバスセンターである。

昔はここからさらに地方に向かって定期バスが数多く出ていたのだろう。靴の聖地と呼ばれるにふさわしいほど、当時の町は賑《にぎ》わい、多くの人が行き来していたはずだ。

斎藤がいた頃はすでに不況は深刻で、古くからあった靴工場のいくつかが閉鎖に追い込まれていた。町はまるで閉山した炭鉱街のように寂れていった。見渡す限り、当時とほとんど町は変わっていない。むしろ不況の波がさらに強くなっているのか、駅から徒歩圏だというのに空き店舗が目立った。

バスセンターを通り過ぎ、買収した工場があと数メートルまで近づいてきたところで、斎藤の前で車が停車した。窓が開く。中から白髪の老夫婦が道を尋ねてきた。

それは斎藤も聞いたことのない通りだった。

里沙子は「日本人の私たちに訊いても分かるわけないじゃない」と日本語で文句を言ったが、斎藤は運転席の夫が手にしていた地図を受け取った。

通り名までは記憶になかった。しかし地図を見た限り、彼らの目的地はだいたいの見当が付いた。

斎藤が方角を指しながら順序よく説明した。老夫婦は「結婚した娘の家に初めて行くんです」と嬉しそうに話した。彼らはクラクションで感謝を示し、斎藤と里沙子が立つ場所から走り去っていった。

「珍しいじゃない。あなたがそんなに親切にするなんて」

里沙子が不思議な顔で言ってきた。確かにロンドンで道を訊かれた時は、無愛想にあしらってしまう。

「二十年前、俺が二十歳の時に初めてこの町に来て、仕事をさせてくれと靴工場に頼んで回ったことは、話したことがあるよな」

「労働ビザがないからって、なかなか雇ってもらえなかったのよね」

「ああ、だけど仕事をさせてくれと頼むのと同じくらい苦労したのは、その工場まで辿り着くことだった。当時はまだインターネットが普及する前だったから、住所を頼りに探し回るしかなかった。目的地はどれも小さな通りで、人に聞いても分からないと言われる。結局、三十人ぐらいに尋ねたよ」

「三十人？」

「ああ、ほとんどの人間はちゃんと立ち止まってくれて、分からなくても、どこだろうかと一生懸命考えてくれた。知っている人は丁寧に教えてくれたよ。そのうちの一人は腰が曲がったおばあさんだったけど、『案内してあげるわ』と近くまで連れていってくれてね。ゆっくりした歩きで、着くまでに結構な時間がかかったから、申し訳ない気持ちになった。日本に来る前に読んだ本には『英国人はプライドが高くて外国人に冷たい』って書いてあったけど、この町に限ってはそれは嘘《うそ》だと分かったね」

そう説明すると里沙子は「へぇ」と相槌《あいづち》を打った。その冷めた表情から、田舎だからよと伝わってくる。

「でもその心温かいノーザンプトンの住人たちも、働くことに関してはあなたを門前払いしたんでしょ」

「それは仕方がないさ。名のある企業がビザのない人間を簡単に雇ってくれるわけがない。俺だってある程度は覚悟していたよ」

「だったらあなたはどうしたの？」

「この町で働く下請け職人の元に出向いて直談判《じかだんぱん》した。当時は今以上に多くのアウトワーカーがこの町に住んでいたからな」

「そうしたら雇ってくれたの？」

「ああ、六人目だった。ようやく一人だけ仕事をくれた人間がいた。ただし労働許可証は出してくれなかった」

「不法就労ってこと？」

「この国では労働ビザを持って、四年働けば永住権の申請ができる。だからといって簡単に得ることはできないけどな。それでも十四年いれば、自動的に永住権はもらえる」

「でもあなたはビザなしだったわけでしょ」

「それがこの国の寛大なところだ。十四年いたことが証明されれば、合法だろうが非合法だろうが、同様に扱われる。俺は結局、その親方の元で五年働いた」

「ということはあなたもあと九年ここにいれば永住権は取れたのね。どうしてそうしなかったの。コソコソ隠れて仕事をすることが我慢できなかったの」

斎藤は黙った。

車にも乗れず、警察の顔を見るたびに心臓がバクバクと鼓動したが、悪さでもしない限り、しのげると思っていた。片田舎で職務質問されることなど皆無に等しかった。

親方から貰う孫請けの仕事を黙々とこなす単純な毎日だった。

他の職人と同じだけの給料など貰うことはできず、親方にくすねとられているのは承知していた。

それでも日増しに自分の腕が上がっていることが感じられ、モチベーションが維持できた。あのままあと九年辛抱することなど、特別難しいことではなかった――。

目指す建物が見えてきた。

煉瓦作りの薄汚れた廃屋のような建物の右半分が斎藤が買収した工場だ。建物の左半分は、長年使っていた文具メーカーが倒産して今は空室になっている。できれば今すぐにでも手付け金を払い、将来の工場拡張に備えたいぐらいだ。まぁ、長引く不況の御時世、そう簡単に借り手はつかないだろう。焦ることはあるまい。

「ようやく着いた。ここが俺の工場だ。これからグッドマンにとって大切な交渉事になる。昔話の続きはあとにしよう」

扉を開けると革の匂いがツンと鼻をついた。

斎藤は「さぁ、入ってくれ」と、立ち止まった里沙子のコートの背中を押した。

4

工場に里沙子を連れていったのは正解だった。

斎藤がここを訪れたのは、従業員と話をするためだった。前回、里沙子とトニーに日本の「バークレーズ」の受注会に行ってもらい、斎藤が一人で交渉に臨んだ時は、まったく会話が嚙《か》み合わず物別れに終わった。

工場は斎藤がこの町に住んでいた二十年前から存在していた。当時は従業員が五十人以上、英国や米国のアパレルブランドの靴を引き受けるなど、結構な利益を出していた。それが八年前に倒産してからは、新しいオーナーが現れるもすぐに経営難に陥るなど、破産と再建を繰り返した。ここ数年は中国人の投資家の下、機械の売却など規模縮小だけを目指したひどい経営だったらしい。従業員もわずか六人にまで減ってしまっていた。

そのたった六人の従業員を、斎藤は三人にすると言った。当然、彼らは反発した。

中でも六人のリーダー的存在、ロバーツという男からは何度も摑みかかられそうになった。彼は靴工場一筋、勤続四十年の熟練工で、口髭を蓄え、プロレスラーのような体格をしていた。

今回、工場で待っていたのはそのロバーツだけだ。斎藤が「あなた一人と話したい。けっして他の五名を軽んじるようなことはしない」と約束して頼んだからだ。

一人で来てほしいと言いながら、斎藤が里沙子を同行させたことにロバーツは不信感を抱いた。しかし斎藤が英国人なら誰もが知っているロイズ銀行の名前を出した途端に彼は納得した。新しい買い手には英国の銀行が後ろ盾についている、これまでのようにマネーゲームの道具にされることはないと納得したのではないか。

そこから先は里沙子が中心になって話を進めた。

ただし「整理解雇はしません。その代わり、当面はお給料を半額でお願いしたい」と言い出すと、彼は再び、顔を真っ赤にして、机をバンと叩いた。

「俺たちに半分の金で我慢しろということか」

英国人独特の、低音で舌を巻かず、嫌みなほど母音がはっきりした話し方は脅しとしては十分だった。それでも里沙子はまったく怯《ひる》まなかった。

「悪くても一年の我慢です」

「そんな口約束を信用できるか」

「我々は今月末から報酬を支払わせていただきます。来月から生産を開始し、日本に靴を送るのは三カ月後、私たちの元にお金が入ってくるのはそれから一カ月も先になります。にもかかわらず、私たちは今から前倒しで、皆さんのお給料を支払わせていただこうと思っているんです」

「調子のいいことばかり言うなよ」

ロバーツの息がアルコール臭いことにその時になって気づいた。朝から飲んでいるのか。仕事もなく、他にやることがないのだから仕方がない。

「なぜ私たちがそこまでするのかと言えば、それはここで働く六人のスタッフに敬意を表しているからです。私たちが買ったのは工場ではありません。皆さんの熟練した技術です。それでも信用していただけないというのであれば、仕方がありませんが」

「信用、信用って、それができないから、オレたちは苦労してきたんだろうが」

里沙子の説明を突っぱねた。しかしすべてを拒絶していたロバーツの目つきが、これまでとは明らかに変わってきていた。

彼らは今回の会社更生法が適用された三カ月前から無給だった。

強がっているが、貯蓄は底を突き、生活は限界にきている。他にも靴工場はあるが、どこも景気はよくなく、六人全員を雇ってくれる場所などこの町にはなかった。「やめる時は六人一緒だ」と強がっていても、本音は誰かにすがりたい、助けてもらいたいと思っている。

「あなた方が作る『S&Cグッドマン』の既製靴が、日本のユーザーに気に入られることは間違いないと思います。その販売網というのは今、日本のアパレル業界でもっとも勢いがあり、どんどん店舗を広げているバークレーズという上場企業です。しかも我々とバークレーズとで再三にわたり検討を重ねた結果、幅広い人たちに手に取ってもらえるよう、あえて最初は値段設定を抑えて売り出すことにしました。我々の計算では一年後には販売量が倍になります。倍になれば、皆さんのお給料は元通りに戻します。三倍になればこれまでの一・五倍になることをお約束します」

「一・五倍？　これまでの五割増しにするということか」

「そうです。けっして難しい計画だとは思っていません。実際、バークレーズ全体ではその十倍もの靴を販売しているわけですから」

里沙子は流れるように説明した。

「皆さんが作ったものよりはるかに劣ると思われている靴が、バークレーズでは驚くような高値で売られています。そこにこの工場で作られた靴が乗り込んでいくわけです。高品質なのに、値段は安い……我々が負ける理由などどこを探しても見つけられません」

ロバーツは黙り込んでしまった。納得した、いや、納得させられたのだ。

一人も馘首《かくしゅ》されないだけでも、前回の交渉より大きな前進だと自分に言い聞かせているのだろう。すべて斎藤の計画通りに事が進んでいた。

斎藤が指南したものとはいえ、この手の買収劇に慣れた現役の銀行員である里沙子の交渉力はお見事という他なかった。斎藤よりはるかにネイティブに近い発音をすることも、より説得力をもって相手の耳に入り込んでいく要因になっているのではないか。

海外での居住経験は斎藤の五分の一もない里沙子だが、美しく英語を喋ることに強い関心を持ち、それを美と考えているようだ。テレビドラマを見ながら、無意識のうちに復唱したりする。言葉など道具であり、通じればどうでもいいと甘く見てしまう男たちは、海外で仕事をしても成功して日本に戻ることばかりを夢見る。しかし女は違う。骨を埋《うず》めてもいいとばかりに本気でその国の人間に成りきろうと努める。仕事にしても留学にしても、あるいは国際結婚をするにしても、世界という単位で見れば、男より女の方がはるかに逞《たくま》しく生きている。

「しかし、あのロバーツって男が中国人も日本人も信用できないって言った時、あなたはてっきり『自分たちはあんないい加減な国の人間とは違う』と言い出すと思ったわ」

工場からの帰りしな、里沙子が切り出した。

斎藤が「どこの国にも会社を金儲けの道具にしか考えていない連中はいます。だけどもその国の文化としてきちんと考えている者もいます。それは我々、日本人も中国人も同じです」と言い返したことを言っている。

「当たり前だろ。うちには中国人の職人がいるんだ。悪口を言っておいて、あとになって四人いる職人の一人がチャイニーズだと知ったら彼らだって怒り出すだろう」

「さすが、そのあたりの気配りはたいしたものね。あの瞬間、私の頭からはトニーのことなんか消え去っていたもの」

感心したような言い方だったが、言葉尻通りには受け取れない。三年も付き合っていながら、「あなたならヒモでも結婚詐欺師でもなれた」と平気で言う女である。

「そう言えばこの前、あなたが話していたクリスって男、実在する人物みたいね」

「なんだ。調べたのか」

「せっかく優秀な調査会社を見つけたのよ。頼まない手はないじゃない」

大学教授の素性を聞いたついでに、調べさせたということだ。

「実在するのは当然だ。俺が幽霊と取引するわけがない」

里沙子はコートのポケットから四つ折りされた紙を取り出し、そこに書かれている内容を読み始めた。

「クリストフ・ティエール。本名ぐらいはもちろん知っているわよね」

「当たり前だろ」

「祖父がフランスから移住してきたみたいね。実家はヘルムウエイの高級住宅街で、高校はイートン校だからウイリアム王子と同じ。大学を出た後、プリンストンに留学してＭＢＡを取ったようね。入社したのはソシエテ・ジェネラルだからフランスの銀行、パリとロンドンで計六年働いて、そのあと別のフランス系の投資銀行の海外部門を経て、三年前に友人とロンドンに投資顧問会社を設立した。あなたが言っていたように今でもその会社は存在していたわ。ただし、共同経営者の友人というのもフランス人だけど」

「フランス、フランスって、まるでフランス系だとイギリスの王室とのコネクションが持てないみたいな言い方だな」

「そんなことは言ってないわよ。金持ちならすぐに知り合いになれるだろうし、ジェントルマンクラブだって入れるでしょう」

「だったらなにが問題なんだ」

「あなたが会った人間が、本当にそのクリストフ・ティエール本人かってことよ」

クリスの名を騙《かた》った別人だと言いたいのだろう。

「まるで俺が騙《だま》されていると決めつけているみたいだな。だとしたらその男はどうして俺にロイヤルワラントを取る手はずを手伝うなんて持ちかけてきたんだ。別に俺は、クリスから金を要求されたわけではない。彼が求めているのは将来的なパートナーシップだけだ。騙したところで彼は一銭も得はしない」

もし仲介料を持ちかけられたら、たとえそれが少額でも慎重になった。断りはしないが、成功報酬でなければ受けなかった。

「クリスについて、サイモンはなんて言っているの」

「サイモン？　別に」

「話してもいないの」

「言ったところでサイモンは興味もないだろうし、そもそもヤツは一円も出していないんだから」

「なるほどね」里沙子は頷いた。

「何がなるほどなんだよ」

「あなた、クリスがいれば、サイモンが抜けても大丈夫だと思っているのね。フランス系だろうが、王室にコネがあって、ジェントルマンクラブにも顔を出しているのなら、この国から追い出されることはないわ」

斎藤はさすがに腹が立った。

「しかしキミはどうしてそうズケズケと思ったことを口にするんだ」

「ズケズケじゃなくて、ズバリじゃないの」

懲《こ》りることなく里沙子は返してきた。勝ち誇ったように目は輝いていた。

「言いたいことは遠からず当たっているよ」素直に認めた。「だからといって、まだうちにはサイモンが必要だ。あれだけ正確で規則正しいステッチを刻んでいける男は、ロンドン中探してもなかなか見つけられない。いくら俺が、クライアントが心を奪われるような美しい靴を作っても、足を入れて地面に踏み出した途端、心地良さが台無しになってしまうようでは高級靴としての意味はなさない」

「サイモンとあなたは名コンビってことね」

「ああ、分業制を敷いている以上、一流のボトムメーカーは確保しておかないといけない」

「確保、ね」里沙子はそう呟くと「まあ、いいわ。それよりさっきの話の続きを聞かせて」と話を変えてきた。

「さっきの話？」

「あなたがビザも持たずにこの町で靴作りに励んでいた時の話よ。五年働いていて、あと九年隠れていれば永住権を手にできたのよね。どうして日本に戻ったの」

「どうしてって、日本が恋しくなったからだよ」

「いい加減なことを言わないで」

「五年もいれば誰だって故郷に帰りたくなるだろう」

「あなたはそんな人じゃないでしょ。成功するためならそれぐらい耐えたはずよ」里沙子は決めつけた。「もしかしてあの木型の持ち主がなにか関係しているからじゃない」

「交渉しながらも、ちゃんと頭の中で整理していたんだな。本当にキミはたいしたものだ」

「はぐらかさないでよ」

「ああ、その通りだよ。無類の靴好きだった薗田幾男はこのノーザンプトンに来ていた。もっとも老舗の化学メーカーの三代目社長で、金はいくらでも持っていたからアウトレットになんか興味はなかった。ただ純粋に工場を見たいと思って出張ついでに来たらしい。もしかしたら趣味が高じて将来は靴店でもやりたいと夢を持っていたのかもしれないな」

「そしてこの町であなたと出会ったのね」

「たまたまこのあたりの通りで、『日本人かね』と声をかけられた。薗田は道を尋ねてきた。ちょうど休みだった俺は、彼が行きたい工場に順に案内してやったんだ。彼は大満足してくれたよ。どの工場でも子供の社会科見学のようにはしゃいでいたな。で、帰りに食事に誘われた」

「そこでお礼を貰ったのね」

まったく嫌なところをつく。

「ああ、貰ったさ。当時の俺はどうしようもないほどの貧乏だったからな。最初からそういった下心があったのは否定しない。だが工場を回っているうちに俺の考えは変わっていった」

「変わったって？」

「この男の靴を作らせて貰えないかって思うようになったんだ」

あの時、よくそんな失礼なことを言えたものだと自分でも感心する。まだ見習いから抜け出ていない職人が、企業の社長に靴を作らせてくれと申し出たのだ。彼はジョンロブやエドワードグリーンといった高級靴を何十足も所有していた。鼻で笑われ相手にされなくとも不思議はなかった。

「薗田はあなたの申し出を受けてくれたのね」

「もちろん即答ではない。薗田は『だったらキミが作った靴を見せてくれ』と言ってきた。だから俺は薗田に駅で待ってもらい、急いでアパートに靴を取りに戻った。電車が発車するまで五分ぐらいの短い時間だったけど、薗田は俺の靴を見て『よし、いい出来だ。明日、ロンドンの俺のホテルに来い』と言ってくれたよ」

そして三カ月後に一足目が出来あがった。日本に送ると彼がわざわざ電話を寄越してくれた。

どうせたいしたものは出来ないと舐められていたのかもしれない。そうした先入観があったとしても、薗田は「想像していたのよりはるかに素晴らしい出来栄えだ」とえらく気に入ってくれた。

「それがこの前、修理に出されたのと同じ靴なのね」

斎藤は首肯した。「それがきっかけになって、薗田から『日本に戻ってこい』と言われた。『日本に戻って、俺の専属の靴職人になれ』ってね」

「専属？」

「専属といっても、一年に何十足も作る訳ではないからな。五、六足作って、百万ぐらい貰った。それだけでは生活できなかったから薗田の紹介で、日本の靴メーカーに就職した。悪くない給料だったから、金に困ることはなかった。ノーザンプトンにいた時よりははるかに恵まれた生活だった」

そこで斎藤はモデリストといって靴のデザインを任される職に就いた。仕事が終わると、頻繁に薗田に呼び出され、斎藤の給料では入れないようなレストランで食事をし、銀座や赤坂のクラブに連れていかれた。

「でもあなたは満足していなかったのね」

「そうだな。サラリーマンのような生活に、こんなことをしたくて俺はイギリスに行ったのかと毎日自問自答をしたよ。俺はこんな仕事をするために五年も修業したのではない。もっとでかいことを目指していたんじゃないかと」

「でかいこと」

「ああ、それがなにかと訊かれたら答えに困るが、いずれにしても俺が当時、そう思い悩んだのは事実だ」

「それでいろいろ世話をしてくれたその恩人の義理に背いて、またイギリスに戻ってきたってことね」

斎藤が目だけ向けて黙っていると、里沙子は「違うの？」とこちらに顔を向ける。

「薗田は俺にとって初めての客だが、俺はヤツを恩人だなんて思ってはいない」

「もしかして使用人みたいに扱われたの」

「そんな生易しいものではない。薗田が俺に好意的だったのは他に理由があったからだ。そのことが俺には屈辱的だった」

「理由って？」

「そんなのはどうでもいい。口にするのも気分が悪くなる。ひと言でいうのなら職人としての魂を汚された。だから俺はそれにふさわしい仕打ちをした」

仕打ちという言葉に、里沙子はその場に立ち止まってしまった。

「そう不安そうな顔をするな」

「だって……」

「今から十三年前の話だ。その薗田がホテルで心不全で倒れた。すぐに救急車を呼べば助かったかもしれないが、俺はそうしなかった。なぜならば彼の会社のために、先にやらなければならないことがあったからだ。その結果、残念ながら薗田は命を落としてしまった」

斎藤が通報が遅れた理由を説明すると、里沙子は「救急車を呼ばないなんて、法に触れるんじゃないの」と少し声を震わせて聞き返してきた。

「呼ばなかったんじゃない。呼ぶのを少し遅らせただけだ」

「どっちみち同じじゃない」

「もしばれたら捕まっていただろうな。だが遅らせたことなんてその場にいた人間にしか分からない。それに病死というのは医者が不審に思わない限り、警察に通報することはない。心不全を発症して病院に搬送されたが間に合わなかった……よくある話だろ」

「よくあるって、そんな……」

「実際、葬式が終わるまで、遺族から感謝はされても非難されることは一切なかった。もちろん警察からの連絡もない」

「そんなことまでして素知らぬ顔でお葬式に出たの」

「そこまで厚かましくはないさ。お悔みの言葉を言って辞去させてもらったよ」

「でもその遺族が心変わりをして、それであなたを脅してきたんじゃないの」

「それはありえないな」

「どうして？　子供はいたんでしょ」

「跡取りがいたよ。だが息子は薗田が亡くなった数年後、経営危機に陥ったケミカルメーカーが不渡りを出し、最終的に外資に買収されたことに責任を感じ、自殺している」

「他に兄弟は」

「一人息子だった」

「だとしたら大学教授を使ってあの靴を店に持ち込ませたのは誰なの。左利きの職人に作らせたのは誰なの」

里沙子はまくしたてるように訊いてくる。だが斎藤には見当もつかないのだから答えようがない。

「だったら質問を変えるわ。あの左利きの職人はどうしてそっくりの靴を作れたの。靴を作るためには木型が必要なのよね。その木型はこの前見せてもらったように、あなたがずっと保存していたのよね」

「ああ、誰にも渡していない」

「あなたが薗田って人の木型を持っているのを職人たちは知っているの」

「ああ、美樹に聞かれたので、最初に靴を作ってほしいと言ってくれた人のものだと話した。その時はトニーもサイモンもいたはずだ」

三人だけではない。その話なら他にもしたことがある。工房を見学したいという常連客からこの栄えある0001番と通し番号が振られた木型は誰のだと聞かれた。薗田の名前を言ったことはないが、修業時代に知り合った日本人の客だと伝えたので、斎藤と薗田の関係を知る人間なら察しがつく。

二度と注文されることはないのだから処分しても良かった。すべきだったのかもしれない。

だが斎藤は一度たりとも捨てようとは思わなかった。

薗田は最低の男だった。一度触れれば絶対に忘れないと斎藤が自負している足の形さえ、記憶から消し去りたかった。

それでも木型には罪はない。

シューメーカーとしての輝かしいキャリアの中で、最初に作った木型である。困難にぶち当たった時、あの木型を眺めていさえすれば、勝手にアドレナリンが出てきて、気持ちが昂《たか》ぶってきた。

「そっくりの靴を作る方法は二つある」

斎藤はおもむろに切り出した。

「一つは石膏《せっこう》を使う方法だ」

「石膏？」

「薗田が死んだ後も、ヤツの靴は処分されなかった。その靴に誰かが石膏を流し込んで薗田の足型を作った。その足型を元に同じ木型を制作したということだ。だがその方法はどうかな。石膏を流し込んで作った足形を計測したとしら、あれだけのきれいな線は出ないだろう」

「ならもう一つの方法はなに」

「木型だよ」

「木型って、木型はずっとあなたが保管してきたんでしょ」

「もちろんだ」

「薗田って人が他でも靴を作ったことは考えられないの」

里沙子の問いに「それはありえなくもないが、だからといって他で作った木型であの靴を作るのは不可能だ。同じ足でも職人によって作る木型はまったく異なる。木型が違えば、完成する靴だって変わってくるから、この前のように、俺の木型がぴったり収まることはありえない」

「だったら鼠《ねずみ》がいるってことよね」

「鼠？」

「そうよ。工房で働く誰かが、夜中にこっそり計測して、そのデータを渡したってことじゃない。それこそあなたがデュークのデータを盗ませたように」

「まさか、そんなヤツはうちのスタッフにはいないさ。それなら空き巣にでも入られた方が現実味がある」

そうは言ったが、入り口は二重ロックされており、道具を使って解錠された形跡はなかった。

「あの娘《こ》が怪しいんじゃないの」

里沙子が閃《ひらめ》いたように目だけをこちらに向けた。永井美樹のことを指しているのはすぐに分かった。だが「それはありえない」と却下した。

「どうして、そう言い切れるの」

「簡単だ。彼女には足を正確に計測する技術がないからだ」

美樹には木型どころか、まだ靴を磨くことしか教えていない。仮に左利きの男から、これらの箇所を計って欲しいと図面で指示されたとしても、素人には正確に計測することなどできない。それぐらい足の形というのは複雑で、どことどこを線で結ぶのか、まるで砂漠で道に迷ったように、目印が分からなくなってしまう。

「だけど薗田という人の死と関係しているとしたら、一番怪しいのは日本人の彼女よ。店で働く前にハインズという教授がいる大学に通っていたんじゃないの」

「そんな話は聞いていない。彼女はロンドンに来て三日目にうちの店に面接に来たと話していた」

「そんなの本当かどうか分からないじゃない。いくらでも適当なことは言えるわよ」

「だけどもキミはハインズの教え子に日本人はいないっていっていたじゃないか」

「それは直接指導したって意味よ。同じ大学にいて知り合ったぐらいなら、そこまでは調べられないわ」

確かに美樹は初めて英国に来た割には英会話もそれなりにできる。本人は子供の頃から外国に憧れていて必死に勉強したと話していたが、こっちの学校に通ったとも考えられなくはなかった。それでも斎藤は「日本人だという理由だけで怪しいと決めつけることもないだろう」と言った。

「どうせたいして役には立っていないんでしょ」

「今はそうだ。だがこれから店に貢献してくれるかもしれない」

「そこまでいくにはまだまだ時間がかかるじゃない。あんな娘、すぐにクビにすべきよ」

里沙子は吐き捨てるように言った。初めて彼女を見た時から、里沙子はずっと気に入らないようだ。

「まったくあなたは女に甘いんだから」

里沙子は斎藤の心を見透かしたように言った。

「まるで俺が個人的な感情で彼女を雇ったみたいな言い方だな」

斎藤が言い返すと、里沙子は「あら、違うの」と返した。「なんだかんだ言って、ああいう何も知らなそうな娘、あなたのタイプじゃない」

「タイプ？　そうかな？」

そんなふうに思われていたのかと意外に感じながら斎藤は話を変えた。

「キミはすべてを承知して俺と付き合っているんじゃないのか。俺がどの女と寝ようが干渉しない。たとえそれがキミの友人だろうとキミは文句一つ言わないと」

「承知したんじゃなくて、あなたが無理矢理、私に同意させたんでしょ」

冷めた目で見る。

「どっちでも同じだろ」斎藤は言い返した。「男の優しさほどいい加減なものはない。そういう男こそ、いざという時に真っ先に逃げ出す。キミはそう言って俺を選んだんじゃないのか」

知り合った頃、里沙子がよく言っていたセリフだ。

不倫で嫌な思いをして日本を逃げ出してきたのか、里沙子は飲むたびに世の男を愚痴っていた。そういう時、斎藤は「優しさ」と「弱さ」は同じ線上に隣合わせにあるものだと説明した。だからその時の状況や女の気持ちの揺れで、優しいと感じることもあれば、弱く映ったりすることもある。逆に「強さ」の隣合わせにあるのは「冷たさ」だと……その上で「優しくて弱いか冷たくて強いか、どっちを選ぶかはキミ次第だ」と言った。

「私が言っていたことと、あの娘とどう関係があるのよ」

「関係ないかな」

「まったく関係ないんじゃない」

どうも里沙子は美樹のことになるとムキになる節がある。自分にないなにかを彼女が持っていることに里沙子自身も気づいているからだろう。

「いずれにしてもあの女はやめた方がいい。危険な気がするのよ。このままではあなた、絶対に後悔するわよ」

里沙子はそう断じると、走ってきたタクシーに手を上げて停めた。

5

「この靴、履いて帰ってもいいかね」

白髪の老紳士は、尋ねる前からそうするつもりだったようで、立ったまま靴を脱ぐと、智哉が今渡したばかりの茶色のウイングチップに足を入れようとした。

智哉は「どうぞ」と靴べらを渡した。靴べらの上をウォータースライダーのように踵が滑り落ち、靴の中にストンと足が入っていくのが確認できた。

「おっ、完全に生き返ったな。新品の靴のようだ」

男性客は大袈裟《おおげさ》に声をあげる。

年はゆうに六十を超えていた。茶色のチェックのスーツを着ていて、背が高く、しかも背筋がしゃきっと伸びていて、見るからにダンディだ。

隣にいた夫人が「ねっ、言ったでしょ。インターネットに書いてあったんだから。このお兄さんなら直せない靴はないって」

目を細くして「ねえ」と同意を求められたので、智哉も笑みを返した。

実際は智哉でもどうすることもできない靴はいっぱいある。それでも客はブログに智哉のことを、凄腕《すごうで》の修理屋と書いてくれたりする。チラシを撒く余裕もないので、榎本靴修理店の宣伝方法は口コミでしかない。それが今や都内だけでなく、埼玉から来てくれたこの老夫婦のように他県からの客もいる。

「ですけど、お客様、さすがに今回で限界かもしれません。あと三年から五年、大事に履かれたとしても、次に靴底《ソール》が消耗された時は張り替えは難しいと思います」

恐縮しながら言った。底を外して分かったのだが、このオールデンのウイングチップの靴底はすでに四回から五回交換されているようだった。

手縫い、機械製を問わず、ウエルトというパーツを使った製法は、何度も底が張り替えられるタフさが長所である。それでも何度も底を剝がし、縫い直すという作業を繰り返すことで、そのウエルトやインソールが割れてくると、いくら慎重に縫い直したところですぐに糸がほつれてしまう。

靴修理を始めて年になるが、ここまで履きこんだ靴は初めて見た。それほどこの男性客がこの靴に愛着を持っているということだ。

「大丈夫だよ。この靴の底が擦り切れた頃には私ももう引退している。そろそろ会社を息子に譲ろうと思っているくらいだから」

男性はその場で行進するように足踏みした。よほど履き心地がいいのだろう。そんな姿を見せられると、難しい作業だったことなど吹っ飛んでいく。

「この靴で親父から引き継いだ町の小さな饅頭屋《まんじゅうや》を、一応は和菓子メーカーと呼ばれるほどの会社にしたんだ。それこそ日本中を歩き回ったよ」

その会社は智哉も聞いたことがあった。そう言えば、さっき貰った土産の包み紙に印刷されていた。そこの社長だったのだ。

「しかしいい靴というのは嫌なことも忘れさせてくれるな。それもあなたがこんなにピカピカに磨いてくれたから、余計に気分がいい」

「ありがとうございます」

智哉は修理した靴は磨いて渡すようにしている。そうすることで客は喜んでくれ、その靴を大事に履いてくれそうな気がするからだ。

「大事な仕事に行き詰まったらまず靴を磨くべきだ。そうすれば、心の迷いが吹っ切れ、曇った鏡から湯気が取れるように困難が取り除かれていく……ある人がこういう言葉を言ったのを聞いたことはないかね」

男性は目を線のようにして質《ただ》してきた。

「存じませんでした。勉強不足で申し訳ございません」

智哉が素直に謝ると、隣で夫人が「また、あなた、いい加減な思いつきを言って若い人を困らせないでよ」と注意した。「この人ったら、うちの社員にもすぐにいい加減な言葉を教えるのよ」

夫人がごめんなさいね、と頭を下げた。

「いい加減じゃないさ。ちゃんと意味にはなっている。ただ偉い人が言ったのではなく、和菓子屋の社長が考えただけの違いだよ」

男性はハハハッと顎を上げて笑った。

「でも当たっていると思います」智哉は言った。「外国には『素晴らしい靴は素晴らしい場所に連れていってくれる』という格言があります。僕はお客様がおっしゃったのと同じような意味だと解釈しています」

「素晴らしい靴は素晴らしい場所に連れていってくれる、か……いい言葉だな」

男性は復唱すると、「ほらな」と得意顔になって夫人を見た。

「職人が精魂を込めて作った靴は、履く人間を幸せにしてくれるんだよ。だから『値段が高い』とか、『ムカデじゃないんだからいったい何足買ったら気が済むのよ』とか、そういう細かいことは言ったらいかんのだよ」

男性が言うと、夫人は「はい、はい」と呆れ顔で相槌を打った。

「ところで、あなたは靴磨きもやっているのかね」

壁に張ってあるメニュー表を見ながら訊いてきた。

「はい、やっております」

「最近、靴を磨いてくれる人がいなくなってね。昔は靴が汚れるたびに床屋に行ったものなんだけど」

「床屋さんですか」

智哉が驚いた顔をすると、夫人が相変わらずの呆れ顔で首を振っているのが見えた。男性は「日本じゃなかったな。外国の話だったな」とおどけた。すぐに夫人が「外国でなく、外国映画の話でしょ。あなた、昔は仕事ばかりで温泉すら行けなかったじゃない」と突っ込んだ。

なんだ古い映画の話か。それなら智哉も見たことがある。昔の理容院には靴磨き用の高い椅子があったようだ。

「よろしければ、きょう履いて来られた靴、お預かりしましょうか」

「ほぉ、それは悪いね」そう言ったもののすぐに「やっぱりやめておこう」と撤回した。

「あなたに磨いてもらうのも悪くはないけど、自分で磨くことにするよ。靴を磨くことって、自分の身の回りでもっとも手近にできて、もっとも満足感が得られることだと思わないかね。愛情を込めてきちっと磨けば、古い靴でも買った時の艶を取り戻してくれる。もしかしてワシって天才なんじゃないかって、毎回、陶酔してしまうんだな、これが」

白い口ひげを指で擦りながら、男性は胸を張った。

「昔は唾をつけて磨いたんだけどな。映画で見た靴磨き職人がそのやり方をしていたんだ。でも女房が『その方法は汚い』って嫌な顔をするのでやめたよ」

「だってねぇ、ペッペ、ペッペって音がして、紳士の嗜《たしな》みとはほど遠かったんですもの」

夫人に言われて男性は「だから今は水道の水を使うことにしているんだよ」と言った。「フランスでは靴磨きをするためのクラブがあるらしいな。日本でもたまにやっているとか。そこでは水の代わりにドンペリで磨いた靴を月の光で乾かすらしいぞ」

女房の顔を見ながら説明した。夫人は冷めた顔で「シャンパンを靴磨きに使うなんて、もったいない」と呟く。普通の人ならそう考えるだろう。智哉もそう思った。だけども同時にどれぐらい効果があるのか試してみたいと興味が湧いたのも事実だ。

「シャンパンではないですが、僕の父はスコットランドのウイスキー工場で特別に蒸留させたスコッチを使って磨いていました」

「スコッチで磨くなんて、それは初耳だな」

「ええ、僕も父以外にそうやって磨いている人は聞いたことがありません」

「スコッチを使うと効果があるのかね」

男性は身を乗り出すように訊いてきたが、智哉は「さぁ、どうなんでしょうか」と返した。

「効果は分かりませんが、その特別に蒸留されたウイスキーというのが、どんな味がするのか興味はあって、父が不在の時にこっそり飲んでみました。そうしたら……」

「そうしたら」

「ただの水でした」

智哉がそう言うと、固まっていた二人が相次いで笑い声をあげた。

「まぁ、それじゃあ、酔えないわね」と口元を手で押さえた夫人に、男性も「あなたの親父さんも粋《いき》なことをするものだな。靴磨き用の水をウイスキーの瓶に入れておくなんて」と感心していた。

実際、父が死んだ時はまだ小学生だったので、智哉がそのウイスキーを飲んだわけではない。飲んだのは高校の時、家に遊びにきた友達だった。それでもずっと戸棚にしまったままになっていたのだから、母も高級ウイスキーだと信じていたのだろう。

「まぁ、いくら靴だけ磨いても、その靴を履く者がしょうもない人間だったらどうしようもないけどな。日本には『靴をはかりて足を削る』という諺《ことわざ》もある」

質問されたと思ったので、智哉は「本末転倒という意味ですね」と答えた。

「ほぉ、よく勉強しているな」

男性は感心してくれた。

「では残りわずかになってきたわしの人生、社員のためにも、この靴でもうひと踏ん張りするかな。なにせわしがもう覚えていない場所も、この靴はちゃんと記憶に刻み込んでいるからな」

「そうね。私が知らない内緒の場所もいっぱい知っているでしょうからね」

夫人に突っ込まれると、男性は一瞬だけ固まった。

どう返すのかと思ったら、男性は「ハハハッ」と高笑いして、「若い女の焼きもちは可愛《かわい》いけど、三十年連れ添った古女房に言われるのは困ったものだよ」とごまかした。

古女房と言われた夫人まで、なんだか嬉しそうだ。

男性は金を払うと、智哉がビニール袋に入れた靴を、大事そうに鞄《かばん》にしまった。

「また頼むよ」

「こちらこそ、よろしくお願いします」

頭を上げると、夫婦が真横に並び、寄り添うように帰っていくのが見えた。

ああいう客に出会えると、この仕事を選んで良かったと再認識できる。

注文靴専門の店を開くという夢が叶《かな》っても、修理の仕事は続けていきたい。

人が作った靴を補修し、その問題点を修正して、新品のような靴に作り替えるという作業は、手間ばかりかかって、たいした儲けにはならない。

それでもそういうメンテナンスをする職人がいてこそ、客は一生ものの靴が欲しいと思ってくれるのだ。

修理にしても、あるいは靴磨きにしても奥が深く、そこには先人たちが編み出したさまざまなやり方があって、絶対的な正解というものはなかなか見いだせない。

一度、都内の有名ホテルで四十年靴磨き一筋に生きてきた職人さんの仕事を見せてもらった。智哉とはまったく異なる方法で、顔が映りそうなほどピカピカにトゥキャップを輝かせていた。

そういうのを見せられると、智哉も店に戻ってすぐに試してみる。うまくいく場合もあれば自分ではまったく出来ない場合もある。それでも優秀な職人たちが黙々と仕事をこなす姿に刺激を受け、もっと勉強して、その域に近づきたいと思う。

さっきの男性があの靴を買ったのは四十五年前だと話していた。

当時はまだ外国製が舶来物と稀少《きしょう》がられていて、その中でも若者たちは米国のファッションに憧れを抱いた。みゆき族とかアイビーとか呼ばれた時代だ。

靴もまたオールデンやバス、ウォークオーバーという米国ブランドが憧れだったようだ。

智哉の家にも父が所有する米国製のローファーがいくつかあった。だが父はすぐに英国製に趣味が変わり、やがてビスポーク靴が増えていった。

白髪が似合い、背筋がきちっと伸びたさっきの男性ほど、父の容姿は良くなかった。それでもお洒落で、人の手で作られた物を愛し、酔うと誰だろうが構わず、自分がなぜ物にこだわるのか話を聞かせるのが好きだった。

父の浮気に堪忍袋の緒が切れた母が、父が大事にしていた靴に鋏を入れ、それでも気が収まらずにバケツの水に浸《つ》けっぱなしにしたことがあった。

こうなったらもう履くのは無理だな——母が仕事に出ている時に、こっそり家にやってきてその靴を見つけた父は、落胆しながらも、「このまま捨ててしまうにはあまりに靴が可哀想だから、分解してどうやって靴が作られているのか、研究しようじゃないか」と言い出した。

父は母が使っていた裁縫鋏を取ってくると、靴を縦に裁断した。

「靴の中というのはこんなふうになっているんだぞ。どうだ、智哉、面白いだろう」

指で断面をさしながら、一つ一つ、どうしてこんな複雑な構造になっているのか説明してくれた。

小学五年だった智哉は、工作の時間でも理科の実験でも感じたことがないほど、父の説明のすべてに興味を持った。二人のあまりの熱中ぶりに、戻ってきた母も怒りを忘れてしまったぐらいだ。

ただ、そうやって靴作りの面白さを教えてくれたのは父の気まぐれであって、またすぐにどこで遊んでいるのか、顔も見せない日が続いた。母がそのことで智哉の前で愚痴ることはなかったが、さっきの夫婦ほど、父と母が深い信頼関係で結ばれていなかったのは、子供ながらにも感じていた。

さて、と呟きながら、机の上に置きっぱなしになっている和菓子の包みを開けた。

中には高そうな最中《もなか》が十六個も入っていた。

あまり和菓子は好きではないのだが、せっかくだからと包装を解いて一つ口にした。

おいしい。それほど甘くなく、上品な印象があった。

だがさすがに残りもすべて食べられる自信はない。

これなら封を開けずに、近所のお得意様にあげた方がよかったのではないか。一人暮らしなので自宅に持って帰っても賞味期限を切らせてしまうだけだ。

だがすぐにその迷いは解決した。

ショーンがいるじゃないか。

ケーキより、和菓子が好きで、しかも和菓子の時はどんなに面倒臭くても日本茶を淹《い》れる。

これではどっちが日本人か分からない。

だからこそ彼とならうまくやっていけると感じているのかもしれない。

第三章　一杯の紅茶

1

斎藤が午前十時ジャストに工房に顔を出すと、すでに二人の職人が仕事をしていた。

トニーと美樹だ。

美樹はすぐに日本語で、トニーもたどたどしい発音で、「おはようございます」と挨拶《あいさつ》してきた。

部屋に入ると壁にかけてある鏡に向かって、斎藤は櫛《くし》で髪を梳《と》かした。斎藤が工房に入ると必ず行う習慣である。

背後から視線を感じ振り返った。美樹と目が合った。

「どうしたんだい」

「い、いえ」彼女は少し口籠ってから「先生はきちんとしているな、と思いまして」と言った。

「そうかな。キミのお父さんだって、毎朝、髪を整えているだろう」

まだ二十一歳の美樹だけに、父親の年齢は斎藤とさして変わらないのではないか。

「そうですね。父もそうしていました。でも父は先生と違って全然お洒落じゃないので」

最初の頃は背中がむず痒《がゆ》かった「先生」という呼ばれ方にもすっかり慣れた。この工房で、美樹だけがそう言う。斎藤も修業時代、親方を名前で呼び、普通に喋りかけていた。喋りかけたところで、ムで呼ぶ。サイモンは「リョウイチ」、トニーは「リョウ」といずれもファーストネーまともに返事をしてくれるのは二回に一回あればいい方だったが。


「でも私の日本の友達とかは櫛なんて使ったことがないかもしれません」

「キミぐらいの年代の男性は、櫛なんか古臭い道具は使わず、美容院で使うようなブラシで、何時間もかけて髪をセットするんじゃないのか」

「全然違いますよ」美樹は首を振った。「いっつも寝癖がついていて、そういう方がカッコいいと思っているみたいですから」

友達といったが、恋人なのかなと思った。

二十一なら恋人がいても当然だろう。それでも違和感を覚えてしまうのは、彼女に対して勝手に純真無垢《むく》なイメージ付けをしてしまっているからか。

美樹もトニーも机の上に、それぞれのティーカップが置いてあった。それを見ていたことに気づかれたのか、美樹が「あっ、淹れてきます」と言った。

「いや、いい、自分でするよ」

一時間に一回、紅茶を飲むのはこの工房での流儀みたいなものだ。

ただし、日本の会社のように女性や新入りがお茶汲みをするのではなく、湯沸かし器が置いてある流し台まで各自が行き、買い置きしてある数種類のティーバッグの中から好みのものを使う。英国では缶から紅茶の葉を出して、陶器製のポットで蒸らしてからカップに注ぐと思われているようだが、けっしてそんなことはない。こうして一時間置きに紅茶を飲んでいたノーザンプトンの親方も、スーパーで売っているティーバッグを使っていた。店のすぐ近くにあるフォートナム＆メイソンはいつもたくさんの客で賑わっているが、缶入りのリーフティーを買うのは観光客がほとんどだ。

カップの中に深みのあるルビー色が出たのを確認してから、斎藤はティーバッグの紐を摘み、屑《くず》入れに捨てた。カップを持って自分の椅子に座る。四角い作業机には革の端切れ一つ残っておらず、道具も片づけられていた。

作業が終わったら、必ず元通りの状態に戻してから工房を出ること――斎藤が口煩く言っていることをトニーも美樹も忠実に守っている。

「しかし先生はどうして工房では紅茶を飲まれるんですか」

「どうして、って」

「コーヒーもお好きですよね」

美樹の顔を黙って見返した。

「い、いえ、たまにお昼休みにコーヒーを飲まれているのをお見かけしたことがあるので……」

訊いてはいけないことを口にしてしまったと感じたのか、語尾が聞き取れないほど小声になった。

斎藤は意識して笑顔を作った。

「いや、その通りだよ。本音を言わせてもらえば、紅茶よりコーヒーの方が好きだし、フィッシュ&チップスを食べるぐらいなら、パスタの方が好きだ」

親方の下で修業していた頃、せっかく作業に集中しているのに、一時間置きに中断されるのが面倒で仕方がなかった。

「だがここでそうしないのは、それが英国式であり、店の繁栄に繋がると信じているからだよ」

「繁栄ですか?」

「伝統を守るということだね」

美樹の顔を見ながら説明する。

「まぁ、無理やりそうさせられているうちに、いつの間にかそうしないことには仕事がはかどらないよう、体の中にリズムが刻み込まれていったのかもしれない。髪を梳かしてから仕事をするのだって同じことだ。私の親方がそうしていたのを真似しているだけだけど、そうしないことには、いい靴ができないような気がする。一種のゲン担ぎみたいなもんだな」

「でもそれって素敵だと思います」

美樹は瞳を輝かせて見つめ返してきた。

「素敵かな」

「ええ、先生の師匠の方もそう教えたかったんだと思います。弟子が自分のやり方を受け継いでくれることほど、嬉しいことはないでしょうから」

「いや、英国靴に憧れてこの国にやってきた弱みみたいなもんだよ。だからうわべだけを物真似していると揶揄《やゆ》されようが、こっちのやり方に従ってしまう」

「物真似だなんて」

「きっとサイモンはそう思っているよ。リョウイチは本当はコーヒーの方が好きなくせに、一時間置きに紅茶を飲んでいるってね。でも、このジャーミンストリートの名店で、今も現役として活躍されているテリーというシューメーカーは、弟子たちにこう教えているそうだ。『靴作りは一杯の紅茶から始まる』って」

「どういう意味ですか」

「さぁ、私にも分からない。シリアスになり過ぎるな、という意味だと私は解釈しているけどね」

頬を緩めてそう言うと、彼女もつられるように、口元にえくぼを作った。


斎藤はこの日も靴の制作に集中した。

デュークのために作る、ロンドンタンの革を使った二足目が、佳境を迎えていた。

すでにサイモンによって靴底が縫いつけられた靴に再び木型を入れ、一週間、寝かせてきた。こうすることで革が再び木型に馴染んでいく。その靴から木型を外し、ヒールとコバ——アッパーとソールの境にある外にはみ出た部分——が丸みを帯びるように磨いていく。その後、コバに熱コテを当て、模様を入れていく……。

そこまで進めば、ソックスを入れ、あとはワックスで丁寧にポリッシュして仕上げていくだけだ。

斎藤は木型を外す道具である五十センチほどのT字の鉄棒を逆さにし、T字部分を両足で踏んだ。鉄棒の先についているフックを、靴の中に入っている木型に引っかけた。そしてゆっくり、慎重に靴を引っ張っていった。靴はすぽっといい音を立てて木型から外れた。

道具をしまってから木型を抜いた靴を左の掌に載せる。トゥからアッパー、ヒール、そしてインサイド、アウトサイドの順番で矯《た》めつ眇《すが》めつ観察していった。

美しい。これほどまで美しい靴は今までのキャリアの中で作ったこともなければ、目にしたこともない。自画自賛するのはいつものことだが、今回は知らず知らずのうちに鳥肌まで立っていた。

二津木克巳のロシアン・レインディアの時もそう思ったが、この靴の比ではなかった。この靴は、持ち主がロイヤルファミリーの一員であることに気づいているかのように、気品に溢れていた。

それはきっと、英国の伝統的製法を守りながら、フランス靴が持っている艶やかさに重点を置いてデザインしたからだ。

昔ながらの製法を忠実に踏襲してきた職人が見れば、斎藤の靴はいいとこどりであって、本物の英国靴ではないと批判するかもしれない。それでも斎藤はどう批判されても構わないと思っている。

混じり合うことで物というのは洗練され、美しく変化していく。その融合こそが世界史であり、人類史であるのだ。

融合が美になることもあれば、醜さに繋がることもある。だがこれまで実在することがなかった新しい何かは、伝統を紡いでいくだけでは生み出せない。そのことはクリエイティヴな仕事をしている誰もが気づいている。

融合は物真似のミックスではけっしてない。そこに独創性という職人のセンスが投影されていなければならない。この独創性こそが厄介なのだ。流行に迎合するようでは本物を見極める目を持つ顧客からは見向きもされないし、かといってひとりよがりでは、一瞬にして全体のバランスを崩してしまう。独創性といえども、つねに固定されたものを提示するのではなく、依頼客によって調合を変えていかねばならないということだ。

ただしその調合の変化はごくわずかでいい。料理人の世界でいう塩ひと摘み程度だと斎藤は思っている。

「その靴、すごく綺麗ですね。お客様はどなたですか」

右隣に座る美樹が声をかけてきた。

「あぁ、私のプライベートな客だ」

斎藤は少し躊躇しながら答えた。中敷きにはグッドマンのロゴではなく、斎藤のサインを入れているので、プライベートな客といっても疑われることはないだろう。

「シングルモンクでこれだけドレッシーな靴、私は初めて見ました」

昔、修道士《モンク》が履いていた伝統的な靴で、紐ではなく、ベルトで留めて履くようになっている。ベルトが一本のものをシングルモンク、二本のものはダブルモンクと呼ばれており、正式にはカジュアルシューズの部類に入るが、この靴はデュークにスーツ姿で履いてもらいたいと考え、デザインした。

「今のところ、うまく仕上がっているな」

謙遜《けんそん》して言うと、「今のところって……完璧だと思います」と美樹は声のトーンをあげた。「きっとそのプライベートのお客さんって素敵な人なんでしょうね。もしかして役者さんとかですか」靴を見ながらどんな人物なのか想像を巡らせているようだ。

「いや、そんな人じゃない。普通の客だよ」

あえてそう答えた。余計なことを言って職人たちに詮索をさせる必要はない。

「その靴、私が磨きましょうか。私、手が空きますので」

「終わったのかね」

「チェックしていただけますか」

美樹は昨日から磨き続けていた靴を斎藤に見せた。

シューメーカーが行うポリッシュは、単に艶を与えるだけでなく、色づけする役割もある。

ノーメイクの肌のようなマットな革に、何色ものワックスを塗り込んでいき、客が求めるカラーに仕上げていく。ましてや美樹が磨いていた靴は、客から「つま先の部分を履きこんだように色落ちさせてほしい」と頼まれたものだ。

新品にもかかわらず、長年履き続けた靴のような風合いを出すことを「アンティーク仕上げ」と呼ぶ。

そういったリクエストがあった場合、一度、アルコールやネイルリムーバーなど薬品を使って、革の色を抜く作業が加わる。革を傷つけないように色を落とし、そして自然に変化していったように薄色のワックスを使ってグラデーションをつける。

美樹がポリッシュした靴は、もう何年も履き込まれたと勘違いしてしまうほど、見事な風合いを出していた。

斎藤はその靴を手に取り、ライトに照らしながらチェックした。

「これで客がいつ取りに来ても大丈夫だな」

美樹は嬉しそうな顔をした。

たとえ靴磨きという作業であっても、物作りに参加したという喜びは感じることができる。美しく仕上がった靴というのは、工房全体をハッピーにしてくれる。

「そのシングルモンクは、アンティーク仕上げはされるんですか」

「いや、しない」

王室に入るような人間は、自然のエイジングを好み、人の手によって加工されたものは受け付けないと思ったからだ。だからオレンジに近い明るいブラウンのまま、ただしエッジを立てた側面部とアッパーとに濃淡をつけることで、陰影は出すつもりでいる。

「この靴は私が自分でやるからいいよ」斎藤は優しい口調で伝えた。「キミは自分の勉強でもしていなさい」

ここでは手が空いている時間は、なにをしようが自由である。見習いだからといって、片付けや掃除をする必要はない。美樹はすでに自分で靴作りを始めていて、家では寝る間も惜しんで制作しているようだ。

「でしたら私の靴、見ていただけませんか」

「出来あがったのかね」

「はい」

美樹は声を弾ませ、鞄から自作らしい赤い靴袋を出した。その中からミディアムブラウンのカジュアルな紐靴を取り出した。

ひと目で美樹のサイズに合わせて作ったものだと分かる。

作り始めたとは聞いていた。ただ、トニーに計測して作ってもらった木型を元に、パターンを起こしたと話していたのは、つい二週間前ではなかったか。それがこんなに早く完成しているとは……驚いたのはその早さだけではなかった。彼女が出した靴は、まだ随所に粗さは見られるものの、とても初心者が作った靴には見えなかった。

恐縮しながら渡してきた靴を、斎藤は右手で受け取った。

重さもバランスもいい。皺も弛《ゆる》みもなく、ステッチも丁寧に施されていた。今すぐにでも履けるレベルにある。

さすがに角度を変えて見ると、若干、形に歪みが見え、売り物にできるまでのレベルではなかった。それでも斎藤が想像していた域を凌駕《りょうが》する出来栄えだった。二、三年やってもこのレベルに達しない職人だっている。

「驚いた。たいしたものだな」

美樹は「本当ですか」と声を上ずらせた。斎藤は自分の修業時代を思い出した。親方はこんな優しい言葉はかけてくれなかった。

「私が昔、親方にされたことと同じことをやっていいかな」

「は、はい」美樹は固まった。

「なかなかいい出来だ」

斎藤はそう言うと、彼女の靴をゴミ箱に投げ捨てた。

「あっ」

美樹は声を出し、手を伸ばした。

すぐに拾いにいきたいが、斎藤の視線が彼女をそうさせなかった。美樹は今にも泣き出しそうな顔のまま全身を硬直させていた。

「悪く思わないでくれ。キミのためだ。飾り物としては十分かもしれないが、履き物としては美しさも耐久性もまだまだ足りない。キミも本物の職人を目指しているなら、このレベルで満足しないことだ」

しばらくの間、工房の音が止《や》んだ。

左隣に座るトニーも作業をやめ、じっと斎藤たちのやりとりを見ていた。

普通の女の子ならショックのあまり泣きだしていただろう。それでも斎藤はこの程度で彼女の自分に対する尊敬の念も、そして好意も失《う》せることはないと確信していた。

案の定、彼女は「ありがとうございます」と言い、元の明るい顔に戻った。

「日本で靴を作っている友達に写真を送ったら『巧《うま》くなったな』って褒めてもらったので、それだけで私、舞い上がっていたんです……先生にそう言っていただかなければ、私、調子に乗って、このレベルで十分って満足しちゃうところでした。一から作り直して、もっといいものが作れるように頑張ります」

「そうか」

「はい、ありがとうございます」

美樹は立ち上がると飲み終えた紅茶を片付けにいった。あんなショックなことをされながら、鼻歌を歌っている。

彼女を採ったのは大正解だったかもしれない。とんだ掘り出し物だ。将来、さらにビスポークの注文が増えた時には、彼女は大きな戦力になるに違いない。

ただし、彼女に靴職人の友人がいる——それも「巧くなったな」という口調からして男なのだろう——その事実だけは、聞き捨てならなかった。

2

湯を注ぐと、智哉は急須を持ち上げてグルグル回した。

作業椅子に座るショーンが不思議そうな顔で見る。

「それも日本の作法なのかい」

その言い方に智哉は噴き出してしまった。

「なんだよ、トモヤ、真面目《まじめ》に質問しているのに笑うなんて」

「ごめん、ごめん。作法どころか、その逆だよ。むしろ早くお茶が出るように、せっかちな人間がやる行儀の悪いやり方だよ」

行儀の悪いという説明が気に入ったのか、ショーンも尖らせていた口を窄めた。

その国を知るには良い文化と悪い文化の両方をバランスよく知ること――それが、一流の外交官になるための一番の近道らしい。

「トモヤといると本当に勉強になるよ」

皮肉だと分かっていても、悪い気はしない。

「母がいつもこうやっていたから、自然と身についてしまったんだね。母の実家は礼儀に厳しい方ではなかったけど、でもこうしてお茶を淹れる習慣が出来たのは、父の気が短かったせいでもあるんだけどね」

「お父さんも気が短かったの？　だったらトモヤはどっちに似たんだろうね」

母の性格を知っているショーンはどっち似なのか見当がつかないようだ。

「どっちにも似てないかな」

「いや、やっぱりお父さんだな。なにせこれだけ靴に愛情を注げるんだから」

今度は褒めてくれているようだったが、智哉は「どうだろうか」と返した。

けっして気どったわけではなかった。智哉にも分からない。なにせ十二の時に死んだのだ。二人で靴を分解したこと以外、どこかに連れていってもらった思い出もない。

それにしても急須を回しているのを指摘されるとは……ショーンの観察力にはいつも頭が下がる。ショーンが本気になれば、靴作りだってすぐに習得するのではないか。

もっともショーンの欠点はあまりにこだわりがあり過ぎて、口煩さ過ぎることだ。

この日は客から貰った高級な和菓子があるからと呼んだのだが、智哉がティーバッグの日本茶を取り出しているのを抜け目なく見つけ、「せっかく高級な和菓子を食べるんだから、きちんとお茶を淹れようよ」と言い出した。

智哉が渋々、買い物に行こうとすると「安いお茶を買ってこないでくれよ。ガイジンだと甘くみても、ボクの舌はちゃんと分かるからね」と注文をつけてきた。

さすがに頭に来て、コンビニで買ってやろうかと考えた。きっとこの付近で買える日本茶で、グラム単位にしたらもっとも高価なのが、ペットボトルのお茶だ。

「そうだ。友達がトモヤに靴を作って欲しいと言っていたから、今度連れてくるよ。ボクの靴を見て、どこの靴かってしつこく訊いてきてさ……値段を教えたらビックリしていたよ」

「友達って、また曰《いわ》くつきじゃないだろうね」

「違うよ、クラブで知り合ったテレビマンさ」

「それは良かった。また貸しがあるとか言って、無理やりなのかと心配したんだよ」

「無理やりって失礼だな。それじゃあ、まるでボクがしょっちゅう人の弱みにつけこんでいるみたいじゃないか」

　普段から冗談交じりに言っていることなので、ショーンが気を悪くすることはない。

　彼の紹介で毎月、一足か二足オーダーが入る。そのお陰で智哉はビスポーク靴を作れ、スキルを磨くことができるのだ。

　彼らがショーンからなんて言われて連れてこられるのかは分からない。それでも今のところ全員が二足目、三足目をオーダーするリピーターになってくれている。他と比べて格段に安いこともあるが、一足十万円はするのだから、靴を気に入ってくれているのは確かなのだろう。

「ところで斎藤が新しい靴を作っているというのは本当なのか」

　お茶を啜《すす》りながら、さっきショーンから教えてもらった情報を確認した。

　それが日本の風習と思い込んでいるのか、和菓子とお茶を交互に口に運んでいたショーンは、口の中に入っていたものをすべて飲み込んでから返答をした。

「それは間違いない。今度はシングルモンクだって」

「シングルモンク？　ダブルではなくて？」

ダブルモンクはベストドレッサーとして知られたウインザー公が好んで履いた靴だ。デュークは広告会社をやめ、王室に入ることを選んだだけに、普通の職人なら同じモンクストラップでもダブルを選ぶ。

智哉は感心しながら続けた。「そのセンスからして、斎藤が他のシューメーカーと違うところだな」

「センスというか斎藤のクレバーなところでもある。甲《アッパー》に余計な飾りがない分、シングルモンクは足の形がはっきりと出る。デュークは細身で、足の形がいいからね」

「つま先《トウ》の形は」

「クラシックなラウンドトゥ。グッドマンではオーヴァル（卵形）トゥと呼んでいるみたいだね。インサイドは彼が得意としているストレートライン。直線的だがけっして真っ直ぐではなく、足の形状に合わせて土踏まずのところが大きく抉《えぐ》られている」

「思い切り攻めているんだね」

智哉が言う「攻める」とは極限の状態まで木型を削って、最高のフィット感を目指そうとしているという意味で使われる。

「デュークはただでさえカッコいい足をしているからね。斎藤も作りがいがあるんじゃないかな。その靴は、職人が嫉妬《しっと》してしまうぐらい素晴らしい出来栄えだって噂だよ」

職人から嫉妬されるなんて、最高の褒め言葉ではないか。こっちまで嫉妬してしまう。

「ちなみに色はロンドンタンだ」

ロンドンタンというのは明るめのオレンジのようなブラウンのことで、チェスナット（栗色）やヘーゼル（ハシバミ色）とも呼ばれる。

昔は英国人は黒靴しか履かないと言われていた。フランスやイタリアのように焦げ茶の靴を履くのは邪道だと。それでもこの明るい茶色だけはカジュアル靴として人気があった。

ただし斎藤があえてこの色を選んだからには、狩猟に履いていくような無骨なカントリーシューズではなく、魅惑的な雰囲気を醸し出すデザインではないか。

智哉は無性にその靴が見てみたくなった。それが表情に出ていたのかもしれない。ショーンに即座に見抜かれた。

「トモヤ、まさかキミはその靴の写真を撮らせようと考えているんじゃないだろうな」

「ダメかな？」

智哉は聞き返す。

「ダメとかそういう問題ではないだろ。リスクのあることは極力、抑えるべきだというのがボクの考えだよ」

「当然、警戒もされているだろうな」

確認するように尋ねると、ショーンは「当然だよ。斎藤は一見、まったく動じていないようだけど、実際はボクたちのやったことが気が気でないはずだ。外部からの侵入者ではなく、自分の周りにスパイがいる可能性だって当然、疑っている」

「隠しカメラでもつけていたりして」

「それはないと思う。狭い工房だから、そんなことをすればすぐに分かるだろうから」

それで少し安心した。誰だって四六時中監視された状態で仕事などしたくはない。

ショーンはお茶を啜り、ワインを飲むかのように口の中に含んでから飲み込んだ。彼はなにかを決心した時によくこんな仕草をする。

「ただトモヤがどうしてもというのなら、もう一回だけ頼んでみる価値もあるかもしれない」

「本当かい」

「そうした方がうまくいくと思っているんだろ」

「ああ。きっとうまくいく」

「だったらトモヤの考えている通りにやろう。なにせ自分たちが相手にしているのはあの斎藤良一なんだからね。そのことはトモヤ自身が一番分かっていると思うけど」

ショーンに訊かれたので、智哉は静かに頷いた。

父が死んでから、下駄箱には父が遺《のこ》した数々のビスポーク靴があった。母がどうして処分しなかったのか、智哉には分からない。もしかしたら智哉が興味を示すと思っていたのかもしれない。あるいはビスポーク靴がその人間の足に沿って作られた特別な靴であることを知らなかった母が、将来の智哉のために取っておこうとしたとも考えられなくもない。

いずれにしても智哉は一人で家にいると、父の靴を下駄箱から出し、それをじっと眺めていた。その靴が体現する美しさに胸を打たれ、智哉はこの靴を作った人間が、どんなに魅力的な男なのか、と頭を巡らせた。CDを聞きながらミュージシャンを想像するようなものだ。

靴作りの本を買い、道具を買った。

分解することで構造を覚えたため、父の靴はいくつもダメにしてしまった。

細部にまでけっして手を抜かない丁寧な作り方に、作り手の顔まで見えてくるような気がした。

不思議なことにその時想像した人間は、シルエットだけでいうなら今の斎藤良一と変わらなかった。背が高く、背筋がピンと伸びた、何事にたいしても自信満々で臨むような男が浮かび上がった。

だがその師匠のような存在だった男がある日を境に、犯罪者に変わった。

犯罪者——少なくとも智哉はそう思った。

父が死んで六年が経った時だ。高校三年になり、卒業後は靴の修理店への就職が決まっていた智哉は、事実を知った。

靴の作り手である斎藤という男が父にしたこと。そして素知らぬ振りで成功者面をしていることと——。

斎藤という男を憎み、いつの日か本人の前で、なぜあんなことをしたのか問い質してやろうと心に誓った。そうしなければ自分はこの仕事を続けられないと思った。職人としてのスキルなどいつか止まってしまうと思った。

斎藤のことを頭から消し去ることができなくなったのは、その時からだった。

3

古い暖簾《のれん》はいつも通り、風に靡《なび》いていた。「湘南小町《しょうなんこまち》」と印刷された文字は掠《かす》れていて、四隅が擦り切れてしまっている。ひびが入った曇りガラスから声が漏れてきて、きょうも結構な客が入っているのが分かった。

ガタがきている引き戸を力を入れて引くと、紺の着物が目の前を通り過ぎていった。

「いらっしゃい」と威勢良く言いかけた母の節子《せつこ》が「なんだ智哉かい。どうしたのよ」とげんなりした声で言った。

ちょうど目の前のテーブル席に座る四人組の客に、漬け物とビールを運んでいるところだった。

「どうしたはこっちのセリフだよ。大丈夫なのかよ」

智哉が言い返すと、母はなんのことか考えた振りをして、「なんだい、そんなことで来たのかい」と可愛げのないことを言ってくる。

「そんなことで、って」

「まったく健ちゃんも大袈裟だねぇ」

再び客に見せる笑顔に戻り、勢い良くビールの栓を抜いた。

小さな店は客と客の体がぶつかりあうほどの賑わいだった。

カウンターの端が一つ空いていたので、智哉は丸椅子を引いて座った。中で刺身包丁を手にした板前の岸健太郎《きしけんたろう》が、すみませんと目配せした。智哉も会釈して伝えてくれた礼を言った。

店で靴を修理している時に、母が倒れたと連絡を受けた。

自宅ではなく、店で仕込みをしていた時間だったお陰で、健太郎がすぐに病院に連れていってくれた。医者は過労だと言ったそうだ。母は昔から頑張り過ぎるところがあって、そのたびに貧血で倒れるなど周りに迷惑をかける。

にもかかわらず、予想通り、こうして夜には店に出ているから困りものだ。

そこそこは儲かっているのだから、バイトを雇えばいいものの、そう言うと「ちっちゃい店なんだから、人なんか雇ったらすぐに赤字になっちゃうよ」と突っぱねられる。

「あんた、ビールでいいだろ」

母は目の前に荒っぽくお通しを出してきた。

「いや、ウーロン茶でいいや」

「……ったく酒も飲まないなんて、あんた、親孝行が分かっちゃないねえ」

そう言うと「健ちゃん、この子になにかお腹《なか》に溜まるもの作ってやってよ」と頼んだ。

健太郎が「焼《や》き飯《めし》でいいですか」と聞くので、智哉は「すみません」と謝った。

その時すでに母は、「はい、後ろごめんよ」とよく通る声で断りを入れ、奥の席の大学生らしきグループに注文を取りにいった。

母がこの「湘南小町」を始めたのは智哉が高校を出た時だから七年前になる。

それまでは都内の賃貸マンションに住み、好きでもないと言いながら夜の仕事を続けていた。

さすがに年齢的に続けるのはしんどくなったようだった。

実家があるこのＪＲの大船駅の商店街の外れに小さな店舗を見つけ、小料理屋を始めた。最初のうちはしょっちゅう板前が変わった。それが三年前に日本橋の名店で働いていた健太郎が入ってきてくれた。健太郎の腕がいいのか、地元では評判の店になったようだ。もっとも客の大半を占める近所に住む中高年男性は、まるで母に強迫されているように通ってくる。会計の際、「今度いつ来てくれるの？　明日？　じゃあ三千円でいいわ」という冗談のようなやり取りを目撃するたびに、同じ商売人としてさすがだと感心する。

智哉は左手でれんげを取ると、目の前に置かれた焼き飯をすくいとって口まで運んだ。一口食べると、エンジンがかかったように、皿を摑んでがっついた。

「健太郎さん、すげえ美味いっす」

言いながら朝からなにも食べていなかったことに気づく。だが満腹でもこれならいける。健太郎が作るとどんなものでも上品に感じるから不思議だ。

「ありがとうございます」

健太郎はたこに天ぷら粉をまぶしながら目尻に皺を入れた。

「しかし健太郎さんって、なんでも作れるんですね」

「焼き飯ぐらい誰でも作れますよ」

「でもここのメニューにもないし、健太郎さんが働いていた日本料理店にも焼き飯などはなかったでしょ」

「まかない飯でしょっちゅう作らされましたからね。そういうのは見習いの仕事なんですよ」

「なるほど」

「それよりこの前、女将《おかみ》さんから智哉さんが高校の時に作ったという靴を見せてもらいました。あれこそ凄いですよ」

「あんなの図工に毛の生えた程度じゃないですか」

父の遺品を元に見様見真似で作った靴のことだ。

「そうですかね。だって靴の学校にも行かずに自力で勉強したんでしょ。靴の形にすることからして大変でしょうよ」

「でも健太郎さんはそれぐらいの年の頃、すでに料亭で働いていたんですよね。大根の桂剝《かつらむ》きとか出来たでしょう」

健太郎は高校を中退して、料理の世界に入ったと聞いている。高校に通いながら、部活や勉強もせず、家に帰っては好きな靴を分解していた智哉とは異なり、朝から夜中まで厳しくしごかれていたはずだ。

「直接客に出すものはやらせてもらえなかったですね。せいぜい山芋の皮剝きぐらいで」

「そんなに厳しかったんですか」

そう言うと健太郎は苦笑いして「俺の場合、あの頃は全然やる気がなかったですからね。中学時代の悪い仲間と夜遊びに夢中でね。仕事しながらも時計ばかり見ていて、兄弟子にしょっちゅう頭ひっぱたかれていました」

「へぇ、そうだったんですか」

「こっちもまだ若かったから、すぐに喧嘩《けんか》になって、結局、店を追い出されて……でもつっぱっているだけで、一人で生きていく度胸もないから、結局、親に言われてまた違う店に入るの繰り返しで」

「お父さんはなにされていたんですか」

「板前ですよ。でもうちの店は兄貴が継ぐことが決まっていたんで、そんなところで仕事したくなかったですし」

「でも料理が好きだったんですね」

「さぁ、どうなんでしょうね。親が厳しかったから、結局言いなりになっていたみたいなもんです。出たり入ったりというハンパなことばっかりやっていて、この世界に腰を落ち着けたのは二十五を過ぎてからですし」

初耳だった。健太郎にヤンチャな時期があったなんて……十三歳も上なのに、健太郎は智哉にも丁寧な言葉遣いで接してくる。どんなに忙しかろうが、酔っぱらい客に絡まれようが、表情に出すことはない。むしろすぐに啖呵《たんか》を切る母を、健太郎が止めてくれたおかげで収まった、そんなシーンを何度も見かけた。

それでも健太郎の父親が板前だったというのは納得した。健太郎の料理をこれだけ品良く感じるのだから、父親の店は有名な割烹《かっぽう》ではないか。

「だから胸を張って言える板前歴は十年ちょっとですよ。あっ、この話は女将さんには内緒にしておいてくださいね。俺のことを十六からこの世界一筋で生きていると思い込んでいるようですから」

目を細めるので、智哉は分かっていますと片側の頬を動かした。

その時、天ぷらを揚げ終えた健太郎が慌ててカウンターの外に出ていった。智哉は驚いて背後を振り返った。

母がお猪口《ちょこ》に客から日本酒を注《つ》がれていた。健太郎はそのお猪口を奪い取った。

「もう、なによ。健ちゃん」手が空になった母が文句を言った。

「すみません、お客さん。女将さん、ちょっと体調がよくないので、私がいただきます」

そう言ってお猪口を一気に飲み干した。

「ごめんよ、せっかくいただいたのに」母は客に謝った。

「どうしたんだよ。節《せつ》ちゃん」

「全然、たいしたことないのよ。ちょっと風邪引いただけ」

「確かに顔色よくないかな」奥の席の客が言うと、隣の男性が「家で寝てた方がいいよ。その間、俺が店を手伝ってやるからさ」と言う。

「もう、まったくみんな心配性なんだから。珍しいことに息子まで来ちゃってさぁ」

智哉の方向に顎をしゃくった。

客が一斉に自分の顔を見たので、智哉は中途半端に会釈した。

母に飲ませようとしていた客もさしてガッカリもせず「節ちゃん、働き過ぎはよくないよ」と言い、健太郎にもう一杯勧めた。健太郎は「いただきます」と礼を言って、顎を天井に向けた。客は上機嫌になって「だったら刺身の盛り合わせでも頼んじゃおうかな。それなら節ちゃんも摘めるだろう」と言った。

「そりゃ、嬉しいね。でもあたしとしては明日も明後日《あさって》も来てくれるって言ってくれたらもっと喜んじゃうよ。さらに明日のお代は先に払っとくわ、と言われたらもう嬉しくて泣いちゃうね」

「まったく、節ちゃんには敵《かな》わんな。じゃあその涙を見せてもらうために、健ちゃん、やっぱり刺身の盛り合わせはキャンセル」

「えっ、そうなの」母は言わなきゃ良かったという顔をした。

「うそ、うそ、冗談だよ。健ちゃん、五人前頼むよ、みんなで食うからさ」

「健ちゃん、トロもウニもたっぷり入れてあげて」

「はいよ」

賑やかなやり取りを見ながら、智哉はありがたい気持ちになった。健太郎や常連客のお陰で、智哉は母を置いて、好きな仕事ができる。

健太郎が母に好意を寄せているのは、もうずいぶん前から分かっていた。母だってその気はある。

一度、「一緒になっちゃえばいいじゃん」と言ったことがある。その時は母から「健ちゃん、いくつ下だと思っているのよ。七つよ、七つ」とうまくかわされた。

「そんなの関係ないよ」

「あんたはなんも分かっちゃないねえ」

母は馬鹿にするように言った。

「結婚なんかしたらあたし目当てに来ているお客さんがガッカリして、店に閑古鳥が鳴いちゃうよ」

当たり前のように言われたが、本当の理由は違うと思っている。

母は智哉に気を遣っているのだ。

父が死んでしばらく経ち、母が望む智哉の大学進学が叶わなくなった時、母から「あたしのせいで、あんたには迷惑かけちまったね」と謝られたことがある。

その時こうも言われた。

「……ごめんよ」

普段の母とは別人のようなぼそぼそした声で、ひどく物悲しく聞こえたのを覚えている。

4

斎藤はスキップでもしたい気分で帰路についた。

この日は午後からウインブルドンの高級住宅街に住む顧客から、自宅に呼ばれた。すでにグッドマンで二足目をオーダーしてくれているマイケルという名の銀行家だった。彼の自宅には友人が二人呼ばれていた。いずれも金融街《シティ》で働く重役たちだった。

丘の上にある煉瓦作りの豪邸で、幾何学的にデザインされた典型的なコロニアルガーデンには、植栽を縫うようにいくつもの水路が走っていた。至るところにバラも植えてあった。ウッドチェアーから起伏のある景観を眺め、シャンパンを飲みながら、談笑した。

「そうだ。話に夢中になって、大事なことを忘れてしまいそうでした」

一段落つくと、斎藤は思い出したようにそう呟き、ボストンバッグから完成した靴を出した。靴はミッドナイトブルーのオックスフォードだった。

銀行家は手に取るや「これは素晴らしい。ネイビーの靴がこんなに色っぽいとは思わなかったよ」と友人たちに見せびらかした。「キミにネイビーのサンプルを見せられた時は、もっと明るい、スクールボーイが着るセーターのような色だったので、正直どうなのかなと不安だったんだけどね」

「小さなサンプルで見るのと完成した靴で見るのとでは色のイメージも異なりますからね」

「でもこれって、ワックスで色を変えているんだよね」

「はい、ほんの少しですが」斎藤は謙遜して答えた。ダークブラウン、場所によってはバーガンディー、さらにはイエローのワックスも使った。

「少しでこれだけ色が違うのかい。いやぁ、驚いたね。これならスーツでも十分いけるんじゃないか」

「ネイビーというのは既製靴でもあまり見かけませんが、このネイビーならチャコールグレーのスーツと合わせられますと、よく映えるのではないでしょうか」

「なるほど、想像しただけでなんだかゾクゾクしてきたよ」

大喜びした銀行家は三足目として、紐の代わりに両サイドにゴムがついているエラスティックシューズを頼んできた。

履き口が狭いエラスティックでも、紐靴と同じ木型を使う店が多い。

斎藤も普段ならそうしているのだが、この日は「紐靴とエラスティックとでは木型が異なりますので」とタイルの上にノートを広げ、最初の注文時と同じように足の計測から始めた。

ノートに足形をなぞり、白いテープを巻き尺代わりにして計測していく。その動作を二人の友人は固唾を呑《の》んで見つめていた。

「色はどうされますか」

「そうだな。焦げ茶がいいかな」

「だったらカール・フロイデンベルグのものでブラックコーヒーと名付けられた革があります。それを使ってみてはいかがですか」

「ブラックコーヒー？　そのネーミングから、より深い色のダークブラウンをイメージするな」

「ええ、素晴らしく深みのある茶色です。ただこの革が素晴らしいのは色だけではありません。大変タフな革ですので、色を塗り替えることができます。つま先と踵の一部の色を落として、その部分だけ薄い茶色のワックスを塗り込んでいきます。その薄い色の部分によって、長い歳月、太陽の下を歩いたことで色褪《あ》せてしまったヴィンテージシューズのような味わいが出ます」

得意とするアンティーク仕上げを提案すると、銀行家は「おお、それは素晴らしい。ぜひそれでお願いするよ」と快諾した。

それからはいつもの下ネタを交えたトークで場を和ませていった。

とくに靴は踵側から眺めるのと、つま先側から眺めるのとでは別の靴のように見えるという話は大いに盛り上がった。

「その靴を見た相手が美しいと感じるように作るわけですから、トゥキャップにイニシャルを入れる場合も相手が分かるように打ちます」

「なるほど、私がマイケルのMを希望したら、自分の目にはWに見えるということだな」

銀行家の問いに「はい、そうなります」と斎藤は答えた。

トゥキャップにメダリオンと呼ばれる装飾を希望する人は、伝統的なラムズホーン（羊の角）を形取った意匠を選ぶことが多い。最近は自分のイニシャルを入れようとする客も増えてきた。その場合、事前によく説明しておかないと、完成してから客が驚いてしまう。

「向こう側からの視線で作っているわけですから、本来、靴屋の店員も、客に試し履き《フィッティング》をしてもらったら、スーツやジャケットと同じようにその姿を鏡を通して確認してもらうべきなんです。実際、そうしている店もありますが、それでも客は鏡ではなく、直接、自分の足を見ようとしてしまいます。服は鏡で見ようとするのに、靴はそうしないのは、自分の目で見えてしまうからなんです」

「靴が見る角度によって別物に見えるなんて初めて知ったよ。私もこれまでは自分の足元を見て満足していた。だけどもそれが仕事相手にも同じように見えていたかは分からなかったってことだな」

　斎藤はゆっくりと頷いた。

「そうは言っても店員に鏡を見せてくれ、とはどうも言いづらいよな。キミのような色男ならまだしも、私のような風貌では、店員から『こんな図体してなんてナルシシストなんだ』と笑われそうな気がしてね」

「そんなことはありませんよ」斎藤は否定してから、説明を続けた。「それにナルシシストというのはけっして悪いことではありません。鏡を見るのは理屈上はけっして間違ってはいないんですから」

　友人の一人が「そう言えば」と口を挟んできた。

「うちの会社にも毎朝、必ず五分は、自分の格好を確認してから出社するヤツがいるよ」

「五分って、そりゃずいぶん長いな」

　もう一人の友人が驚く。

「誰だよ、そのパトリック・ベイトマンみたいなヤツは」

　銀行家が『アメリカン・サイコ』という怪奇小説の主人公を出して訊いた。映画ではクールな二枚目俳優であるクリスチャン・ベールが演じた。

　その人物は銀行家も知り合いだったようで、出てきた名前に「あの醜い体でよくそんなことできるな」と呆れていた。

「私の知り合いにはもっとすごいナルシシストがいます」斎藤が口出しした。

「その男はただ鏡を見るのではありません。毎朝、シャワーを浴びた後、裸のまま立ち、鏡に向かい合わせになるそうです」

「全裸でかい。それはまたどうしてだい」

銀行家が質問してきたが、斎藤は「さぁ」と手を広げてから、先を続けた。

「鏡に映った自分に向かって『ユー・アー・グレート、ユー・アー・グレート』と呪文のように呟くそうです。『I』ではなく、『You』というところがミソですね」

「そうしたらどんな効果があるんだね」

「効果ですか。いろいろあるみたいですが、一番大きな変化は、体のある一部分に血液が集まってきて、体積が膨張していくそうです」

友人の一人がブハッと噴き出し、「なんだ、Youってそっちのyouかよ」と言った。つられるように残りの二人も笑い声をあげる。

「それって女性とベッドインする前ではないのかね」

銀行家が訊いてきた。

「いいえ、仕事に出かける前のルーティンです」

「仕事に行くのに、勃起《ぼっき》させてどうするんだよ」

「もちろん女性とベッドインする時はもっと念入りに唱えます。ただその時はトイレの鏡に向かって『ユー・アー・ノット・ア・ミニットマン！（おまえは早漏じゃない）』って、それはもう泣きそうな顔で叫び続けるそうです。それがあまりに大きな声だったため寝室まで漏れてしまったんでしょうね。ようやくパワーアップしてきて『よしっ、大丈夫だ』とトイレを出たら、すでに女性は帰ってしまっていたそうです」

三人とも椅子から転げ落ちそうなほど腹を抱えて笑った。

「もしかして、それってキミの話ではないのか」

銀行家が訊いてきたので、「バレてしまいましたか」と答えた。

「そうかと思ったよ」他の二人も大喜びする。「キミはいかにもナルシシストに見えるもの。キミこそパトリック・ベイトマンだよ」

斎藤には褒め言葉に聞こえた。だから「ナルシシストでなければシューメーカーなんかやってられませんよ」と返した。

「そっか。これで分かったよ。どうしてキミがそんなに色男なのか。そしてキミがこんなに美しい靴を作る理由も」

「ありがとうございます」斎藤は礼を言った。

次々と雑誌の取材を受ける斎藤を、ナルシシストだと揶揄する人間は多くいる。グッドマンに関する記事には、靴と同じくらい斎藤良一本人が写っていると……。

この場で話したのはすべて客を喜ばせるための作り話だが、ナルシシストであることはけっして否定はしない。毎回、自分が作った靴を最高傑作だと満足感に浸る――その一瞬があるからこそ、一足一足に気が遠くなるほどの時間を投じることができるのだ。

ただし、自分が好きだから、あるいは顔に自信があるから、写真を雑誌に掲載させているのではけっしてない。靴の写真を載せるより、職人の顔を見せることが、成功への近道だと感じているからそうしているだけである。もし靴だけを掲載した方が売れるのであれば、すべてのページを斎藤が作った靴で埋めてもらう。

「しかしキミは面白い男だ。そのルックスで、しかもそれだけ話術が巧みなのだから、さぞかし女性からモテるんじゃないのかね」

友人の一人が訊いてくる。グレンという名前で、なよっとした喋り方が特徴的だった。

「いいえ、もう四十ですからね。若い女性からは見向きもされないようになりました」

「四十だなんてこれから一番モテる時期じゃないか」

「そうですかね」

「ところでキミは独身なのかね」

「はい、そうです」

「どうしてだね。独身志向なのか。もしかして女性は対象外なのかい」

グレンが興味深そうな顔で訊いてきた。

「さぁどうなんでしょうか」

「どうって」グレンは身を乗り出してきた。

「どうやら私は人間より靴にしか欲情しない体になってしまったようです」

ひどくガッカリしたグレンを横目に、他の二人はグレンの肩を叩き、慰める振りをしながらも、大爆笑していた。

「ところでキミが作る靴が素敵なのは分かったよ。肝心の履き心地というのはどんな感じなんだね」

グレンが訊いてきた。

斎藤は銀行家の顔を見た。意思が伝わったのか、銀行家は細かいことは一切言わず、一つだけ斎藤の靴の特徴を挙げた。それは斎藤が作った一足目を履いた瞬間に彼が口にした感想だった。

「このミスターサイトウが出来あがった靴を出す。その靴に足を入れる時こそ至福の瞬間だよ。私が足を入れた途端、空気が抜ける音がしたんだ」

「どんな音なんだよ」

「プシューって靴の中の空気がすべて抜け出すような音だな」

「靴を履いただけでそんな音がするのかよ」

「私も驚いたよ。まったく隙間がないほどジャストフィットしない限り、あんな音は出ない。あの音を聞いた感動は何物にも代えられない。いまだにこの耳の中に残っているからね」

銀行家が自分の耳たぶを引っぱりながら言うと、二人の友人はほぼ同時に「ワオ！」と声をあげた。

「よし、俺もオーダーするぞ」とグレンは椅子から立ち上がった。もう一人の友人も「なんだ。俺が先に頼もうとしていたのに」と先を争うように言った。

銀行家も嬉しそうだった。ホストとしての面目躍如に、彼はさらにもう二足追加した。そのうちの一足にはイニシャルの「M」を入れるように頼んできた。

斎藤が「お客様の目にはWに見えますが、よろしいですか」と確認すると「分かっている。ただし自分の名前がマイケルじゃなくてウイリアムが良かったと思うくらい美しいWにしてくれよ」とリクエストした。「もちろんです。Mに見えてもWに見えてもパーフェクトなデザインを考えます」と返事をした。

これで合計五足の注文が入ったことになる。

一足、二八〇〇ポンドだから、五足で一万四〇〇〇ポンド。一時間ほどの営業で、二百万円以上を売り上げたことになる。

しかし不思議なのは、彼らは中産階級の家で生まれ、猛勉強してMBAを取り、シティで働いてマネーゲームをしながら財を成したというから、デューク・スチュアートのように幼少時代から高貴な教育を受けてきたわけではない。にもかかわらず彼らの物へのアプローチは、先祖から地位と財産を引き継いだ特権階級と変わらなかった。

斎藤が「フィッティングはしますか」と問うと、二人とも「しなくていい」と断った。底を仮縫いして装着する手間を考えれば、フィッティングなどない方が楽だ。しかしグッドマンの顧客の半数近くを占める日本人は、必ず希望する。誰だって一発勝負で作られるより、途中で履き心地やきつさをチェックした方が安心できる。

しかし英国人は、この日の二人のようにフィッティングを求めない者が多い。

彼らにとっては、一足目こそがフィッティングであり、履いてみてなにか不具合を感じたら、二足目以降で修正してもらえばいいと考えている。

当然、二足目より三足目、三足目より四足目とどんどん履き心地はよくなっていくと考えていて、職人も客の感覚や好みを確認しながら、トゥを長くしたり、土踏まずを削ったり、職人の判断で変えていく。

時には客を驚かせ、感激させることが「お抱え」と呼ばれる者の役目だと認識している。それぐらい客は職人を信頼してくれているのだ。

一方、日本人の多くは一足目から完璧なものを求める。そして希望しない限り、同じクオリティーのものを作り続けてもらいたいと考える——。

感性の違いであり、文化の違いでもある。ただあえて言うなら、同じものを作るのであれば、人間の手より機械に求めた方がはるかに効率的なのは事実だ。

産業革命を起こした国である英国が、工業分野で日本やドイツにはるかに遅れをとってしまったのは、英国人の手仕事に対する敬意と、そして鷹揚《おうよう》さが影響しているのではなかろうか。

5

智哉は結局、母の店に四時間近くいた。

焼き飯だけでも十分だったのに、手持ちぶさたになると健太郎がつまみや揚げ物を出してくれるので、相当、満腹になった。

ずっと忙《せわ》しなく動き回っていた母は、今さっき、団体客が帰ってようやく一息つけた。今はカウンターの隅でお茶を飲んでいる。

「で、あんた、大丈夫なの」

母が湯のみを見つめたまま訊いてきた。

「大丈夫って、なにがだよ」

「だから修理屋よ。一足直して、千円やそこらの駄賃しか貰えないんだろ。どう見ても割に合わないじゃないか」

母が何度か店を覗きに来たのは知っている。紳士靴の場合、修理代が一万円を超えることもあるが、それはほんのひと握りで、ほとんどは母の言う通り千円前後だ。

「そんなことといったらこの店も同じだろ」

壁に張られているメニューから、千円以上のものを探すほうが大変だ。

「あんたんとことは、客の回転が違うじゃない」

「まぁ、そうだけどさ。でもたまにオーダーメイドの注文もあるし」

強気に言い返しても「そんなのたまにだろ」と笑い飛ばされる。

「所帯でも持てば、もう少しまともな生活しようと思うんだろうけど、彼女もいないみたいだし」

「智哉さん、ガールフレンドいないんですか」

カウンターの向こうから健太郎が訊いてきた。

「この人のお父さんはとんでもない女ったらしだったから、そういう子がいたらいたで、女の子が心配になっちまうけどね」

「智哉さんはそんなことないでしょう」

「いや、見かけに騙されちゃダメだって。ＤＮＡを甘くみたらさ」

自分もその男にうまく誑《たぶらか》されたくせに他人事《ひとごと》のように言った。

「でも靴作りはその人の影響を受けたんですよね」

お父さんではなく、その人と呼ぶところに、健太郎の複雑な心境が垣間見えた。

「どうかな。買うのは興味あったけど、作るのは人にやらせる方が好きなタイプだったから」

「作る方が面白いんですけどね」

「なに言っているのよ、健ちゃん。作るより作らせる方がいいに決まっているじゃない。あたしだって、お金があったら、こんな汚い店なんかやってないで、おいしい店を食べ歩いているって」

倒れたのに仕事に出て心配をかけているくせに、よくそんなことが言えたものだ。母の性格ならどれだけ繁盛していようが、店に出て接客しているに違いない。

「さっきオーダーメイドって言っていましたけど、それって智哉さんが作ってくれるんですよね」

「もちろんですよ。最初から最後まで僕が一人で作り上げます」

「でしたら俺も作ってもらおうかな」

「健ちゃんがそんなの作ったって、履いてくとこがないじゃない」

「母さん、そりゃ失礼だよ、ねぇ、健太郎さん」智哉が味方になったが、母は「それならあたしが下駄作ってあげるわよ」とにべもない。

「それにこの子の靴、一足十万円もするのよ。信じられる？」

「十万ですか」

健太郎が身を仰《の》け反《ぞ》らせた。

「そうよ、なのに他の店と比べたら、安くて、儲けなんか全然出ないって言うんだからさ」

「十万で儲からないんですか」

健太郎に訊かれたので、「そうですね。それだけで食っていこうと思ったら二十万でも無理かもしれませんね。だいたい三十万円ぐらいが相場ですから」と説明した。

「一足、三十万ですかぁ。凄い世界ですね」

「靴の世界というのはどうしようもない道楽の世界なんだよ」母が言った。

「でも上には上がいて、もっと高い靴もあります」

智哉が言うと、「高いってどれぐらいですか」と健太郎から聞き返された。

「たまに海外の職人さんが、日本のお店に呼ばれて、注文会を開いたりしますけど、その場合は一足、六十万ぐらいします」

「車買えるじゃないですか」

「軽自動車なら買えますね」

「でしたら智哉さんの靴もそのうち、評判が高くなって、それぐらいの値段で売られるかもしれないってことですね」

「それは無理だね」

即座に横から母が口出ししてきた。

「この子がそんなふうになれるなら、湘南小町が和民《わたみ》みたいに全国でチェーン展開しているわよ」

「まったく女将さんは智哉さんのことになると厳しいんだから」

「厳しいんじゃなくて、そういうふうになるには、まだまだ修業しなきゃダメってことよ」

「修業って、どこかの店でですか」

「どこかっていっても日本じゃダメよ。だいたい服装なんていうのは、フランス料理とかと一緒だからね。海外で勉強してきましたって肩書がないことには、客はその職人に注文しようなんて思わないってことよ。メイドインジャパンだけでは通じないってこと。私には縁がなさ過ぎて、露ほどの興味もないけどね」

母が冷めた口調でそう言うと、健太郎は「そうなんですか」と目線で問いかけてくる。興味がないという割には母は、靴業界のことをよく調べていた。前に「あんた、行きたきゃ外国に勉強しに行ってもいいんだからね」と言われたことがある。その時は「どこにそんな金があるんだよ」と言い返し、その話は終わった。もっとも智哉は、母が息子のために毎月の儲けから積立をしてくれていることを知っていた。智哉が行くと言い出せば、きっとそれを渡すつもりでいる。

すでに会計を済ませていた最後の一組が席を立った。

母は瞬時に立ち上がって「ありがとうございます。またご贔屓《ひいき》に」と言いながら外まで見送りに出ていった。

カウンターの中から「またよろしくお願いします」と威勢良く声を出した健太郎は、「じゃあ片付けでもしますか」と独りごちて、まな板を洗い始めた。

「健ちゃん、早いけど、閉めようか」

外から聞こえてきた声に、健太郎はすでにそうしているにもかかわらず、「分かりました」と返事をした。

智哉もカウンターの下にしまったダウンを取り出し、席を立った。

そろそろ帰らないと都内に戻る電車が終わってしまう。体の向きを変えると暖簾を持って戻ってきた母と目が合った。

智哉が「じゃあ、また」と言うと、母は目も合わせずに「ありがとね」と言った。

6

ウインブルドンからタクシーで戻っても良かったが、斎藤は地下鉄を使った。

チューブという呼び名の元にもなっている円形の車両は、長身の斎藤がドア近くに立つと頭がぶつかりそうになる。それでも町中で生活している上では、タクシーやマイカーより地下鉄の方がよほど便利だし、乗客が周りに無関心に、新聞や読書、携帯ゲームに興じている姿を見るのは嫌いではなかった。

斎藤は電車に乗ると必ずすることがある。それは乗客の足下を確認することだった。ラッシュ時なら別かもしれないが、この時間は革靴よりスニーカーの方が多かった。革靴にしても伝統的な英国靴より、先が尖ったり、反りあがったりしている斬新なデザインの靴を履いていた。せいぜい一足、一万円もしないだろう。ビジネスマンがスーツに金をかけなくなってきたと言われるようになって久しい。高級靴などそのうち見向きもされなくなる。そう考えるとビスポーク靴など完全な斜陽産業だ。ファッション業界で成功したいなら、パリやミラノに留学して女性服のパターンを学んだ方が、よほど簡単に金持ちになれる。

途中で座席が空いたので、シートに腰を降ろした。駅で配られていた「METRO」というフリーペーパーを広げる。

政治面、経済面、スポーツ面、そしてゴシップ面を斜め読みしてはパラパラめくっていった。デュークはこの日も載っていた。メイフェアにある「マヒキ」という有名クラブから出てくるところを撮られていた。

残念ながら斎藤の靴は履いていなかった。

仕方がない、一足目をクリスに預けてまだ一カ月も経っていないのだ。クリスからスチュアート家の執事に渡したとしても、まだデュークは目にしていないのではないか。

しかも一足目は夜遊びに履く靴ではなく、フォーマル用として作ったものなので、頻度はそれほどないし、公式のパーティーは出席者も限られているため、いくらデュークといえども全身の写真を撮られる機会は少ない。

しかし二足目は違う。あのロンドンタンならデュークは履きたがるはずだ。そして一度でも履けば必ずファインダーから覗くパパラッチたちの目に留まる。

きょうの銀行家たちも、自分たちが頼んだのがあのデュークのお気に入りのシューメーカーだと分かったら、目玉が飛び出るほど驚くことだろう。そしてもっと注文しておくべきだったと後悔するのではないか。


店に戻ると七時を過ぎていた。

トニーと美樹はすでに帰っていた。

代わりにサイモンが一階のサロンにある革張りのソファーから転げ落ちるようにして眠っていた。その醜い光景に、せっかくの上機嫌など一気に吹っ飛んだ。

「おい、サイモン、なにやっている」

斎藤が声を出すと、彼はうっすらと目を開けた。

「きょうは水曜日だ。キミがこの店に出勤しなくてはならない週に三日のうちの一日だろうが」

強い口調で言った。ここで大目に見てしまえば、この男はどんどんつけあがっていく。

サイモンが連絡がなく欠勤していることは、ウインブルドンの行き帰りの間に店に電話して、美樹から聞いた。無断欠勤はここに店を移した一年間で三度目になる。

「なんだ、あんたか。どうした、そんな怖い顔をして」

ようやく視点が定まり、目の前で叱っている人間が斎藤だということが確認できたようだ。

「どうしたじゃないだろう。せめて来られないのなら連絡すべきだ。まさか電話のないような店で飲んでいたわけではないだろう」

昼間から酒を飲んでいたと決めつけた。目は充血していて、顔は腫《は》れぼったい。昼間からではないとしたら、朝からだ。

「そこまで分かっているならパブに電話をくれれば良かったんだ。もうオレたちが知り合って八年になる。オレが寄りそうな店ぐらい分かっているはずだ」

酒臭い息にいっそう不愉快になった。

「私はそんなことを言っているわけではない。職人としてのマナーを言っているだけだ」

「マナーね」

サイモンは挑発的に笑った。

「職人としての資質を問うているのだったら、それは心配のし過ぎだ。俺はけっして自分の仕事を怠ってはいない」

「怠っていない？」

「ああ、出来あがったから、こうしてわざわざ持ってきたんだ」

サイモンは床に置いてあるビニール袋を下から放り投げた。

「おい、なにをする」

まさか制作途中の靴を投げてくるとは思いもしなかった。青筋を立てて怒ったつもりだったが、サイモンのちろちろ目には映らなかったようだ。

「サイモン、なにか仕事に不満があるのか」

冷静になって尋ねた。

サイモンは「別に」と返してきた。

「ならトニーの仕事に問題があるのか」

トニーがグッドマンに来て三年を過ぎたが、サイモンがトニーと会話しているのはほとんど聞いたことがない。もっとも美樹とも似たようなものだから、トニーだけを嫌っているわけではないのだろうが。

サイモンはさっきまでの突っ掛かった言い方とは違って、はっきりした発音で喋り始めた。

「トニーの成長は著しい。あと何年かすればあんたの域にまで達するだろう。あんたを超えられるかどうかまでは分からないけど、それでも十分な進歩だ」

「だったらなにが問題なんだよ」

「オレが言いたいのは、コンビが変わるというのは、ポーカーの相手が変わるのと同じだということだ。テーブルに着く人間が変われば、相手の性格や思考から考え直さなくてはならない」

まるで斎藤の思考ならすべて読めるとでも言いたげだ。

「もっと私も靴作りに加われと言いたいのか」

サイモンは鼻を啜ってから視線を落とした。やはり不満はこっちにあった。

「オレはアンタがコンビを組みたいというから、パートナーになることを引き受けたんだ。なのに最近のアンタは本職の靴作りをほっぽりだして、ビジネスマン気取りじゃないか」

「仕方がないだろう。ビスポークだけでなく、既製靴まで広げていかないと、私たちはいつまで経っても金持ちになれない」

そう言うと、サイモンは今度ははっきりと声に出して笑った。

「金持ちというのがおかしかったかな」

斎藤が聞き返すと、「そうじゃない。アンタが『私たち』と言ったのがおかしかっただけだ」と答えた。「この会社がいくら儲かろうが、オレには関係ない。オレはあんたから給料をもらっている一労働者だ」

それはサイモン自身が望んだことではないか。ヤツは当初、不安だった。日本人が経営する靴屋などあっと言う間に潰《つぶ》れてしまうと思っていたのだ。だから固定給を望んだ。それを今になって不満を言い出すとは……斎藤は呆れてしまった。

ただ今さら経営者に加えてくれと言われても困る。

斎藤は黙ってサイモンの横顔を見ながら顔色を読んだ。そこまでの欲はないなと感じた。無口で偏屈で、とっつきにくい。だが実際のサイモンはただの小心者である。酒やドラッグに溺《おぼ》れる典型的な弱い人間だ。

「なにか困ったことでもあったんだろ」

声のトーンを下げた。

サイモンは一瞥《いちべつ》しただけで視線を落とした。不貞腐《ふてくさ》れた子供のようだ。しばらく黙っていてから、小声で喋り始めた。

「……昨日、駐禁切符を切られた」

またか、とうんざりした。「どこでだ」と尋ねると下町の通りをあげた。車が多く、ロンドンに住むドライバーなら、少し車から離れただけでも違反切符を切られることは分かっていたはずだ。

「別に車から降りたわけではない。オレが運転席に乗っていたのに、交通巡視員の糞《くそ》野郎はチケットを切りやがった」

「バス停かそれとも消火栓の近くだったんだろ」

「さぁ、オレは気づかなかったけどな」

「だったら降りて抗議すれば良かったじゃないか」

斎藤が言うとサイモンは目を逸《そ》らし、下唇を噛んだ。

飲んでいたのだ。

きっとシートを倒して眠っていたのだろう。偶然目覚めたサイモンは巡視員が車のナンバーを控えていることに気づいた。だが外に出て、飲酒運転だと通報される方がまずいと思った――。

「いくらだ」

金がないから給料の前借りに来た。だからこんな時間に店に来たのだ。

「……一二〇ポンド」

たかがそれぐらいの金も持っていないのか。神業のような手先を持つ世界一のボトムメーカーが聞いて呆れる。

以前、サイモンは今付き合っている女とニューヨークに旅行した。その時、二八〇ドルの駐車違反切符を切られ、国際電話で金を送金してくれと泣きついてきたことがあった。クレジットカードは限度額オーバーで使えなくなっていた。所持金はカジノ、そして酒、ドラッグにすべて消えてしまっていた。それ以来、サイモンは「飛行機は嫌いだ」と言って、国を出なくなった。

斎藤はスーツの胸ポケットからマネークリップを出し、そこから百ポンド札を三枚、摘み出した。

どうせ飲み代に消えるのだ。二〇〇ポンドでも多いくらいである。だがそれだけではこの男の気が済まないだろう。

サイモンは枚数を数えることなく丸めて、ジャケットのポケットに突っ込んだ。

「実はもっといい条件で来ないかと誘われている」

聞きながら斎藤は辟易《へきえき》した。酔った時、必ずと言っていいほど聞かされる話である。

「どこの店だ」

「それは言えない。それこそマナーだろ。正式に受諾するまでは、愛する女であっても口にはしない」

「私とキミの関係じゃないか」

「オレがアンタに誘われた時も、正式に受けるというまでは、誰にもあんたの名前を出さなかった」

出さなかったのではない。出したところで誰も本気にしなかったのだ。当時のサイモンは二度目のマリファナ使用で摘発された後で、仕事を干されていた。斎藤が声をかけなければ、この業界からとっくの昔に追放されていた。

前回の摘発からすでに五年以上の時間が経過し、多くの顧客がサイモンを目当てにグッドマンに来店している。他の有名店がサイモンを引き抜きたいと考えても不思議はなかった。

それでも斎藤は、彼の話がブラフだと直感した。

斎藤が事業を広げていくことを面白く思っていないのは事実だろう。しかしこうして簡単に前借りさせてくれる店は他にはない。それに他店とは比較にならないだけの高給を斎藤は払っている。

斎藤は高圧的に聞こえないよう丁寧に切り出した。

「もっと条件を上げてくれと言いたいのかもしれないが、それならもう少しの間だけ辛抱してもらえないだろうか。今は工場を買収して、せっかく貯めた資金も底をついてしまった。そればかりか、新たな借金まで増えてしまった」

「借金？」

「ああ、それでも足りないからレンジローバーもパテックも売ったんだ」

そう言って左腕を見せた。つけていた腕時計がパテック・フィリップから店を興す前から使っていたロンジンに変わったのを、サイモンは今ようやく気づいたようだ。

「だいたいアンタの計画は無謀過ぎる。いくら収益をあげたいからといって、すぐに既製靴を始めることはなかったんじゃないか。しかも工場まで買うなんて……」

「キミに相談しなかったのは悪かったと反省している。だが既製靴を作るのは儲けのためだけではない。私たちの将来のためでもある」

「将来のため？」

「ああ、いくら日本の若者たちが靴に惜しみなく金を出してくれるといっても、いきなり一足二八〇〇ポンドもするビスポークを買えるほどの余裕はない。高くても七〇〇ポンドぐらいだ」

バークレーズ社長の二津木が設定している価格が十万円だから、だいたいそれぐらいの額だ。

「それでも若者たちにとっては給料の何分の一かをはたいた高価な買い物だ。それが彼らにとって大切な宝物になるかどうか、そのためには私たちの意見が通るしっかりした技術を持った職人がいる工場で、最高の品質を維持した既製靴を作らなくてはならない。その靴を履いた若者たちが、私とキミが築いたグッドマンというブランドに満足し、年を取って地位と高い給与を得るとともに、いつの日か私たちの店でビスポーク靴を作りたいと考えてくれるようになる。そうやってようやく、私たちが手作りするビスポークに還元されるようになる。そういった長いタームで私は考えた。もちろん失敗すれば店を失う大きな賭《か》けだったのだから、三日三晩、まともに寝付けなかったほど悩み続けたよ。それでもやるしかないと私は決断した」

真意が伝わったかどうか分からない。サイモンは黙って聞いていた。

サイモンは「分かった」と答えた。

自分が工場で働かされるわけではない。今まで通り、ボトムメイキングをしているだけで、店の売上げが増えれば自分の給料も増える。都合よく理解しただけかもしれない。

「まぁ、オレもアンタへの感謝の気持ちを忘れているわけではない」

「そう言ってもらえることは私にとって、なによりもの幸せだ。ありがとう、サイモン」大袈裟に返した。

少しの間、しんみりした時間が流れた。

「なぁ、サイモン、頼みがある」

斎藤は顔を見ながら切りだした。

俯いていたサイモンが顔を上げた。

「亜子《あこ》を悲しませないでほしい」

サイモンが一緒に暮らしている恋人の名前を出した。日本系企業に勤めていた亜子とは、里沙子の紹介で付き合うようになった。付き合いは二年になり、今は一緒に住んでいる。靴と酒とドラッグしか愛さなかったサイモンが初めて本気になった女だ。

「間違ってもマリファナを持って歩くようなことはしないでほしい。今度捕まったら実刑の可能性だってある。そうしたら一番悲しむのは亜子だ」

「それはアンタに言われなくても分かっている」

亜子はそれなりの容姿をしていて、里沙子ほど性格もきつくない。女としての魅力は十分あるものの、いかんせん意思が弱過ぎるのが大きな欠点だった。

亜子にサイモンの性格を伝えた上で、見守って欲しいと頼んだことは数え切れないほどある。しかしサイモンと付き合うようになってからの彼女は、酒の量が増え、自宅でドラッグに手を出すようになった。ミイラ取りがミイラになったようなものだ。

駐禁切符を切られたという昨夜にしたって、彼女は助手席に座っていて、オドオドするだけで何もできなかったのではないか。泣き出しそうな顔まで想像がつく。酒や薬物に依存しないことには普通の生活さえできない。まったくよく似たカップルだ。

ポケットから再びマネークリップを取り出し、百ポンド札をもう一枚出した。

「これで亜子と食事でもしろよ」

痛い出費だが、店を潤滑に運営していくには致し方がないと思った。

サイモンは「サンクス」と小さな声で言って、手を伸ばして受け取った。

第四章　地下室の鼠

1

――極上の靴磨き――

文・斎藤良一

●床に靴を並べたら、一足ずつ手に取り、堅く絞った布で全体の汚れを取る。コバの部分はとくに埃《ほこり》が溜まりやすいので歯ブラシを使うと効果的である。この時、いつも自分の足代わりとなって働いてくれた靴に、いたわりの声をかけてあげるといい。そうすることで、この後の作業がよりはかどってくれる。

●次にワックス缶の蓋《ふた》に水を入れ、その中に氷を一つ落とす。そして布を巻き付けた指を、軽く氷水に浸らせてから、ワックスを拭《ぬぐ》い取り、靴に塗り込んでいく。冷水に浸したことでワックスが固まり、靴の表面に薄い皮膜を作ってくれるのだ。この時、注意すべきことはけっしてワックスを塗り過ぎないことだ。あくまでも薄く、そして指先の腹の部分に神経を集中して円を描きながら、女性の体をマッサージするかのように優しく塗り込んでいくことが大切である。
●ワックスを塗るのはつま先とヒールの部分だけで、皺が入るアッパー部には絶対に塗ってはならない。皺にワックスが入り込むと、ひび割れの原因になってしまうからだ。大雨の時に履くなど酷い扱いをしたなら別だが、そうでなければアッパーは布で汚れを取るだけで十分。一流のタンナーが鞣した革というのは、健康に気を遣っている人の体と同じで、少々荒っぽく働いたとしても、十分な休みを与えられればすぐに元通りの状態に回復する。
●ワックスを塗ったら、乾く前に馬毛ブラシをかけ、余分な油を取り除いていく。ここでけっして強く磨き過ぎないこと。なぜならば靴磨きのクライマックスはまだ先であるからだ。
●ここまでの過程で、もし大きな傷を見つけたとしても、慌てず、騒ぎ立ててはいけない。そういう時はドライヤーを当て、ヘアーメイクアーチストが髪を乾かすように、遠目からじっくり風を吹き付けるといい。すると不思議にも、チリチリになっていた革が伸びていくではないか。接着剤を薄く塗り、隙間を同色のワックスで埋めれば、いったいどこを傷つけたのかさえ分からなくなる。いや、少しぐらい分かった方がいい。そういった傷というのは兵士の傷跡と同じで、後々になって誇りに思えてくる。
●さて、いよいよクライマックスである。指で水を二、三滴垂らし、あとはワックスが染み込んだ使い古したクロスで力いっぱい、縦、横、縦、横の順番を繰り返しながら磨いていけばいい。すると、あなたは驚くべき光景を目にすることになる。まるで湖に映る月のように革の表面がゆ

らゆらと光り輝いてくるではないか……。

●最後によほど忙しい人でなければ、靴磨きはまとめて一度にやるべきとアドバイスしておきたい。なぜかと言えば、生き返った何足もの靴を見つめながら酒をチビチビやるのは、絶景を眺めながら飲む酒と同じぐらい心地いいからである。Ⓔ

機嫌を戻したサイモンが出ていくと、斎藤は棚から、一見しただけで相当な年数を履き込んだことが分かる古い既製靴を取り出し、磨き始めた。

バークレーズの二津木から修理を依頼された靴である。彼がファッション業界に入ったばかりの、まだ店員をしていた頃に買ったものだという。

その靴を斎藤は、ファッション誌に頼まれて執筆した「極上の靴磨き」とタイトルが打たれた記事通りの手順で磨き上げていった。

少しキザ過ぎやしないかと心配しながら書いたのだが、編集者からは「まるで外国の雑誌に掲載されているエッセーみたいですね」と評判だった。それ以来、自分が書いた記事を英語と日本語に書き分けて、完成した靴と一緒に客に渡している。

もっとも斎藤はずっとこのやり方で靴を磨いていたわけではない。以前は指で直接、ワックスをすくって靴に塗り込んでいた。

最初に師事したノーザンプトンの親方が、いつもそうやって磨いていたからだ。指では冷水のようにすぐに皮膜はできないが、逆に人肌でワックスが程よく溶けて、焼きたてのホットケーキに載せたバターのように上手に塗ることができた。

ただしこの方法は大きな欠点があった。

油性のワックスは指紋や爪の間に入ると、いくら石鹸《せっけん》で洗ったところで簡単に取ることはできない。せっかく美しい靴を渡しても、職人の手が汚れていたら、客は興ざめしてしまう。

二津木の靴は、斎藤の手によって驚くほど甦っていった。二津木は店員からバイヤーに転身し、この靴を履いて世界中を飛び回っていたそうだ。思い入れは相当強いのだろう。革の状態を見ればば頻繁に手入れが施されてきたのは一目瞭然《りょうぜん》だった。

確かにこの既製靴は美しい。三十年前の職人の魂がこの靴の中で生き続けている。

斎藤がバークレーズで売り出そうとしている既製靴にしても、何年もの時間が経過しようが、持ち主を魅了し続けることだろう。それだけのクオリティーのものにしかグッドマンのタグはつけられない。そう覚悟を決めたからこそ、借金をしてまでノーザンプトンの工場を買収したのだ。

完璧なデザインをし、完璧なサンプルを作り、そして完璧に工程をプログラミングして作り上げる。

それでも既製靴がビスポーク靴に敵うことはない。

それは工業製品では絶対に持ちえない手垢や人の手の温《ぬく》みがビスポークにはあるからだ。

二津木の靴を棚にしまうと、棚からワインボトルとグラスを取り出し、ボトルだけ脇に挟んで作業椅子に戻った。

背もたれに体を預けると、壁際の木棚に並べられている制作中の靴が目に入った。

真ん中に置いてあるのが、店の客で斎藤がもっとも嫌うスタンリー卿がオーダーしたスリップオンだ。

斎藤が作った木型に合わせて、トニーが革を裁断して、釣り込みまで終えた。これからサイモンに渡し、いよいよ底付け作業に入る。

ここまでは斎藤が指示した通り、完璧に仕上がっている。

トニーには三年半の歳月をかけて、靴作りのイロハから教え込んだ。それまで彼が師事していた香港の職人と斎藤とでは、制作工程はもちろん概念からして、つまり靴を道具の一つと取るか美しく装うものとして取るかまでまったく異なっていたそうだ。斎藤の教えに忠実に従ってきた結果、トニーの靴は、素人が一見しただけでは斎藤が作った靴と識別がつかないほど、完成度は高くなった。そう時間がかかることなく斎藤の域に到達するとサイモンが言ったのも、けっして褒め過ぎではないだろう。

だが近づくことができたとしてもトニーが斎藤を超えることはありえない。

もし自分がデュークに作ったシングルモンクに一〇〇点をつけるとしたら、トニーが作ったこのスリップオンはせいぜい五〇点をつけられるかどうか、いまだにそのレベルである。

その違いはなにか。

ひと言で言ってしまうのなら、それは欲の差である。

普段の仕事を見る限り、靴作りがうまくなりたい、斎藤のレベルに少しでも近づきたいとの情熱は伝わってくる。だが斎藤に言わせれば、情熱なんてものは血の通った人間なら多かれ少なかれ持っているものだ。熱い気持ちだけで生き抜けるほどこの世界は甘くない――。

心の熱さというのは、時として邪魔になるものだ。

自分にしか見えない造形を追い求めながら、ひたすら単純作業を続けていくうちに気持ちは塞《ふさ》ぎ込み、疲弊していく。自分をしのぐ情熱や熱意を持ちながら、いつの間にかこの世界から去っていった人間を、斎藤は数え切れないほど知っている。

それでも斎藤は耐え、ここまで伸《の》し上がってきた。

それができたのは針が指を貫き、ナイフで皮膚を削《そ》ぎ、血まみれになった時でさえ、表情を変えることなく作業に没頭してきたからだ。それこそが、この道で成功してやる、金持ちになってやるという野心である。

本物の野心というのは不動である。

感情などによって左右されない。

神経を研ぎすまして作業を続けながらも、作り手は無感情でなければ、気が狂《ふ》れてしまう前に自分で自分に手を差し伸べ、安楽な場所へと助け出してしまう……。

上海の貿易会社に勤める父親と小学校の音楽教師の母親を持つトニーは、新富裕層と言われるほどの金持ちではないらしい。しかしロンドンまで留学させてもらったのだからそれなりの家庭なのだろう。斎藤が与える安月給で生活できるということは、今でも仕送りをもらっているのかもしれない。

狭い工房の隅には百年以上前に製造されたシンガー社製の古い足踏みミシンが置かれている。

このミシンを使って、裁断した革のパーツを縫い合わせていく。

八年前、サイモンとともにグッドマンを設立することを決めた直後、斎藤が「縫製も自分でやりたい」と言い出すと、サイモンは「そこまですることはない」と反対した。「縫製の専門のクローザーに頼むべきだ。ほとんどのビスポーク店はそうしている。それが英国式だ」と。だが斎藤は聞かなかった。

斎藤は英国で成功するためにこの国に来たのではなかった。世界中をマーケットにするには、このロンドンに拠点を置くのが一番だと思ったからここに来たのだ。

ただそのためには本来は消耗品である靴という道具に、付加価値が必要だった。それこそが美しさであり、芸術性である。芸術であるためにはラストメイクやボトムメイクだけでなく、すべてにおいて作り手の顔を晒《さら》さなくては人はそう認知してはくれない。二百近い靴作りの工程の中の一つである縫製でさえも、人任せにはできないと考えた。

斎藤はサイモンの反対を押し切ってポートベロー・マーケットにあるヴィンテージミシン専門店でシンガーミシンを購入した。

さらに英国で三代にわたってこの仕事を続けていた有名なクローザーの下に出向き、縫製技術を習った。最初の頃は手と足が一緒に動かず、何度やってもジグザグだった。

そのクローザーは足の動きに合わせ、微妙に体を揺らしながら見事なまでに革を縫い上げていった。

驚いたのは、彼はミシンから離れている時でも、居眠りでもしているかのように体を上下に揺らしていたことだ。体が仕事のリズムに合わせるのではなく、仕事が生活にまで入り込んでいた。そこまでいって初めてプロだと痛感させられた。

クローザーが同業者である斎藤を受け入れてくれたのは、すぐ音を上げて逃げ出すだろうと思っていたからだ。そうなれば靴職人が自分でミシンを操ろうなど無謀なことは考えず、今後は半永久的に自分のところに頼んでくるだろうと……。

だが斎藤は二カ月間でひと通りの技術を身につけた。これにはクローザーも感心していた。

それでも斎藤が自分の腕に満足できるようになったのは、グッドマンが開店してしばらく経過した頃、ようやく月に四、五足の注文が入るようになってからだ。それまではずいぶん革を無駄にした。

そんな苦労話をしたところで、トニーはもちろん、斎藤に心酔する美樹でさえ理解できないだろう。彼らにとっての靴作りは、単なる好きな仕事であって、命懸けでのめり込むものとまでは思っていない。だが自分は違う。人生のすべてをこの仕事に注ぎ込んできた。

グラスを口元に運んだ。ワインの濁りが口の中に広がり、喉を通り抜けたアルコールが毛細血管の隅々まで染み渡っていった。

グラスを置き、ロッキングチェアーのように椅子の前脚を浮かせて背中を壁にもたせかけた。不安定な状態のまま目をそっと閉じてみる。

しばらく意識を遠ざけてから、うっすらと目を開けた。

トニーとは別の職人の影が、黄ばんだ壁に映っていた。影は斎藤の方を見て、笑みを滲《にじ》ませたように見えた。脅迫者の影だ。斎藤を挑発している——。

美樹の楚々《そそ》とした顔をその影に重ねてみた。もう一度トニーを映す。そしてサイモンを重ね合わせた。

だが結局、斎藤が知るどの職人とも違うことに気づいた。

斎藤を脅そうとしている者がどこの誰だかは分からない。

誰かさえ分かれば、その人間を全力で潰す。だが潰す相手どころか、その狙いさえ定かではないだけに、今まで感じたことのない不安を覚えてしまう。

お前は誰なんだ。

おまえに俺を潰すことができるのか。

すでに幻影さえ消えてなくなっていた壁に向かって、斎藤は問いかけた。

2

底付けを終えた靴を膝で挟むと、智哉は作業机の上に無造作に置いてあるガラス片を摑み、両手でボキリと折った。

ガラス屋から貰ってきた破片だ。

割れたガラスの片割れを左手で摑む。窓から射《さ》す日で青く光るガラスの断面を内側に向け、コバを磨いていった。ガラスの凹面を上手に利用することで、裁断された革の角が取れ、丸みを帯びていくのだ。

コバを磨くと、今度は踵《ヒール》に移る。

智哉は今度はヒールの角度に合わせてガラスを割った。なかなかうまくいかない。それでもバキッバキッと折っていき、四度目には緩やかな弧の形になった。

ヒールというのは何枚も革を積み上げて作っている。ビスポークのそれは、女性のハイヒールのように、少しでも背が高く、後ろ姿が美しく見えるように革を積んでいく。上から下に向かって細くなっていくように作るのは、そのためだ。

ただ、大きさの異なる革を重ねていくため、どうしても凹凸が出てしまう。そこでガラス片、最後は目の細かいサンドペーパーで繰り返し磨いていかねばならない。

手を前後に動かしては、削りかすを取り、再びガラスを擦り続ける。

作業を開始して一時間は経ったのではないか。ようやく智哉が思い描いてきたテーパードなラインが見えてきた。

右手に持つ靴を口元に近づけ、蠟燭《ろうそく》の火を消すように思い切り息を吹きつけた。

削られた革粉が空間に飛び散った。

智哉がもっとも達成感を覚える瞬間である。

靴を眺めながら、それにしても、と感じた。

この靴に限らず、自分が作るのはどれも斎藤の靴によく似ている。コピーしていると言われるのではないか。斎藤の靴を教科書代わりに作っているのだから、そう言われて当然なのだが。

「おっ、なかなかカッコいい出来栄えじゃないか」

いつも通り、勝手に店に入ってきたショーンが、驚いた声を出した。いつもならノックぐらいしろと小言をいうのだが、褒められたことで気にもならなかった。

「ようやくここまで来られたよ。あの人に遅くなったって謝っておいてくれ」

「大丈夫。彼はボクには頭が上がらないからな。なにせストーカーで捕まりそうだったんだから」

この靴を渡す知人という人は、外交官時代のショーンに借りがあるらしい。「別に外交官の特権を利用してなんとかしてあげたわけではないからな。親切心で、弁護士を紹介してあげただけさ」と言うものの、ハインズ教授へのラグビーチケットの件を聞かされた後だけに最初から邪心がなかったかどうかは微妙なところだ。

「それに遅いといっても二カ月もかかっていないじゃないか。有名なシューメーカーなら一年、二年待ちも珍しくない」

「でもそれはオーダーがひっきりなしに入る有名店だろ」

斎藤の店も半年は待たされるらしい。日本のバークレーズの受注会で頼んだ靴は一年かかる。

「そのプレーントゥ、ボクにも作ってもらおうかな」

「なに言っているんだよ。ショーンはもう僕の靴は十足は持っているじゃないか」

「たった十足だよ」

ショーンは即座に返す。

「いつも言っているけど、ボクはトモヤの靴を最低、三十足は所有し、一カ月間日替わりで違う靴を履き続けることを夢としているからね。そのためにはもう少しお金儲けして、広い家に住まないことには、靴をしまう場所もないけどな」

半年前まで外交官専用の高級アパートに住んでいただけに、「今の1LDKのマンションには物の置き場もない」といつもぼやいている。家賃はロンドンやニューヨークも高いが、日本の家は圧迫感があってウサギ小屋に閉じ込められている気分になるらしい。

もっとも仮に三十足分の靴が入る広い下駄箱のある邸宅に引っ越しても、ショーンは今すぐ、あと二十足をオーダーする気はないだろう。「トモヤのスキルが上がっていくのと同じ速度で、その横を歩きながら眺めていたいんだよ」と言っているからだ。物欲はあるのだが、焦っている感じはまったくない。そういう時、ショーンはやっぱり英国人なんだなと智哉は改めて思ったりする。

「それで、お母さんは大丈夫だったのか」

ショーンとは昨日会う約束だったのだが、母が倒れたと連絡を受けたためキャンセルした。ショーンは「すぐに行くべきだ」と言ってくれた。子供の時に母親を亡くし、父親と祖父母に育てられたショーンは、智哉以上に母のことを心配してくれる。「湘南小町」にも何度もついてきて、今では母と友達みたいに仲が良い。

「ピンピンしていたよ。昼間の病院通いなんか一切感じさせずに、狭い店を走り回っているんだから。むしろ仕事が一番の良薬なのかもしれないな」

「でも無理はさせない方がいいよ。ずっと働き詰めで来ているんだろ」

「そうだね。でも健太郎さんがついているから大丈夫だよ。母のことは誰よりも心配してくれているから」

「あの人ならトモヤよりはるかに気が利きそうだからな」

得意顔で言ってくる。その指摘は遠からず当たっている。

「それにしても斎藤さえいなければ、トモヤのお母さんがこんなに苦労することもなかったのになぁ」

「さぁ、どうかな。父が生きていた頃から仕事はしていたからな。母は家でじっとしているタイプではないから」

そう答えはしたものの、こんなしゃかりきに働くことはなかっただろう。

ただし、金がなくなったために、靴職人になることを母からは反対されなかった。それまでは「あんた、せめて大学は出ときなさいよ。うちみたいな家庭の子が生きていくには、勉強して、いい大学出て、そこそこの会社に入るしかないんだからさ」と耳が痛くなるほど言われた。

ショーンは電気ケトルに水が入っているのを確かめて、スイッチを入れた。目で茶葉を探しているのが分かったので、智哉は「はいよ」と缶を投げた。ショーンは片手で見事に受け取ると「ファインプレーだろ」と片頬を上げた。落としていたら「投げるなよ」と文句を言うくせに、まったく調子がいい。

「それにしても調べれば調べるほど、ボクたちはとんでもない男を倒そうとしているのではないかという気がしてきたよ」

ショーンがお茶を淹れながら呟いた。斎藤のことを言っているのはすぐに分かる。

「なにか分かったのか」

「すべて噂の域を出ないよ。でも斎藤にまつわるのは、恐怖心を抱くには十分な噂ばかりだよ」

ショーンは、智哉の父が亡くなった後に再び渡英した斎藤が、自分の店を出すまでになにをしていたのかを調べてきていた。

智哉の父が死んだのが十三年前、斎藤がロンドンの郊外にS&Cグッドマンの最初の店を出したのが八年前だ。斎藤が二十七歳から三十一歳までの五年間が、空白の期間になっている。その時期に斎藤がなにをしていたのか、智哉はほとんど分かっていなかった。

「日本の靴工場で働きながら、二年間でトモヤのお父さんの靴を結構な数作ったんだから、相当腕を上げたんだろうね。お父さんが亡くなって再渡英した時は、すぐにロンドンの有名なビスポーク店で雇ってもらえることができた」

「その店で腕を磨いていったんだね」

「ライバルと競い合いながらね」

「ライバル？」

「ほぼ同時期に斎藤と同じくらいの才能がある若者がいた。ケーヒルという名前の英国人で、年齢的に斎藤より若かったけど、斎藤と同じくらい将来を嘱望されていた。いずれは斎藤かケーヒルのどちらかが、その店のスターシューメーカー、いわゆるラスト職人になれるのではないかと言われていた」

「もしかして斎藤はその人に負けたってこと？　それで自分の店を出したとか」

思い浮かんだことを言うと、ショーンは「まさか、そんなタマではないよ」と否定した。「だけども店の大半の人間は、この勝負はケーヒルが最終的には勝つだろうと予想していた。なぜだか分かるか」

「ケーヒルがイギリス人だから？」

「ああ、そういうことだ」ショーンは即答した。「だけどもある時を境に、ケーヒルの評価が一気に下がっていったんだ。ケーヒルが作った靴が、微妙にサイズが合わなくなった。それこそせっかく完成した靴に客が足を入れると、きつすぎて作り直しになるような……そういうことが何回も続いたらしい」

「スランプだったのかな」

「店もそう思ったらしい。慢心というか、ちょっとした油断がミスを生むのはどの世界でも同じだからね。でもケーヒル本人はそう思わなかった」

「思わなかったって、でも実際にサイズが違っていたんだろ」

「それは自分がミスしたのではなく、誰かが自分が作った木型を勝手に削ったからだと言い出した」

「それが斎藤だってこと？」

ショーンは少し黙ってから「真相は分からないけどね。でもケーヒルは斎藤の仕業だと決めつけたらしい」と言った。

「斎藤はどう反論したんだ」

理由もなく、罪を擦《なす》りつけられたら斎藤だって怒るだろう。まして他人が作った木型を勝手に弄《いじ》るなんてことは、常識では考えられない。

だがショーンは「斎藤は自分がやったとも言わなかったが、やらなかったと否定もしなかった」と言った。

「どういう意味だよ」

「むしろ、自分が作ったものを誰でも触《さわ》れる場所に置きっぱなしにして帰るおまえの方に問題がある、とケーヒルに向かって平然と言ってのけた」

斎藤らしいと思った。だが複数の靴を同時進行で制作していく職人にとって、すべての木型や靴を自己管理するのは難しい。ロッカーにしまうにしても限界がある。

「それでその職人はどうしたんだ」

「仕返しを考えた」

「仕返し？」

「同じことをしてやろうと考えたのさ。斎藤の木型を勝手に削ってやろうと」

「斎藤はもちろん、ロッカーにしまっていたんだろ」

「鍵をかけてね。だけどもケーヒルはそのロッカーの鍵を壊し、扉を開けた」

「鍵を壊したら店にバレてしまうじゃないか」

「もうその時のケーヒルは正気ではなかったんだろうな。斎藤を道連れにして、その店をやめるつもりだったんじゃないかな」

「でもロッカーを開けても斎藤の木型はなかったんじゃないの？　斎藤は木型を持ち帰っていた。そうなんだろ」思いつくままに言った。自分ならそうしている。だがショーンは「残念ながら外れだな」と首を振った。

「木型はあったよ。だけどケーヒルはその木型に触ることさえできなかった」

「どうしてだよ」

「その木型には、血がベットリついて、真っ赤に染まっていたんだ」

「血って、まさか……血糊《ちのり》じゃないのか」

「ボクもそう思ったよ。でもケーヒルは斎藤の血で間違いないと確信した。なぜなら斎藤は細かなディテールにこだわる余り、時々ナイフや鉄やすり《ラスプ》で自分の手を削ることもあったそうだ。パックリと傷口が開いているにもかかわらず、そんな時でも指の感覚が鈍るからと斎藤はテープを巻くことさえせずに、そのまま作業を続けた。だから斎藤の木型にはいつも血のような汚れが染み込んでいたって」

「でもそんな状態で仕事を続けたら、傷口が化膿《かのう》するじゃないか」

「化膿したこともあっただろうな。だが斎藤は中断することもなく、もちろん痛いと声をあげることもなかった。その姿を見ていたケーヒルは日本人は痛みを感じないのかと不思議に思ったそうだ」

「ケーヒルという人は今はどうしているんだ」

「ロンドンから少し離れた町の、小さな靴屋で働いている。だけど修理はするが、靴は一切作っていない。あんな狂人がやっている仕事は二度としたくないって話しているそうだ」

「本当に狂っているのかもしれないな、斎藤は」

「間違いなく狂っているよ。でもボクが言いたいのはそんなことじゃない。斎藤がどうしてこんなふうになってしまったかということだ。ほら、前にトモヤが言っていたじゃないか。対立する感覚というのは実は隣合わせに並んでいて、その境界線はまさに紙一重だって」

「それは僕じゃなくて、斎藤が雑誌のインタビューに答えていたことだろ」

「ああ、そうだったな。斎藤の話だ」

それはファッション誌ではなく、ライフスタイルをテーマにした雑誌でのインタビュー記事だった。靴作りの工程について斎藤は一切語っていなかったが、智哉は衝撃を受けた。その時の斎藤のコメントは、はっきりと頭の中に甦ってくる。

「幸福と嫌悪、やる気と堕落、充実感と飽きといったものもすべて対立する感覚です。こうした二つの感覚というのは、対義語であるがために、対極に位置していると思われがちですが、実は横並びに存在しているのです。好きだった人間が突然疎《うと》ましく感じられるのも、人の気持ちが移り変わったのではなく、好きという感覚と同じ方向に、疎ましくなるという感覚があっただけの話です。堕落してしまった人にしても同じです。最初からやる気がないわけではなく、むしろ必死になにかに打ち込みやり遂げた時に、堕落のゾーンに陥ってしまうのです」

斎藤の言いたいことは分からなくもなかった。人の感情や感覚といったものは突然変化する。だがそれはけっして心変わりなどではなく、最初からなるべくしてそうなったと伝えたいのだろう。同じ方向に対立する感覚がある、だからこそすべての物事は慎重に進めるべきだと――。

ただ斎藤良一という靴職人を知らない読者には、これを読んだだけでは、彼がどうしてこんな悲観的なことを言い出すのか理解できなかったのではないか。

斎藤はさらにこう続けた。

「経験を積むことで、人はこの対立する感覚の存在に気づきます。もう恋愛したくないと思う人もいるでしょうし、今度恋に落ちた時は気持ちが走り過ぎないように注意しようと考える方もいらっしゃるでしょう。にもかかわらずほとんどの人は、結果的にこれまでと同じようにボーダーラインを越えてしまいます。なぜか？　それは境界線で留《とど》まることより、越えてしまうことの方がはるかに楽だからです。だからといって、私はその方向に進むなと言っている訳ではありません。落胆する結果になる危険性があると分かっていても、それでも向かっていく人を私は真のプロフェッショナルだと認めています。なぜならば、危険だと分かっていても進んでいかないことには、相手にいい感覚を与えることもできないわけですから」

そしてインタビューの最後になってようやく斎藤のシューメーカーとしてのプライドとメッセージが表れた。

「靴で言う対立する感覚は『快適さ《カンファタブル》』と『痛み《ペイン》』です。快適さと痛みの両者が同じベクトルにあるため、快適さに近づけようとすればするほど、それは痛みにも近づいていくことになります。だとしたらその方向から逃れたらいいのではないか。確かに逃れることで痛みに陥る恐怖からは解放されますが、しかし同時に快適さも失ってしまいます。お客様のための一足を作らせてもらう以上、リスクを恐れることなく究極の履き心地を追い続けるのが、本物のシューメーカーではないかと私は思っています」

いいや、追い続けるという現在進行形の謙虚な言い回しをしていたが、自分なら痛みのボーダーラインを跨《また》ぐことなく最高の履き心地で止めてみせる――溢れるほどの自信は、十分過ぎるほど伝わってきた。

「だけどその話が狂人とどう結び付くんだよ」

智哉が尋ねるとショーンは「狂人と対立する感覚はなんだと思う」と逆に質してきた。

狂人と対立するもの？　狂人、狂人と口に出して、狂人の性質と矛盾する正反対の言葉を思い浮かべる。

「天才かな」

思いついたことを言う。だがショーンは「それじゃあ当たり前過ぎるだろ」と笑った。

「だったらなんなんだよ」

「ダンディズムだと思うんだよね」ショーンは答えた。

対立どころか別次元のように聞こえる言葉の響きに、まったくピンと来ない。

「もしかしたら神を崇拝する西洋人と仏を崇《あが》める東洋人とでは、ダンディズムに対する概念からして違うのかもしれないけど。分かりやすくいうのならドラキュラに気品があるのと同じだということだよ」

「ドラキュラ？」

「紳士と狂人の二面性を持った人間というのは歴史上何人もいる。神に近づいていこうとすればするほど、ある意味、人間とはかけ離れていくわけだからね」

「だからといってダンディズムと狂人が隣合わせになるとは思えないけどな」

「いや隣合わせだよ。本質的にそうでない人間が、気品のある立ち振る舞いを見せるということは、同時に狂気にも近づいていくようなものさ。あまりに一つの理想に向かって自分を作り過ぎてしまうと、精神まで追い詰められていく。人間というのは本来、周りの目など気にせず、だらしないと言われようが好きなように生きる方がよほど楽だ。それこそ人間本来の生き方なんだから」

「斎藤は無理していると言うのか」

「斎藤の場合、気品があるように見せかけるだけでなく、狂人、つまり悪ぶるのも好きなのかもしれないな。いい子ぶるのは簡単だけど、すぐに見抜かれてしまう。だけども悪ぶるのだって、口で言うほど簡単ではないからね。相当なエネルギーが要る。いったいどの斎藤が本当の姿なのか見せないだけでも、あの男はたいしたものだよ」

「つまりショーンは、斎藤はギアクシャだと言いたいのか」

その言葉の意味を理解できないショーンのために、机の脇に置いてあったメモ用紙に漢字で

「偽悪」と書いた。

ショーンは「そのギアクね」。初めて聞いたくせに知ったかぶりをする。

「でもその漢字だと斎藤は本当はいい人って意味になるだろ？　斎藤はそんな人間じゃないだろ」

「もちろん、そうだよ」

偽悪者という言葉は適当ではない。

それでも斎藤が作る靴には、不良っぽさを感じるのは事実である。

ただしそれが斎藤という人間が潜在的に持っている悪なのか、それとも計算尽《ず》くの悪なのかは智哉には判断がつかなかった。

3

閉め切った窓と紺色のカーテンの隙間から街灯の光が漏れていた。

斎藤の自宅はハイドパークの南側、車が行き交うケンジントンロードに面しているため、夜でも賑やかさは絶えない。

斎藤は光を浴びて色褪せたカーテンをキャンバスに見立て、頭の中でデッサンを描いていった。

昔から絵を描くのは好きだった。ただし、斎藤が描く絵は、なぜだか直線がほとんどなく、あるのは流れるようなラインだけだった。

今、想像している裸体もすべて曲線だけで描かれていた。ただ、今さっきまで、目の前で嬌声《きょうせい》をあげていた女の体とは別ものである。

斎藤はサイドテーブルに置いてあるペリエのボトルを手に取り、グラスに注いだ。炭酸が弾ける音に、里沙子が意識を取り戻した。

「ねぇ、私にもちょうだい」

うつ伏せで手を伸ばしてきた。肩甲骨に窪《くぼ》みができた。シーツは腰のあたりで止まっていて、なにもつけてない身体《からだ》は脱力したままだった。

斎藤は半分ほど飲み干したグラスを渡した。

彼女は仰向《あおむ》けになり、上半身だけ起きあがらせてベッドヘッドにもたれた。そしてシーツを胸までかけてから、グラスを受け取った。喉が小さく鳴った。まるで体に水分が一滴も残っていないかのように、彼女は一気に飲み干した。

「ねぇ、なにを考えていたの」

甘えた声だった。

「たいしたことじゃない。強いて挙げるなら写実とソウゾウの違いだな」

「ソウゾウって想像《イメージ》じゃないわよね。創造《クリエイティヴ》ってことよね」

「もちろんだ。イメージというのはその場凌《しの》ぎの満足感でしかない。だがクリエイティヴは違う。物に息吹を与えるとともに、世界観まで変えてしまう」

「それをイメージしたらいけないってこと？」

「イメージというのは一方通行だからな。一人で楽しむ分は勝手だが、そんな一方的な満足感を押し付けられても周りの連中は迷惑するだけだ。公共の場で馬鹿騒ぎされるのと同じさ」

「じゃあどうして写実はダメなの。写実だってクリエイティヴじゃないの」

里沙子の問いかけに、斎藤は分かっていないなと嫌になる。

「別に写実がダメだとは言っていない。だが俺が言うクリエイティヴとは、目の前にあるものを頭の中で別の物に置き換えて、作り替えることだ。前から見たものを後ろからだとどう見えるか、あるいは上から見たものを下からだときっとこんなふうに見えるのではないか、と実物とはまったく違ったものに作り直すことにある」

「でもそれってあなたがいつもいう対立する感覚なんじゃないの。写実と創造という二つの感覚が並んで存在しているから、本物の芸術家と呼ばれる人はその領域をきちんと弁えている。だからたとえ風景画にしたって、画家の個性が作品に投影されていると評価されるんじゃないかしら」

「いや、それは芸術を買い被り過ぎだ」斎藤は否定した。「写実と創造は一見似ているように感じるが、実はまったく異なるライン上にある」

「じゃあ正確に写しとろうとすればするほど、それは芸術とはかけ離れていくってこと？」

「芸術でないとは言っていない。写実にしても、写生画にしても、立派な芸術作品だ。ただし美しいものを実写のように正確に再現しようと一瞬でも考えれば、その時点で俺が言う創造とは別の方向を目指してしまったことになる。見えないものを、もし見えたとしたらこういう造形になるのかといった思考は写実画家の頭には浮かびさえもしない。こんなことをいうとミレーやクールベに怒られるかもしれないけどな。オレたちだって見えないものを描いてきたと」

別のものであるからこそ写実が創造を超えることはないし、その逆もまた同様である。

ロンドンの郊外にグッドマンの最初の店を構えた直後、斎藤は客のオーダーに合わせて、彼らが望んでいる靴を鉛筆でデッサンした。

客が描いている理想を、ありのままに絵で再現することで、彼らが望んでいる靴が確認できた。客の中には斎藤が描く絵に感激して、「額縁に入れて飾っておく」とサインを求める者までいた。それも高額の代金を貰うサービスの一環だと認識していた。

だがある日を境に、斎藤はその作業をやめた。

けっして面倒くさくなったわけではない。画才を褒められるのは嬉しかった。しかし描いた絵と斎藤が作り上げた靴は異質であることに気づいてしまった。

絵はあくまでも美術品と同じで客目線である。美しく描こうと思えばいくらでも描ける。

一方、ビスポーク靴というのは、依頼主の足の形の影響を受けやすく、小さくてのっぺりした足では、なかなか格好いい靴はできない。それでも斎藤は出来る限りの欠点を補い、スマートに見えるようさまざまな工夫を施してきた。そのトリックがどこにあるかといえば、一つは靴と人間のバランスであり、そしてもう一つは、客自身が見た画像ではなく、向こう側から他人に見られた画像に変えてしまうことにあった。

極論を言うなら客が直接見たら不格好に映ったとしても、鏡を通して惚《ほ》れ惚《ぼ》れするほどの美しさを感じることができれば、最初に見た印象など消え去ってしまうのだ。

だから作るのは靴のみであるのに、頭の中で考える時は、客の全身を思い描き、その一部分として靴を思い起こす。全身とは背丈や姿勢、服装といった容姿だけでなく、歩き方、立ち方、そして顧客の人生経験や人格までを含む。そのすべての要素が揃って初めて、斎藤から見た最高の一足を作り上げることができた。

完成前にあえて絵を残すことで、客の脳裏に客目線の画像を植え付けてしまう必要などまったくないということだ。

「ねえ、本当にそんなことなの」

「そんなことってなんだよ」

「だからあなたが今、考えていたことよ。あの娘のことでしょ」

里沙子はまるで斎藤の心の中まで覗き込んできたかのように自信満々に言い当てた。里沙子は斎藤が美樹に惹かれ始めていると怪しんでいる。そして彼女が鼠だと決めつけている。

「キミは相変わらず美樹を疑っているんだろ」

「だってあの娘しか考えられないじゃない」

斎藤は里沙子から受け取ったグラスをサイドテーブルに置いた。

「他に考えられないかな」

「だって日本に靴職人の恋人がいるんでしょ？　その男に頼まれて忍び込んできたのよ」

「日本人かどうかは分からない。ただ靴職人の友達が日本にいるって言っただけだ」

「日本人の恋人と認めているようなものよ」

勝ち誇った言い方をされ、言わなければ良かったと後悔する。

「仮にそうだとしても俺は美樹がそこまで出来るとは思えないね。もし美樹が計測したのなら、あれほど正確なコピーができるとは思えない」

「木型のサイズを計ることがそんなに難しいことかしら」

「難しいさ。だから客は、俺たちのスキルに何十万もの金を支払う」

そう言うと斎藤はシーツを剝ぎ取った。蛍光灯の下で素肌が太腿まで剝き出しになった。さっきまで無防備に晒していたというのに、里沙子は咄嗟に手を交差させて隠そうとした。

「だったら人間の身体で試してみるか。足も身体も同じだ。曲線のみで作られている」

斎藤はベッドヘッドから体を離し、里沙子の手を片方ずつ脇に動かすと、無抵抗な身体に向かって手を伸ばした。中指の先を里沙子の左側の腰骨に置く。里沙子の腰がピクンと跳ねた。

「日本にいる左利きの靴職人が、美樹に計測を頼んだとする。ここから、逆側の腰骨まで真っ直ぐ計ってほしいと」

そういって左側の腰骨から指を右に動かしていった。指先の力を抜き、くすぐったくないように指の腹にだけ少しの力を入れた。なだらかな丘をゆっくり登っていき、臍の下を通過して、今度は降りていく。中指は時間をたっぷりかけて、右側の腰骨まで達した。

「一直線で三十一・五センチってところかな」

息を止めているかのようにじっと耐えていた里沙子が「失礼ね。それじゃあ一周したら六十三センチになるじゃない。五十センチ台よ」と言った。

「それはウエストだろ。今計ったのはウエストより十センチは下の箇所だ」

斎藤はすぐに言い返した。

「だがこれは今、俺がこの角度から見た直線距離だ。真横から見たら違ってくる」

右側の腰骨に指を載せたまま、里沙子の腰の間近まで顔を近づけた。

本能的にシーツを上げようとした里沙子の手を、斎藤は強い力で押さえた。

「余計なことをするな。計測がしづらくなる」

顔を見ながらそう注意すると、今度は右から左の腰骨に向かって指を移動させていった。

さっきよりほんのわずかだが速度を遅くした。くすぐったさにも慣れ、異なる感覚が芽生え始めているのではないか。

同じラインを辿ったはずなのに、微妙に違うのは臍《へそ》との距離感でわかったはずだ。指はさっきより微かに下を通過していった。途中から里沙子が目を瞑ろうとしたので「よく見ていろ」と命じた。

「今度は三十一・三センチ。二ミリも違った」

左端まで戻ってから言った。

「もういい加減なことばかり言って。いくらあなたでもメジャーなしでそこまで分かるわけないじゃない。それにたった二ミリでしょ」

里沙子は「たった二ミリ」と言うが、靴で二ミリだったらえらい違いだ。足を入れた時のフィット感はまるで異なる。

「横のラインを計るだけでも、どこに顔を置くかによって微妙に変わってくる。それぐらい曲線を計るというのは難しいってことだ。その曲線を描くことが難しいからこそ、彫刻家でも陶芸家でもカーデザイナーでも、そのラインに拘《こだわ》る。靴だって同じだ。客が惹き付けられるのはシューメーカーが描く神秘的なラインだ。一直線に生きる男性を男らしいなんて言うけど、実際はそんな見かけ倒しの男どもより、究極の曲線を追い求める俺たちの方がよっぽど男らしいと思わないか」

得意になって言うと、里沙子は「客にそんな自慢をしているんじゃないでしょうね」と茶々を入れた。

「まさか」斎藤は否定した。「俺がそういう話をするのは客の緊張を解くためだ。好きでしているわけではない」

そうは言ったものの、面白いアイデアをサジェスチョンされたと思った。今度、日本人の客に「うちの靴はフェラーリと同じラインを描いている」と説明してみようか。だがすぐに邪道だと反省した。そんな喩え話で喜んでくれるのは、冷やかし客ぐらいだろう。

「さて」と前置きした。「横の線ならそれほど難しくない。誤差があってもせいぜい数ミリほどだ。しかし、これが斜めだともっと大きな差が出る。足において、もっとも難しいと言われるのがアッパーから足首にかけての斜めのラインの計測だ」

再び里沙子の左の腰骨に中指を置いた。そこから里沙子の右肩に向かって中指を移動させていった。

指と皮膚が接触する力は、さっきよりも弱めた。皮膚に触れるか触れないかのようなタッチで、微かな産毛を一本ずつ逆立てていくようにゆっくり、ゆっくりと上昇していった。小ぶりだが形のいい胸の頂点を通過し右肩まで達すると、斎藤はわざとそのまま指をカーブさせて背中に向かって走らせ、うなじで止めた。

「曲がっているわよ」里沙子が斎藤の指から逃げるように首を動かしながら指摘してきた。

「ああ、素人がやるとこうなる。真っ直ぐ計っているつもりが、いつの間にかそうではなくなっているんだよ」

「あなたは素人じゃないじゃない」

「プロでも錯覚は起きる。それぐらい立体的な距離を計測するのは難しい。地球儀の上に線を引く難しさと言った方が分かりやすいかな」

「全然、分からないわ」

「ならばもう一回実践しながら説明しようか」

中指を右肩のトップに戻した。里沙子は「もう分かったって」と手で払おうとしたが、斎藤は無視して、さっき通ったラインを戻っていった。

「不思議なのは、下から上に計るのと、上から下に計るのとでは、微妙に数値が違ってしまうということだ。だから木型職人《ラストメーカー》は計測の際は必ず頭の位置を一定にして、巻き尺を引っ張る方向も同じにしろと教わる」

里沙子は息を止めているかのように黙って、指の動きを見つめていた。身体が熱くなっているのは触っているだけで分かった。乳首にさしかかるあたりから、斎藤はわずかに爪を立てた。乳首を弾くと小さな嬌声が聞こえてきた。斎藤はさらに指を動かしていき、ウエストの真ん中ぐらいで止めた。

「どうだ？　身体を計測されるのも悪くはないだろ？」

しばらく指を静止させ、意地悪く言う。

「お願い。本当にやめて」

里沙子が斎藤の顔を見ながら訴えてきた。だが斎藤は無視して指を再び動かし始める。

これもまた二つの感覚の並びである。「羞恥《しゅうち》」の隣に「解放」がある。だが斎藤はそう簡単には女を「解放」しない——。

「気がつかないうちに、さっきとは違う方向にラインが曲がってしまったようだ……プロだと自任しているくせにダメだな」

里沙子の顔を見ながら自嘲《じちょう》した。里沙子はただ首を横に振っている。その瞬間、斎藤の指はくるりと円を描き、里沙子の身体の中心に向かって直下していった。

「いや」

足を閉じようとしたが、その時には、斎藤の中指は彼女の身体の奥深いところまで到達していた。

4

智哉は修理を終えた靴を見直した。

朝から無我夢中で仕事をしている。そうしていないと頭の中から斎藤の顔が消えないのだ。

斎藤は出血しようが、満足に止血もすることなく作業を続けたという。

昨夜、寝る前にそのシーンが頭に浮かんできた。抉れて肉が見えるほど傷口が開き、血が滲み出ているにもかかわらず作業を止めようとしない。自分の指が腐蝕《ふしょく》していくような錯覚に陥り、気分が悪くなった。

斎藤はケーヒルという職人がその度に、目を背けていたのに気づいていたのだろう。だからケーヒルが忍び込んでくる頃合いを見計らって、自分の体をナイフで切っては、染み出てきた血をベタベタと塗り、木型を赤く染めた――。

この程度でびびってどうする。智哉はなんども自分に言い聞かせた。斎藤を拒絶するのではなく、斎藤になりきろうと思った。そうでもしなければ、きっと自分もケーヒルという職人と同じように簡単に返り討ちにされるだろう。

ガラス扉が開いた。「いらっしゃいませ」と声を出す。

着物姿の女性が入ってきた。

「母さん」

「食事に出ていたらどうしようかと思っていたのよ。いてくれてよかったわ。あぁ、寒い、寒い……」

母は手を擦り合わせながら中に入ってきた。

智哉はカウンターの中から電気ストーブを引っ張りだした。

「あら、気が利くじゃない。客商売をしていくうちに成長したのかね」母は憎まれ口を叩きながら手を近づける。

「どうしたんだよ、いきなり」

「銀座時代の先輩が入院したのよ。それでお見舞い」

母は病院の名前を出した。この店からタクシーで千円ぐらいの距離だった。

「で、その人は大丈夫なの」

智哉が尋ねる。母は顔を顰《しか》めた。どうやらあまり思わしくないらしい。

「せっかく近くまで来たからあんたの仕事ぶりでも拝見して帰ろうと思っていたんだけど、お客さんが一人もいないんで心配になったよ」

「朝は結構、いたんだけどね」

普段通り、修理客が続いた。ところが午後になってピタリと止んだ。まったくタイミングが悪い。

「これ、健ちゃんの靴だけど、修理できるかね」

母は風呂敷の中からビニール袋に包まれた袋を出した。一見して廉価品とわかる靴で、底が剝がれてカバの口みたいに開いていた。

修理するなら買い直した方が安く済みそうだが、「きれいに直させてもらうよ」と答えた。息子への土産になにがいいか考えて持ってきたのだろう。前もそんなことがあった。その時は湘南小町の常連客の、それも直すより買った方がいい靴だった。

「体調はどうよ」

「全然、大丈夫だって。まったく健ちゃんも大袈裟だからさぁ。昔から貧血で、学校の朝礼のときなんかしょっちゅう倒れていたことなんて知らないんだよ」

「そんなの知るわけないじゃない。俺だって知らねえし」

母が言っているのは事実でないと思っている。父が生きていた頃はそんなことはなかった。体調が悪くなったのは、再び銀座で働き始めてからだ。

「ねぇ、母さんはどうしてあの金を使わなかったんだよ」

「あの金って」母は訝しんだが、すぐに理解したようだ。「当たり前じゃないの。あれはあんたの学費にって貰っていたお金なんだから」

「でもほとんど手をつけていなかったんだろ。塾の月謝とかあそこから使えば良かったじゃない」

そういった費用は自分で仕事をして稼いでいた。父から貰う金額で不足があったわけではなかったと思う。母なりに自立したいと考えていたのではないか。いずれは父は自分の元を去ってしまうと。

「まぁ、あれはあんたに苦労かける代わりに貰ったお金だからね。大切に使わなきゃいけないだろ」

そう言うと「よっこらしょ」と空いていた丸椅子に腰かけた。

「本当はあの三倍ぐらいもらう約束だったんだけど、お父さんの会社がおかしくなって、それどころじゃなくなってね。それでもあの人は生活を変えないで、あっちこっちで金をばらまいていたんだから、もうどうしようもなかったんだけどさ」

父が会社そっちのけで、遊び呆《ほう》けていたのは子供ながらに薄々感づいていた。週に三日は智哉の家に来ていた。それも必ずどこかで飲んできた帰りだった。毎回、違う靴を履き、スーツにマフラーやスカーフを巻き、たいした荷物がなくとも革のアタッシェケースを持っていた。大抵、酔っぱらっていて、いつも機嫌が良かった。

「だったら、あのお金があったら、俺が靴職人になりたいと言っても認めなかった？」

母は智哉を大学に行かせられなかったことをずっと負い目に思っているのではないか、と智哉は感じていた。

「そうね」母は語尾を濁した。

「大学ぐらいは行きなさいって言っただろうけど、入ったところであんたのことだからどうせ靴屋になったんだろ？」

顔を見ながら問われたので「まあね」と返事をする。

「無駄なお金を使わなくて良かったんじゃないの。まぁ、金は天下の回りものだっていうから、そのうち返ってくるわよ」

そう言って声を出して笑った。母は常連客からも女でいるのがもったいないと言われる。だが気風《きっぷ》が良過ぎる時の母は、たいがい強がっている証拠でもある。

「ねえ、本当に健太郎さんと一緒に暮らしたほうがいいんじゃないの」

これまでならそう言うと、「またその話かい」と露骨に嫌な顔を見せるのだが、この日の母はどこか様子が変だった。

「そうかね。お世話になるかね」

「きょうは素直じゃん。でも世話になるのもいいと思うよ。健太郎さんはそれを望んでいるんだからさ」

「お世話だなんてまるで介護してもらうみたいだけどね。でもしょうがないか。七歳も年上女房じゃ」

「俺のことは気にしなくていいからさ」

「別にあんたのことなんか気にもしてないけどね」すぐに言い返された。

「それでもその方があんたが余計な心配しなくていいって言うなら、そうしようかね」

「別に健太郎さんと一緒になったからって心配しないわけじゃないよ」

そう言ったが、それでは母の決心が鈍ると感じ、

「いや、俺もその方がいいや。母一人子一人というだけで、女の子からは敬遠されちゃうし」

「なに言ってるんだよ。彼女もいないくせに。今度あの金髪のモテ男君に頼んどいてあげるよ。

友達の智哉に一人くらいガールフレンドを譲ってくれって」

母なら本当に言いかねない。そしてショーンのことだから本気で探してきそうだ。

「その靴、誰のだい」

母の視線がカウンターに置かれてあった黒のプレーントゥに移った。

「あぁ、その靴ね。ショーンの知り合い」

「なかなかカッコいい出来栄えじゃないのさ」

「まぁまぁうまくいったかな」

「まぁまぁって、ずいぶん生意気な口を利くね」

「しょうがないじゃん。本当にそう思っているんだからさ」

「ずいぶん腕は上がったんじゃないの」

「いつの頃と比較しているんだよ」

高校を出たばかりの頃、智哉が作る靴を見ては、母は下手だと容赦なく批判した。肉親ならもう少し思いやりがあってもいいと恨めしく思ったものだ。ただそう批判してくれたお陰で上達していった面もある。

「まぁ、あんたがうまいんじゃなくて、ショーンちゃんの知り合いっていうお客さんの足がカッコいいから、そう見えるんだろうね」

「よく分かっているじゃないか」

「じゃあお代ね」と母は袖の下からお年玉袋のようなものを出した。中を覗くと一万円札が入っていた。

「こんなに要らないよ」

ゴム底を糊で張り合わせているだけだった健太郎の靴を智哉はソールを革に換え、糸で縫って修理するつもりだった。五千円ちょっとで済む。

「あんたにあげるんじゃないよ。ショーンちゃんと一緒にたまにはご飯でも食べなさいと言ってるんだよ」

会うたびにハグしてくるショーンのことを、母はすっかり気に入っている。返したところで受け取らないだろうと、ありがたく受け取った。

「出来あがったら持っていくよ」

「じゃあ、頼むわね」

そう言うと、「忙しいところを悪かったわね」と踵《きびす》を返すが、すぐに「忙しくなんかなかったわね」と付け加え、「いい暇つぶしになったと母さんに感謝してもらわなきゃいけないね」と言い直した。

「そうだね。気分転換になったよ」

智哉も合わせた。

「じゃあ、ごめんよ」

母は口癖を言って、扉の向こうに去っていった。

いつもの母に戻ったようで少しホッとした。

5

定時の六時を少し過ぎると、トニーが片づけの準備を始めた。決められたペースをきちんと守れば、新しいオーダーが入っていたとしても、斎藤は職人たちに残業させたりはしなかった。オーバーワークになれば、結局、作り直しになったり、作業工程が遅れたりして、効率が悪くなるからだ。

トニーは自宅に帰って、自分の靴作りに専念するつもりのようだ。

彼はグッドマンで働き始めて初めての休みを今夏に取り、故郷の上海に帰った。その時、父親の知人から初めてオーダーを受けたと喜んでいた。斎藤にもそれと似た記憶がある。自分の腕が試されたようで、俄然《がぜん》やる気になったものだ。あの頃は睡眠時間などなくても気にならなかった。食事中も、シャワーを浴びている最中も、そしてベッドに入ってからも靴のことばかり考えていた。

トニーは勤勉で、欠勤もなければ遅刻もない。斎藤の持つ中国人に対する先入観は彼によってずいぶん修正されたと言ってもいい。無口なので斎藤のようなトークはできない。それでもこれだけの靴を作れるなら、中国で相当な成功を収めるかもしれない。

「ハブ・ア・グッド・ウィークエンド（よい週末を）」

トニーはやや訛《なま》りのある英語で挨拶して出ていった。斎藤は靴を磨きながら「ユートゥー」と返し、美樹も「バ〜イ」と笑顔で挨拶した。

美樹も机の上を片付け始めた。しかし帰る様子はなく、布のトートバッグから靴を取り出した。ここで自分の靴づくりに取り組むつもりなのだろう。

それでも公私の区切りとして、作業台の上に散らかった革片をきちんと拾い、机の表面についたワックスを雑巾で拭《ふ》きとってから、自分の仕事を始めるつもりのようだ。

少し前まで定時を過ぎて斎藤が店に残ることはなかった。だが最近は遅くまで残って仕事をしていた。

デュークの靴を仕上げるためだったが、理由はそれだけではなかった。美樹が毎日、遅くまで残って作業していたからだ。

美樹が取り出した靴は前回と同じスタイルだった。ミディアムブラウンのダービーで、これならパンツスーツでも、あるいはセーターにスカート姿で履いても似合いそうだ。

すでに靴の形になっていて、ウエルトまで縫い上がっていた。

靴底も木製釘《ペイス》で粗止めされている。あとは靴底とウエルトを縫い合わせるという、ここではサイモンが担当するボトムメイクの仕事を残すのみだ。

前回の靴を斎藤がゴミ箱に捨ててからまだ一週間余しか経っていない。それなのにもうここまで仕上がっているとは……。

「ずいぶん早いね。驚いたよ」

斎藤は素直に褒めた。

時間をかけて一流の仕事をする職人はいくらでもいる。だが早さを求めると、途端にクオリティーが下がる者が多い。彼女はその点で、斎藤が言う「本物の一流」の域に入れる資質はあると言っていい。

「ありがとうございます。でも自分のサイズなので、ここまではすぐに来られます」

木型を作る必要はなかったので早く出来た、と言いたいのだ。

店でも木型から作らなくてはならない客と、すでに木型があるリピーターとでは、仕上がり時間もコストも違ってくる。ビスポークの一足目は赤字であり、利益が出るのは二足目、三足目以降というのがこの世界の通説になっている。

「キミは日本の靴学校で勉強したと言っていたね。学校では技術的なことをきちんと教えてくれたのかね」

「そういうコースもあります。でも私はほんの少し齧《かじ》っただけでこっちに来たので、初心者同然です」

「うちで働く前にこっちの大学や語学学校で勉強しようと思わなかったのか」

気になっていたことを尋ねた。

「大学とかはまったく頭になかったです」美樹は躊躇することなく答えた。「勉強より靴を作る方が好きだったですし」

「だったらどうしてそんなに急いで来たんだ。日本でじっくり靴作りを学んでからという選択肢もあったわけだろ」

斎藤にしても美樹を雇ったのは販売員としてふさわしいと考えたからであり、既製靴を売り出す計画がなければ断っていた。ましてロンドンで働く日本人経営者が日本人のために労働ビザを取るのは簡単なことではない。斎藤は移民局にコネのある顧客を通じてなんとか許可証を取得した。

「一つは外国生活にあこがれていたというのがあります。できればこっちの靴学校に留学したかったんですけど、うちはあまりお金がある方ではなかったので言い出せませんでした」

「そうだったのか」

「でももう一つは……」

そこで彼女は口を噤《つぐ》んで下を向いた。

「もう一つはなんだい」

「それは……」彼女は視線を合わさずに小声で続けた。

「それは先生の靴があまりに魅力的でしたので、どうしても先生に教えていただきたかったんです」

斎藤はこれまで感じたことがないほどの照れ臭さを覚えた。

過去に女性に告白されたことは何度もあった。だが今の一言は、そのいずれよりも心臓が激しく鼓動した。けっして自分のことを好きだと言われたわけではない。あくまでも靴を褒められたのだ。にもかかわらず冷静さを失いそうになった。

「嬉しいことを言ってくれるね。職人にとってはこれ以上の褒め言葉はないよ」

気持ちが少し落ち着くのを待ってからそう言った。

「だったらその技術はどうやって磨いたんだ。教えてくれる先生でもいるのかな」

靴職人をやっている友達がいるという話を思い出した。斎藤はその友人は美樹の恋人だと思っている。その恋人に教えてもらっているとしたら、少々妬《や》けてくる。

「先生なんていないですよ」

ニッコリ笑って言った。斎藤には思わせぶりに聞こえた。

「でも靴を作っている友人がいるって言っていたじゃないか」

「友達のキャリアは、私とたいして変わりません」

斎藤は彼女の顔を見つめて探り出そうとした。嘘をついているようには思えなかった。彼女もじっと見つめ返してくる。斎藤の方が先に視線を逸らした。

「そうか。でもこの店でプロとして仕事をしている分、今はキミの方が腕を上げている可能性もあるな」

「プロだなんて。私はお手伝いさせてもらいながら、勉強させてもらっているだけです」

「確かに扱いは見習い《アプレンティス》だが、プロとして仕事をしているんだ。キミがポリッシュした靴を私はそのまま客に渡している。覚えたての頃は別として、最近、キミが仕上げた靴で私がやり直しを命じたことはないだろう」

「そうですね。信頼していただいているようで感謝しています」

「いるようではなく、信頼しているんだ。だから頑張ってくれ」

美樹の顔を見ながら口角を上げると、彼女も安心した顔を見せた。

「しかしこの短期間でここまで上達するとはたいしたものだ。技術は教わるものではない。盗むものだと言われているけど、だからといってそんなに簡単なことではないからな」

「ラストや釣り込みは空いている時間にトニーから教えてもらっています」

そう言えば美樹から質問攻めされるたびに、トニーが鼻の下を伸ばして説明していた。

「ボトムに関してはサイモンがやっているのを、じっと観察させてもらっています」

「サイモンは口下手だからな」

亜子と付き合っているぐらいだから、日本人の女が嫌いなわけではない。しかしサイモンという男は仕事中に目の前の靴以外に気を回すことはない。質問したところで、ろくな答えは返ってこないだろう。

「それでもサイモンはイギリスで一番のボトムメーカーだ。彼のそばで仕事をできるだけでもすごく幸運なことだと思うな」

そう言うと、美樹は「そうですね。私は本当に恵まれています」と同調した。

「先生がお忙しくてなかなか靴作りが見られなかったのがずっと残念だったんですけど、でも最近、また作られるようになったので、嬉しく思っています」

目を輝かせながら言った。デュークの靴を作り始めたことを言っているのだろう。

「その靴、見せてくれないか」

美樹は「えっ」と返事をしながら、ゆっくりと手を伸ばして自分の靴を斎藤に渡した。また捨てられるのではと警戒したようだ。

「底はいつ付けたんだ」

「昨日です」

「だったらもう十分、馴染んでいるな」

「はい」

斎藤は木釘で粗付けされた底を触ってみた。靴底の真ん中が縦に膨らみを帯びていて靴が細く見える。ハンマーで何度も叩き、少しずつ形付けていかないことには、このような立体感は出ない。昨日仕事から帰って始めたとしたら、ほとんど寝ていないのではないか。

「なかなかいい出来だ」

この前と同じことを言った。美樹が不安な顔をした。

「大丈夫だ。今回は捨てたりしないから」

美樹が怖々笑った。

「このまま最後まで作って、堂々と店で履けばいい。この靴ならそれだけのレベルにある」

「本当ですか」急に声が弾んだ。

「キミが履いているのを見て、作って欲しいと頼んでくるお客さまがいるかもしれないしな」

「そんなことはありえないですよ」

「それはわからないさ。いずれにしてもキミのキャリアにとって、この靴はかけがえのない一足になるだろう」

「ありがとうございます」

「もちろん、売り物にするにはもっともっと腕を磨かなきゃならないけどな」

美樹は「はい、頑張ります」と返事をした。

彼女の年代に自分の記憶を呼び戻してみた。自分にもこんな無垢な時代があったかと手繰り寄せてみるが、手掛かりになるような出来事さえ浮かんでこなかった。周りの人間に恵まれなかったのか。忘れてしまっただけなのか。ただ、技術では当時の斎藤よりはるかに劣る美樹の靴に、斎藤が持ち得なかったなにかがあるのは感じ取れた。

斎藤が返した靴を、美樹は嬉しそうに受け取った。そして「先生、一つ訊いてもいいですか」と質問してきた。

「先生はどうして靴職人になりたいと思われたんですか」

これまでも雑誌のインタビューなどで質問されたことはある。斎藤はその質問は当たり前過ぎると断り、まともに回答したことがなかった。

自分の育ったのが周りに靴職人がいっぱい住んでいた下町だった。それだけのことだ。それを口にしてしまうことで、客が抱く斎藤への憧憬《しょうけい》を後退させてしまうのではないか……そう危惧したからだ。

どう答えようか迷ったが、斎藤は思いつくままの答えを発した。

「自分が作った靴を世界中の多くの人に履いてもらいたいと思ったからだ」

「素晴らしい考えだと思います」

美樹は大きく頷いた。

「でもそれはマスコミ向けの綺麗ごとだな。本音は金持ちになりたかったからだよ」

「金持ち、ですか……」

意外だという顔をしている。

「ああ、私は貧乏な家庭に育った。父親も母親も工場で働いていて、少々の病気ぐらいじゃ休むわけにはいかなかった。必死で仕事をしないことには、明日食うのも困るほど貧しかった」

「そうだったんですか」

「たまたま住んでいた町に靴工場があったんだ。道を歩いていても狭い工房の中で、職人たちが靴を作っているのが見えた。毎日の登下校の最中、彼らが働く姿を見ていくうちに、自分も靴を作ってみたいと思うようになったんだ。私にとって彼らはスターだったんだよ。野球小僧がプロ野球選手に憧れるのと同じだな。あっ、キミは野球なんか見ないか」

「そんなことないです。日本にいた時は友達とよく見に行きました。高校が神宮球場の近くだったんで」

「へえ、いいところだな」斎藤はそう言うと、自分の話に戻した。「だけど私が憧れた靴職人たちはけっして裕福ではなかった。ランニングシャツ一枚で、汚くて狭い作業場で朝から晩まで靴を作っていた。月に何足も作ってようやく中小企業のサラリーマンほどの給料だったんじゃないかな。いや、もっと安かったかもしれない。なんたって、私が靴職人になりたいと言った時、親からそんな仕事をしても食っていけないって止められたぐらいだからね。でもそんな時に雑誌を見たんだ。そこにはパリッとしたスーツを着て、きちんと髪を整えて、まるで王様に靴をこしらえているようなイギリスのシューメーカーの写真が載っていた。彼らは高貴だなって思ったね。裕福だとも思ったね。こんな世界が外国にはあるのか。だったら自分もそこに行って、彼らのようになりたいって、本気でそう思ったよ」

「それでイギリスに来たんですね」

「ああ、だけども彼らが高貴に見えたのは職人のドレスコードの問題で、それが収入に直結するわけではなかった。イギリスで本当に裕福だと言われるシューメーカーは、王室や俳優の靴を作っているほんのひと握りだけだということをこっちに来てすぐに分かったよ」

それが分かったからこそ、必死に金を貯め、この通りに店を構えたのだ。さらに事業拡大のため既製靴用の工場を買収し、裏の手を使ってまで王室御用達の称号を手に入れようと躍起になっている。靴作りという言わば芸術をビジネスに直結させるにはどうすべきか、ずっと思い悩んでいる。

「キミもそうなりたいと思わないか」

尋ねると、美樹は即座に首を左右に振って、「私はお金持ちだなんてとても」と否定した。「今はただ、憧れていた先生の靴に少しでも近づきたい、そう思っているだけです」

「その靴を多くのお客さんに売りたいとは思わないのかね」

「売れればいいですけど、でもそんなのは夢のまた夢だと思っています」

「履いて欲しいとは？」

「それは思います」

美樹がさっきまでとは違った口調で肯定した。彼女の純な気持ちを削いでしまうかもしれないと思いながらも、斎藤は指摘をした。

「履いて欲しければ、売るつもりで作らないといけない。買いたいと思わない靴なんて、誰も大事に履いてくれないからな」

彼女は押し黙ってしまった。だが理解できたのか「その通りですね。反省しました」と答えた。

「よし、それなら」と斎藤は音量を上げた。「私が少しだけアドバイスしよう。私自身もノーザンプトンにいた時代は、ボトムメイキングが専門だった。今でもサイモンとほとんど差のないレベルまでの技術はあると自負している」

「本当ですか。ぜひ教えてください」

「じゃあ、ウイールから行くか」

美樹は「はい」と返事をして先にローラーのついた道具を出した。ウイールと呼ばれるこの道具で靴の周りをなぞっていくと、ローラーについている突起で等間隔に印が打たれていく。その印に合わせて錐《きり》で穴を開け、針を通して縫い合わせていくことになる。

「キミが今使っているウイールは十二番だね」

「はい、そうです」

十二番は一インチ（二・五四センチ）の中に十二個の印がつくように出来ている。

「十二番で正解だ。英国靴にはいくつかのルールがある。通常の紳士靴の場合は使うウイールは十二番、よりエレガントなスタイルを作る場合は十四番。もちろんカントリーシューズの場合は八番の場合もある」

「靴のスタイルに沿って決まっているということですね」

「ああ、顧客側に立って言うなら用途だな」

斎藤は答えた。

「その他にも糸の縒《よ》りの本数は八本だとか、ソールの厚さはクォーターインチだとか英国の靴作りにはさまざまなルールがある。だがその枠内であれば、あとはどんなデザインだろうが自由だ。トゥの形がどんなにいびつな形をしていようが、カッコ良ければ問題はない。さすがに私も奇をてらったものは作らないけどな」

「それは分かっています。先生の靴はすごく普遍的だと思っています」

「前にある雑誌で『斎藤良一の靴はアバンギャルドだ』と書かれた時は少し落ち込んだな。褒め言葉で書いてくれたんだろうけど、私にはそうは受け取れなかった」

斎藤が笑うと、美樹は合わせるようにえくぼを作った。

「作業を続けなさい」

そう言うと美樹は「はい」と返事をして、ウイールを引き始める。道具の使い方もなかなか手慣れている。自分が美樹ぐらいの年齢の頃は、この作業さえ慎重を期して時間がかかった。この度胸はたいしたものだ。

「私の師匠は偏屈で親切ではなかったけど、教えてくれたことは今も頭に残っている。中でももっとも記憶に残っているのがこの言葉だ。多くの人が、最初に相手の顔を見る。しかしこの世の中には、靴を見てからその靴を履いている人間の顔を確かめる世界がある。おまえが目指しているのはそういう世界の人間が履く靴なんだと」

ちょうどウイールを引き終えた美樹が「はい」と声を震わせた。余計なことを言って緊張させてしまったようだ。見た感じ曲がりはなかった。あわやせっかく作った彼女の作品をまたゴミ箱に捨てさせるところだった。

「手抜きはするなということですね」

「なにせ顔を作っているんだからな」

「はい、分かります」

「サヴィルロウの仕立屋も弟子に向かって、スーツを見てから顔を見る世界があると説いているかもしれないけどな」

美樹はニコリと笑ってから作業に意識を戻した。

ウイールを引き終えると靴を裏返し、ナイフを逆手に持った。靴底の外周にナイフを入れていき、革の表面を薄くめくっていく。

このめくった部分とウエルトを出し縫いする。縫った後に上革を元に戻せば、靴底からでも縫い目は見えなくなる。

テキパキとこなしていった美樹だが、手先はそれほど器用ではないようだ。ナイフを持つ手が危なっかしい。それでも相当練習をしているのか、手首を内側に返しながら、なんとか靴底の表面を剝がし終えた。

美樹は針と糸を準備した。

針はイノシシの鬣《たてがみ》を使う。

その鬣に糸をつけたものを二本用意し、錐でひと穴ずつ開けては、針に持ち替えてウエルトと靴底、その双方から糸を交差させながら通していく。糸が通ると両脇を開けて引っ張っていく……。

サイモンの倍ほどの時間をかけて、両手で、慎重に縫い合わせていく彼女を見ていると、なぜか里沙子の得意顔が頭の中を掠めた。

本当に美樹が鼠なのか。さっきの笑顔もこの真剣な作業も演技なのか――この場ですべての疑問を解消したくなった。

斎藤は美樹の背後に回った。里沙子と同じ黒髪、里沙子ほど身体は細くないが、これぐらいでちょうどいい。美樹は縫うことに夢中になっているのか見向きもしなかった。

錐を持ったまま、指先を針に持ち替えた時、斎藤は肩越しから両手を伸ばし彼女の両手に触れた。

美樹の動きが止まった。振り向きたいのだろうが、斎藤の顔が耳のすぐ横にあるので動かすことはできない。

後ろで結んだ髪が、斎藤の頰に触れた。

斎藤は小声で「続けなさい」と言った。

「でも」抗《あらが》う声が聞こえてくる。手が熱くなっている。体中が汗ばんでいるのが、斎藤の指先に伝わってきた。

「いいから、指先だけを動かして。キミが針と靴だけに集中し、余計な力を入れなければ、なにも感じないはずだ」

美樹は黙っていた。ようやく針が動き始めた。だが斎藤の両腕が邪魔になって、それまでのようにうまく指先が動かない。

「止まるな」

命令口調に変えた。美樹は必死に作業を続けようとした。

斎藤は手を載せたまま肘《ひじ》を内側に動かした。エプロンの上から美樹の胸に触れた。また手の動きが止まった。明らかに呼吸が乱れている。

そのまま美樹の体に触れたままでいた。

時間が止まっているようだった。

美樹の視線が動いた。

視線の先に左手に持つ錐があった。

斎藤は我に返った。美樹の手を離し、左手で彼女の手から錐を奪い取った。ほぼ同時に美樹は立ち上がって、斎藤の両腕の間から抜け出るように離れた。

斎藤は錐を持ったまま美樹の顔を見た。

彼女もこっちを見ていた。瞳が揺れていた。

普段の美樹でもなければ、斎藤がずっと想像していた、言いなりになる女の顔でもなかった。考え過ぎだったか。それとも自分が早く気づいたから、彼女が錐を向けてくることはなかったのか……。

「きょうはここまでにしよう。私も自宅に戻って自分の靴を作ることにする」

立ち上がって壁に掛けてあるスーツの上着を取った。階段に向かって歩き出したところで、斎藤は足を止めた。

「私は来週、また違う靴を一から作るつもりだ。この前見せたシングルモンクと同じ客に頼まれたもので、次はサイドゴアブーツになる。今度はその靴を作る過程を見ていればいい。それがキミのスキルを磨くのに参考になるかどうかは分からないが」

背後に立つ美樹からの返事はなかった。斎藤は再び階段方向に向かって足を進めていった。手すりに手を付けて、部屋を横目で覗くと、彼女は再び椅子に腰を下ろし、自分の靴を見つめていた。

あんなことをされてもなお作業を続けようというのか。だとしたらたいした情熱だ。それでも彼女が月曜、この店に来るかどうかは分からない。来なければ、自分の早とちりによって、大切に育ててきたものを失ってしまったと後悔することになるだろう。

足を踏み出すたびに鳴る階段の軋みを聞きながら、大きく息を吐いた。

どこで狂ってしまったのか。

これまで築いてきた自分の世界、ルール、気品、支配といったすべてが、崩れ出してくる不安に襲われた。

6

出されたコーヒーに手がつけられないほど、智哉は緊張していた。

緊張もそうだが、後悔の方が強い。

会わせたい人間が誰なのか、ショーンが事前にきちんと教えてくれたら、ブルゾンにジーンズといったラフな格好ではなく、ちゃんとスーツを着てきた。

もっとも智哉は、五年前の成人式の際に、量販店で買った吊るしのスーツしか持っていない。このバークレーズ銀座店に置いてある一番安いものより、さらに劣っている。

それでも場所や状況に応じた服装があることを智哉だって弁えているつもりだ。少なくとも作業中に履いているスニーカーではなく、自分が作った靴を履いてきた。

ショーンに呼ばれて銀座店の前に来るまで、智哉はまさかショーンが会わせたいといっている人物がバークレーズ・グループの社長である二津木克巳とは思いもしなかった。

しかも恐る恐る店内に入ると、店長らしきスタッフに丁寧に応対されて、社長は今、急な客が来て商談しているのでしばらく待ってほしい、と店の一角にあるオーダーサロンに通された。そこはアンティークの応接セットがあった。

木製の豪華な棚には、S&Cグッドマンをはじめとした、バークレーズが扱う海外のビスポーク靴がサンプルとして展示されていた。

「それなら出直してきます」と申し出た智哉に、店長は「社長は若い日本の職人さんに靴を作ってもらうことを昨夜から楽しみにしていました。あまり仕事も手に付かなかったようなので、これ以上引き延ばさないでください」と冗談を交えて引き止めた。

靴を作る？　聞いてないぞ、とショーンの顔を睨《にら》んだ。作るにしても計測の道具さえ持ってきていない。

だがショーンは惚《とぼ》けた顔をして、鞄の中からスケッチブックと鉛筆、それと普段、智哉が使っているのと同じ幅の巻き尺を出した。彼にとってはサプライズのつもりだったようだ。

「お待たせして申し訳ないね」

奥のドアからスーツ姿の男が出てきた。

二津木の写真は雑誌で何度も見たことがある。しかし実際に会ったのは初めてだった。

大手セレクトショップのバイヤーから独立し、ここ十年ほどで銀座、六本木、渋谷、さらに大阪、名古屋、福岡、札幌と店舗を日本全国に拡大していった。他のセレクトショップ以上に舶来品志向が強いことで知られている。

それでも年に二度、S&Cグッドマンの受注会を行っているから、斎藤だけは特別なようだ。

ロマンスグレーの髪をオールバックにし、顔は適度に日焼けしていた。スーツは見ただけで高級品だとわかる。きっとビスポークだろう。

二津木はショーンに向かって挨拶し、握手した。そして智哉に向かって手を伸ばした。智哉は恐縮しながらその手をそっと握る。

「キミが榎本君だね。噂はショーンから何度も聞かされているよ」

二津木の手は大きくて肉厚だった。力強く握られ、智哉は「ど、どうも、はじめまして」となんとも情けない挨拶を返した。ついさっきまで吸っていたのか葉巻の匂いがした。

「では、時間がないので、さっそく計測してもらえるかな。立ったままでいいかな」

バリトン声で言われて、智哉は「はい」と体をずらす。危うくジーンズの裾を踏みそうになった。

二津木の前で両膝をつくと、ショーンがタイミングよく横から持参した道具を手渡してきた。広げたスケッチブックの上に二津木は両足を載せた。細い番手の糸で織られた靴下は、ひんやりして抜群の触り心地だった。

身長は智哉と同じ一七五センチぐらいだから、普通、足のサイズは二十六センチ前後だ。だが二津木の足は優に二十八センチはあった。しかも幅が狭く、足幅を示すウイズというサイズはDだった。日本人ならF、時にはGという人もいるから、二津木の足は相当スマートな部類に入る。

これならどんなスタイルでも格好のいい靴が作れそうだ。

幅広な足の場合、できるだけ細く見えるようつま先を長くする。だが極端に長くすると、遊びの部分が増えてしまい、地面に着地した時の感触が悪くなってしまう。

智哉は足に沿って慎重に鉛筆を走らせた。

この作業を間違えてしまうと、いくら形のいい靴を作ったとしてもサイズの合わない不快な靴になってしまう。知らず知らずのうちに汗ばんできた。

巻き尺で計測しながら、その数値を画用紙に描きこんだ。すると二津木が「キミは数字の入った巻き尺を使うんだね」と言った。

「数字ですか」

一瞬、どうしてそんなことを言われたのか分からなかったが、すぐにピンと来た。

予想していた通り、二津木はある職人の話をした。

「私の知り合いのシューメーカーは、せっかく足の形を頭に記憶したのに、数値がそのイメージを崩してしまうと言って、まっさらなテープを巻き尺代わりにして、そこにペンで印を付けていく方法を採っているよ」

「ジョンロブ・ロンドンのやり方ですね」

斎藤の名前を出さずに、老舗のビスポーク店を挙げた。

「確かにそれも一理あると思います。でも僕はまだそこまでの域ではありませんので、きちんと数字を書き込んで言った方が、ミスがなくていいと思っています」

「キミは謙虚だな」

二津木は笑った。けっして好意的な意味でそう言ってくれたわけではなさそうだ。

「もしキミがずっと日本で小さなビジネスを続けるのならその姿勢で構わない。多くの人がキミに好感を持ってくれると思うよ。だが、世界で仕事をするつもりなら、もっと自信を持った方がいいと思うな。その知り合いの職人はつねに自信に充ち溢れていて、話を聞いているだけで彼の世界にグイグイ引き込まれていってしまう。私は商売というのはある種、宗教と同じだと思っている。客がお金を払うのは商品に対してではなく、売り手のセンスや概念に対してだ。それぐらい客を惹き付け、信者にしていかなければ、物を買ってもらうことなんてできないからな」

「はい、ごもっともです。もっと自信を持たなくてはいけないのは分かっています。ただ今の僕はまだ勉強中の身ですので、他人のものを受け入れる許容量も必要かなと思ってしまうんです。そのためにはあまり自分のスタイルを決めつけない方がいいのかなと」

「スタイル？　それはデザイン的なことを言っているのかね」

「いえ、すべてです。どれがいい靴かというのは一概には言えませんので」

「確かに世界には星の数ほど職人はいるだろうけど、いくら払っても惜しくないと思える靴はごくわずかだ。逆によくこんな靴に高い金を出せるものだと呆れてしまう粗末な靴もある。だがそういう職人でも自分の靴が一番だと思っている」

「格好のいい靴かどうかは時代や文化、国民性によって意見が分かれますから、僕にも判断がつきません」

巻き尺が重なった数字を書き留めた。「すみません、少し踵を上げていただけますか」と頼んだ。

二津木は「こうかね」と背伸びをするような格好をしたので、智哉は足の裏に通していた巻き尺を動かして、今度は足首付近に巻き付けた。

「だったら尚更《なおさら》、自分が作る靴はこうだという方向性を導き出してもいいんじゃないのかな」

「方向性ですか」

「ああ、キミぐらいの腕があれば、もっと個性が表に出てもいいような気がするけどな。なにせキミの靴には個性があるからな」

斎藤の靴と似ていることを言っているのか。きっとショーンが智哉が作った靴を見せたのだろう。

ショーンの強い薦めがあったとはいえ、二津木が智哉に靴を作らせようと思ったのは、智哉が斎藤の影響を強く受けているからだろう。違うスタイルであったなら、一流志向の二津木が、日本人の、それも修理屋が本業の智哉に興味を示すことなどなかったはずだ。

「そうですね。これからじっくり考えていきます」

当たり障りのない返答をした。

二津木はいくら打っても響かないことに呆れてしまったのかもしれない。「まぁ、キミはまだ若いからな」とその話は打ち切った。

すべての採寸を終え、智哉は二津木に好みのスタイルを尋ねた。普段はサンプル用に作った靴を見せながら選んでもらうことが多い。しかしサンプルを持ってきていないため、二津木がどんな靴をイメージしているのかを正確に聞きとることで、確認していくしかない。

確認といっても特徴を箇条書きするだけだ。こういう時、他の職人なら絵を描くのだろう。智哉は子供の頃から工作は得意なのに、絵を描くとなるとさっぱりだった。

「すべてキミに任せるよ」

智哉は驚いて二津木の顔を見た。彼は当たり前のようにこう続けた。

「キミがもっとも得意としているスタイルで作ってくれ」

「得意のスタイルですか」

「作りやすいからという理由で考えてもらっては困るけどね。私が履いたらこれが一番似合うとキミが思う靴を頼む」

「革はどうされますか」

「それもキミが得意としている素材で構わんよ。クロコダイルやリザードといったエキゾチックレザーは勘弁してほしいけどな」

「すみません。そんな高価な革は手持ちにないので」

額の汗を指で拭いながら答えた。

どうやら自分は二津木に試されているようだ。

「それでしたらオックスフォードで作らせていただきます」

「ずいぶん無難な選択だな」

智哉は苦笑いしたまま黙っていた。

すると二津木の方から「無難な分、ごまかしは利かないけどな」と、智哉が考えていたのと同じことを言われた。

「革ですが、残念ながら僕の元には、高級ビスポーク店のようにフランスやドイツの革は置いてありません。国産になりますが、それでも海外のものに負けていないと思っています。その革でよろしいですか」

「ああ、任せる。いいものであればどこの国だろうが気にしないから」

普段、雑誌のインタビューで答えていることとは違った。こちらが本音なのか、それともそれほど智哉に期待していないからそう言っているのかは分からなかった。

「で、値段はいくらだね」

智哉はショーンの顔を見た。

二津木に会わせたということは、今後、二津木の店で取り扱ってもらえるよう、すでにショーンと二津木の間で商談が開始されているということだ。いきなりバークレーズというわけにはいかないが、国内には二津木の影響力が利く小売店がある。ショーンはそういうところで智哉の靴を売ることはできないかと頼んだのではないか。

だとしたら、今回は無料でやらせていただきます、というべきなのか。

ショーンが首を横に振ればそう答えるつもりだった。しかしショーンはクリクリした目で顎をしゃくった。キミの靴なのだからキミに任せる——そう言っているように感じた。

「普段のお客様にいただいているお代と同じでよろしいでしょうか」

二津木は表情一つ変えずに、「構わんよ。いくらだね」と尋ねてきた。

「十万円になります」

「そりゃ、ずいぶん格安だな」

「もっと自信のある値段で売るべきだと怒られてしまうかもしれませんが」

二津木は苦笑いして「そう言われると、自信なんて言わなければ良かったと後悔してしまうな」と額を手で軽く叩き、「値段を安く提供してくれるというのは、我々、リテイラーにとってありがたいことだ」と続けた。

二津木はポケットから葉巻を取り出した。

「キミは、月に何足ぐらい作っているのかね」

「修理の仕事もありますので、頑張って三足ぐらいでしょうか」

実際はもう少しできるかもしれないが、そうしたら古い靴を分解したりする時間がなくなってしまう。

「それをなんとか倍まで増やすことはできないか」

智哉は二津木の顔を見て、言葉の真意を探った。

「ああ、そういうことだ。私はキミの靴をうちで展開したいと考えている。ただそのためには月産量を今の倍にしてもらいたい」

「展開って、僕の靴をバークレーズで扱っていただけるということですか」

まさか。今、一足目の計測を終えたばかりだ。二津木はどんな靴が出来あがるのかも知らないではないか。ショーンの顔を見ると、彼は智哉ではなく、二津木と顔を合わせて、ニヤついていた。

「榎本君には少し意地悪だったかもしれないが、実はショーンと話していた段階から、私はキミの靴なら十分商売になると確信していた。ただし問題なのはその靴がいくらで売れるかということだ。十万円で卸してくれるのなら、うちは大喜びだ。客にもあっと言う間に評判が広がって、すぐに半年待ち、一年待ちになるだろう」

つまり試されていたのは腕ではなく、価格だったということか。二津木はあらかじめ値段を知っていて、智哉に訊いてきた。智哉が吊り上げてくるようならこの話はなかったことにするつもりだったのか。

ショーンの顔を見る。彼はウインクしてきた。智哉が普段通りの値段を答えることを確信していたとでも言いたげだ。

「でもバークレーズでは斎藤さんのビスポークもやっていますよね」

同じ店で異なるシューメーカーの靴を扱うのは珍しくはない。だが、自分と斎藤の靴が同じ店で扱われるとは想像もつかない。

「もちろんこれからもグッドマンは続けるよ。なにせうちでは彼のビスポークは看板商品だからね」

葉巻を回し、ガスライターで炭化させながらそう言った。

「だが彼の靴は一足六十万円だ。英国まで行けばその三分の二ほどで買えるのだから、私がずいぶん中間マージンを抜いていると思われるかもしれないが、私はうちがつけた価格は妥当だと思っているよ。なにせ現地で買ったらオーダー、仮縫いとその度に旅費がかかるし、完成したらしたで送料もかかる。日本は革製品に高い関税をかけているから、それだって馬鹿にならない」

それだけの費用を考えれば、バークレーズの売値は当然だと言いたいのだろう。実際に客の多くがここでオーダーしていて、予約はすぐに埋まってしまうのだから、高過ぎるとは思われていない。

「さらに今、彼と相談して既製靴も始めようとしている。価格設定は十万円ちょっとで抑えるつもりだから、キミの靴とも客層が被るかもしれないな」

「斎藤さんの靴とですか」

「だけどそれは百パーセント機械製の工業製品だ。それに比べてキミの靴はハンドメイドの、客の足に合わせて一足ずつ作るビスポークだ。グッドマン、斎藤良一といったネーミングには到底敵わないが、自分だけの一足が欲しいと思ったら、キミの靴を選ぶ人も多いんじゃないかな」

葉巻を咥《くわ》えて智哉の顔を見る。葉巻の先をジリジリと火が巻いていった。

修理の片手間の作業でしかなかった自分の靴が、バークレーズという有名セレクトショップで販売されるなんて。しかも既製ではない。ビスポークでだ。

ショーンの手が肩まで伸びてきたのが分かった。智哉はその手を握る。顔を見ると、くしゃくしゃになっていて、今にも抱きしめられそうだった。

二津木に向かって間髪を容《い》れずに、よろしくお願いします、と言うべきなのだろう。だが口から出てきた言葉は違った。

「少し考えさせていただけますか」

「どうしたんだ、トモヤ」

肩に置かれたショーンの手に力が入ったのは感じ取れた。

二津木を見る。二津木は葉巻を横咥えにして智哉の顔を見返した。

「なにか不満でもあるのかな」葉巻を口から離して訊いてきた。よく響く声は変わりなかったが、気を悪くしたのは間違いなさそうだ。

「いえ、そうではありません。身に余る光栄なお話だと感謝しています」

「ならどうして即答ではないんだね」

「それは……やっぱり自信かもしれません」口籠りながら答える。

「自信？　それなら私の言い方が悪かった。なにも言葉で表現することはない。商品がきちんと自己主張していればそれで十分だ。さっきも言った通り、キミの靴は個性的であり、十分自信に溢れている」

「いえ、でもまだ不十分です」

智哉が言うと、二津木は手にしていた葉巻を灰皿に置いた。

「すみません。ただ今の自分には、期待されるだけの仕事ができるかどうかまだ自信がありません。それに……」

「それに？」

「僕には自分の腕を信じて、傷んだ靴を持ってきてくださるお客さんがいますので、その方々をおろそかにするわけにはいきません」

二津木は眉を寄せたままなにも言わなかった。言わなかったというより呆れて言葉も出なかったと言った方が適当かもしれない。

ショーンも信じられないといった顔つきで智哉を眺めていた。

7

斎藤はリージェント通り《ストリート》をピカデリー広場《サーカス》に向かって歩いていた。

通りを跨いで張り巡らされたきらびやかなクリスマスイルミネーションを見ながら、この怒りはどこに向けたら鎮まってくれるのか必死に探っていた。これほど腸《はらわた》が煮えくりかえったのは最近ではなかったことだ。

昼間、顧客に誘われイタリアンレストランで長めの食事をした時まで、この日はここ数日間で最良の一日だった。

半年前に初めてオーダーしたその英国人は、完成した靴を店内で見た瞬間、子供がプレゼントを開いた時に見せるような笑顔になった。

とくに斎藤が作ったインサイドのラインはいたく気に入ってくれたようだ。靴の内側を「これがキミの靴の特徴だね」と言いながら、何度も指を往復させ、その場で新たに一足、オーダーしてくれた。

彼は英国人としては珍しく明るい色を好み、ベージュの革を希望した。

訊けば子供服の会社を経営していて、ボンベイとニューデリーに大きな縫製工場を所有しているとのことだった。

この客は自分が作った靴を淡色のリネンスーツに合わせようとしている――そう確信した斎藤は「よろしければ次回はモスグリーンのタッセルはいかがですか」と提案した。

「モスグリーンといってても私はその革を黒のワックスでポリッシュしますので、より深い、光の加減によっては、黒に見えたりディープグリーンに見えたりします。タッセルですので脱ぎ履きが楽ですし、使い勝手は良いと思います」

「モスグリーンのタッセルか。それはリゾートで履きたくなる靴だな」

客は斎藤が想像していた通りのことを言った。

「細めのスーツで、ズボン丈を短めにして、靴下を履かずに素足のまま履かれますと、とてもセクシーだと思いますよ」

薦めてみると、彼は「それはいいアイデアだ」と感心し、「次回と言わず、今回二足お願いすることにするよ」と追加した。

彼の感激は店だけでは済まずに、斎藤をランチに誘ってきた。

外に連れ出そうとする客が、長い期間、それも相当な大金を落としていってくれることは経験から分かっていた。プライベートな時間を共有することで、彼らは職人たちを自分の「お抱え」だと感じ始めるのだ。そのうち店ではなく、自宅に呼ぼうとする。もちろん斎藤は喜んで訪問する。他の客と差別化されることで、彼らの底知れない自己顕示欲は大いに満たされる。

それにしてもウインブルドンの客にしても、今回の子供服のオーナーにしても、斎藤が窮地に立たされると救世主のように新しい客が出てきてくれるから不思議だ。

ただし昔ならしばらく余韻に浸れたのが、最近は感動が薄くなってしまっているのが残念だ。バークレーズで行われる受注会のように三十足も四十足もオーダーが入るなら別だが、数足、注文が入ったぐらいは当たり前の感覚になってしまっている。喜びより安堵《あんど》感の方が強い。

午後からは工房でデュークに渡す三足目の制作に入った。

先日、美樹に話したサイドゴアと呼ばれるブーツである。履き口の両サイドがゴムになっていて、乗馬用としても履かれている。

ただし斎藤が作ろうとしていたのは他の職人が作るブーツとは明らかに違った。足首はあえてショート丈にし、アッパーはナローライン、両側はしっかりとエッジを立てたことで、靴全体がよりシャープに見える……革も黒やダークブラウンといったオーソドックスな色ではなく、艶がよく出るバーガンディーのカーフを使った。フィレンツェの鞣《タンナー》し業者から取り寄せた特注品である。

斎藤はこのバーガンディーの革をネイビーのワックスで磨こうと考えていた。暖色と寒色の二色が調和することで、ボルドーのような魅惑的な色に変化する。色が調和されていくのを頭の中で思い描いただけで興奮してきた。

作業をしながら里沙子と打ち合わせた通りの電話を交わした。

「きょうの夜から出張に行かなくてはいけなくなった。明日は店に来ない」夕方の六時にはそう伝えて店を出た。

店にはサイモン、トニー、そして美樹も普段通りに来ていた。

斎藤が作ると言った新作のブーツに興味があったのか、それともやはり美樹が疑うべき鼠なのか、判断はつかなった。

美樹は挨拶をして工房に入ってきた以外、余計な私語は誰とも交わさず、与えられた仕事を黙々とこなしていた。いつもに比べれば表情は暗い気がしたが、それ以外に変わったところは見られなかった。

彼女にしてもそれなりの覚悟でこの国に来たのだ。あの程度のことで日本に帰ることはないのだろう。グッドマンをやめれば、労働ビザも失効する。美樹だってそれは分かっている。

店を出て一度自宅に帰って時間を潰すつもりだった。

ところがスタンリー卿から電話がかかって来て、リージェント通りにあるレストランで食事をしているので来ないか、と誘われた。そのあたりからだ。斎藤が嫌な予感を抱き始めたのは……。

それでも斎藤が指示されたトラディショナルな英国レストランに向かったのは、政界や法曹界に顔が利くスタンリーはつなぎ止めておきたい大事な顧客だからだ。一、二時間、ヤツの不愉快な自慢話を聞かされるのも我慢せねばと自分に言い聞かせた。

ウイスキーを飲みながらウエイターと談笑していたスタンリーは、斎藤が到着しても声をかけるどころか、愛想笑い一つ零さなかった。

自分は常連なのだと見せつけているスタンリーを見ながら、斎藤は自分がどうしてこの男が好きになれないか分かった気がした。

遠くから人を見るような乾いた目、薄笑いを浮かべた口元、斎藤が話している時だけ聞こえてくる鼻息……否応なしにあの男の顔が頭に浮かんだ。薗田幾男だ。斎藤のお陰で散々いい思いをしたにもかかわらず、それが使われる者の当然の役目だと礼一つ言うことはなかった。それでいて少しでも斎藤に注目が集まると途端に不機嫌になった。

斎藤はワインとフィッシュ&チップスをオーダーした。するとスタンリーは「キミは鱈《カドフィッシュ》は食べないんじゃないのか」と言ってきた。

街角で売っている、油でベトベトのフィッシュ&チップスはけっして食べることはないが、ビールをつなぎに衣をつけた本格的なそれは嫌いではなかった。

安いフィッシュ&チップスに手を出さないのは、金がなかった頃、そればかり食べていたからだ。その話を知っているのは当時から斎藤を知っているサイモンだけである。

嫌な予感が的中した。スタンリーはサイモンの話を持ち出した。

「どうだね。そろそろサイモン・コールを自由にしてやってもいいんじゃないかね」

「自由とはどういうことですか」

「だから彼がもっと持てる力を発揮できるよう、環境を変えてあげるべきなんじゃないか」

まるで斎藤がサイモンを理不尽な契約書で縛りつけ、こき使っているような言い方だった。要はもっと給料を上げてやれと言いたいのだろう。

「十分、彼の働きやすい環境にしてあげているつもりですよ。むしろ彼とはあまりに待遇が異なる他の職人たちが、ストライキを起こすんじゃないかと心配しています」

「それは仕方がないだろう。トニーやあの女の子とサイモンとではキャリアが違う」

「それでもたった週に三日の出勤で、ボトムメーカーとしてロンドン一高い給料を払っているんですよ」

「キミがサイモンを大事にしているのは知っている。だが私が言いたいのはそういう意味じゃない。彼だってそろそろ自分一人でやりたいんじゃないかと思っているんだよ」

独立？　まさかと思った。他所からの引き抜きではない。自分の店を出すということだ。たった一二〇ポンドの駐車違反代も払えない男が、店を出せるのか？

「それはサイモンが言っていることですか」

眉間《みけん》に力を入れて尋ねると、スタンリーは「さぁ、どうだろう」と視線を解いた。すぐに「職人というのは誰だってそう思うんじゃないかな」とにやにやした顔で言う。

「サイモンは私とのパートナーシップを大切にしていると思いますよ」

「そうかな。それはキミが思っているだけでサイモンから言われたわけではないだろう」

「私とコンビを組むからこそ、彼のボトムメーカーとしての力が発揮できると思ってくれているはずです。逆に私も、彼がいるから、自分の靴が評価されるのだと感謝しています」

そう言ってサイモンを持ち上げた。喋りながらゆっくりとフォークで魚を口に運んだが、味はさっぱり分からなかった。サイモンは斎藤とコンビを組んでいるとは考えていない。トニーと組まされていることを不満に思っている。ポーカーの相手が変われば、相手の性格や思考から考え直さなくてはならない——そう言われたばかりだ。

どうやら考えが甘かったようだ。

サイモンは斎藤から反則金と酒代をたかっただけでは満足できず、グッドマンから去ろうとしていた。裏で糸を引いているのがこの狸《たぬき》親父だ。スタンリーはサイモンを看板職人に念願の靴ビジネスに進出しようと画策していたのだ。

話はそこで切り替わった。

スタンリーが「娘がスイスの大学に留学したいと言い出して困っている」と話題を変え、それ以上、サイモンの話には触れなかった。

英国人らしいしたたかな交渉術だった。話がもつれそうになると、しばらく置いて、相手に考える時間を与える。スタンリーは頭に血が昇った斎藤が、サイモンにとんでもない悪態をつき、仲違《たが》いするのを期待しているのだろう。

冷静になれ、こんな男の策略に乗るな、斎藤は自分に言い聞かせることで気持ちを落ち着かせた。

サイモンの仕事に惚れ込んでグッドマンに足を踏み入れた客は結構な数にのぼる。

彼のボトムステッチは今でも世界でもっとも美しい。それぐらい一針、一針に執念のようなものを感じる。

サイモンが独立すれば、グッドマンの顧客の四分の一は流れるだろう。いやもっとだ。最悪、英国人のほとんどがサイモンの店に行く。そうなればグッドマンはロンドンに店を構えていながら、外国人客だけになってしまう。

だからといってサイモンにビスポーク店ができるのか。

無愛想で、冗談一つ言えない。酒焼けした体調の悪そうな顔を見せられたら、その途端に客は気分を害する。

サイモンが独立するとしたら、接客して、足を計測して、木型を削るラスト職人が必要だ。金を出資するスタンリーもそれは分かっているだろう。すでにサイモンと相談して、候補を絞り込んでいる。そこまで決まっているからこそ、スタンリーは斎藤に対して引き抜きを仄《ほの》めかしてきた——。

ロンドンの有名店で働く何人かの顔が浮かんだが、どれも適当ではなく、すぐに打ち消された。いくら腕があっても、サイモンは酒なしでは生きていけないジャンキーだ。ドラッグで捕まった前科だってある。このロンドンで、サイモンについていこうと考えるラスト職人などいるはずがない。

8

グッドマンの前まで辿り着いた時は相当疲れていた。

出来れば家に帰って、ベッドで休みたかったが、里沙子と約束したので仕方がない。里沙子は完全に美樹を疑っていて、「あなたが出来ないのなら、私が問いつめてもいいのよ」と言った。里沙子なら本当にやりかねない。だから斎藤は里沙子が言う鼠捕りの仕掛けに同意したのだ。

時計を見ると十一時を回っていた。

斎藤は鍵を差し込んでドアを開けた。

開けた瞬間、温《ぬる》い空気を感じた。

誰かいる——。

築百年を超える石造りの店は暖房を消すと途端に室温が下がる。壁の隙間から冷たい風が漏れてくる。外気と同じほどの体感温度だけに、人が一人いるだけでも微妙に感覚は異なる。

美樹がいつものように残って自分の靴を作っているのだと思った。美樹のアパートは郊外にあるためそろそろ出ないと終電に間に合わなくなる。もしかしたら徹夜で仕事をしていたこともあるのかもしれない。考えたこともなかったが、斎藤にしたってあの年代の頃、寝る間も忘れて制作に勤《いそ》しんだものだ。

ドアの音さえさせないように店の中に体を潜り込ませ、忍び足で数歩進んで階段の上まで辿り着いた。地下室を覗く。

誰かが靴を作っているという斎藤の推測は間違っていたようだ。

電気が消えていたからだ。

それでも間違いなく人の気配はした。

鼠がかかった——。

そう確信した斎藤は、その場で靴を脱いだ。

いくら厚い絨毯を敷いているとはいえ、革底では足音が階段から地下に響く可能性がある。階段の手すりに指を置き、前足に体重をかけてから、ゆっくりと上半身を移動し、足を滑らすように一歩ずつ下ろしていった。古い階段が軋むことはなかった。人の気配だけが地下室から立ちこめてきた。

螺旋状の階段の真ん中ぐらいまで降りると、微かな光が見えた。

テーブルランプだった。

普段は作業台に置きっぱなしになっているランプが、靴棚近くの床に置かれ、下から照らしていた。

どの靴に光を当てているかすぐに察しがついた。

斎藤がデュークのために作ったロンドンタンのシングルモンクだった。

展示している美術品のようにシングルモンクにスポットライトが当てられていた。

人影が見えた。屈《かが》んだ格好のその人物が、なにをしているのかは背中越しからもすぐに分かった。

携帯電話のカメラで撮影している。一枚撮影しては、電話を操作していた。きっと依頼主に送信している……。

斎藤は階段を降りると歩幅を広げた。

怒《こら》りを堪え、けっして音を立てないように背後から迫った。

二メートルほど後ろまで近づく。

そしてさっと駆け寄り、その男の手を摑んだ。

「トニー、どういうことだ！」

右手を摑まれたままトニーは「あっ」と声をあげてこっちを見た。

その顔はどうして斎藤がここにいるのかと驚いているようだった。

「俺が泊まりがけだと信じたんだろ？　だがそれは罠《わな》だったんだよ」

鼠がトニーだと確信していたわけではなかった。

里沙子が言うように美樹の方がはるかに怪しい要素はあった。

だが職人の技量からして美樹には無理だと思った。

ありえるとしたらトニーの方ではないかと――。

トニーの顔が青ざめているのは薄明かりの中でもわかった。

握っていた携帯電話が床に落ちた。

斎藤はトニーの手を摑んだまま、落ちた電話を拾った。「データの送信中」と表示されていた。思っていた通り、靴の写真を送っていたのだ。送信完了の合図とともに、斎藤は片手でいじって送信ボックスを開いた。宛先には「ＪＡＭＥＳ」と記されていたが、アドレスを開くと語尾は「jp」だったから相手はやはり日本と関係している。

「……ゴメンナサイ」

トニーはたどたどしい日本語で謝った。怯えた目をしていた。

捕食者に捕まった草食動物のような情けない目をしたトニーを睨みながら、斎藤は「誰に頼まれたんだ」と問いつめた。トニーはただ首を横に振るばかりで答えようとしない。

トニーの人差し指を右手で摑んだ斎藤は、左手で手首を抑えて体重を乗せた。

真上から力を入れることで、指が反り返り、小柄のトニーは耐えきれなくなって床に片膝をついた。

「誰だ、誰がおまえにこんなことを頼んだんだ」

斎藤の声が迫力を増した。

「言え、言わないとおまえの大事な指が折れるぞ」

指が甲に着くほど反らされながらもトニーは「ゴメンナサイ」とまた同じことを繰り返した。

「シラナイ。シラナイデス」

斎藤は大きく反らせたトニーの人差し指だけを摑み、出来る限りの力を加えた。

ボキッ。

人差し指が折れた。

すぐに中指に持ち替えて、今度は中指を折る。パーカッションのような乾いた音が地下室の闇に鳴り響いていく。トニーはその度に絶叫した。次は薬指を摑む……だが折れた中指の骨が皮からはみ出てきそうなほど節くれ立ち、思うように握ることができなかった。躊躇した隙に、トニーは指を抜き、左手で抑えながらへなへなと床にしゃがみこんだ。

トニーはそのまま床に突っ伏して泣き出した。

斎藤は容赦なく、今度はトニーの左手を強引に摑み取り、部屋の奥へと引っ張った。トニーが仰向けのままズルズルと引きずられていく。

そこには木型を削る裁断機があった。

トニーの左中指の第二関節あたりを裁断機の刃が落ちるところに来るように強い力で引っ張った。

悲鳴をあげて、トニーは手を戻そうとする。

「動くな」大声で制して、そこに抑えつけた。

左手で取っ手を摑んだ斎藤は高く持ち上げた。

仄白いテーブルランプの光が刃先に反射した。

斎藤はトニーを睨んだ。

「大丈夫だ、トニー、中指がなくなったって死ぬわけじゃない。だがな、人間の指先というのは、脳から伝達するより先に本能で動き、あとから脳に記録されていくんだ。おまえが今までのように中指を動かそうとすると、指がなくなっているにもかかわらず、脳だけは動いたと認識する。するとどういうことが起きるか分かるか？　指が動くより先に脳が先回りしてすべての指の動きを拒否するようになる。そうなったら職人としてはもうおしまいだな。切断された左手を見つめながら、どうして私を裏切ったのか、どうして私に本当のことを言わなかったのか、悔やんでも悔やみきれなくなるだろうな」

斎藤は薄笑いを浮かべながらそう言った。

いつの間にか泣き声は止んでいた。
代わりに心の奥から絞り出すような怯えた声が漏れてきた。

第五章　もつれ合う二本の糸

1

「しかし職人の指を折るなんていくらなんでも酷過ぎる」

智哉がやりきれない思いで吐き捨てると、ショーンも「酷い、本当に酷いよ……」と繰り返した。

昨夜、トニーから計十枚の写真がメールで送られてくるはずだった。ところがメールは七枚目の写真が添付されたところで途切れた。ショーンは嫌な予感がして、すぐに電話をかけた。

何度かけてもトニーの電話は通じなかった。三時間以上かけ続けて、ようやく自宅の電話にトニーが出た。彼は泣きそうな声で「ショーン……」と言ったきりなにも話さない。なにがあったのかをショーンが問い質しても変わらなかった。咽《むせ》び泣く声だけが聞こえてきたそうだ。三十分以上経って、トニーはようやく真夜中の工房でなにが起きたのかを明かした。

「トニーは電話を切るまでずっと怯えていたよ。自分は斎藤に殺されると思った。指を切られると思ったって。それぐらい斎藤は殺気立っていたそうだ」

智哉は自責の念にかられた。

自分のせいで、一生の傷を背負わせることになってしまったのだ。バレたらこうなることは予測できた。父のとそっくりの靴を送った段階で、斎藤は警戒していた。なのにまた新たな頼み事をしてトニーを危険な目に遭わせてしまった。

「斎藤は一八〇センチはある。一方のトニーの方は一六〇センチ台だから身長差はかなりある。斎藤にとって、トニーの指を折るなんてことは、簡単だった」

「トニーはちゃんと病院には行ったんだろうね」

「行ったみたいだな。でも医者には喧嘩だと言っただけで、斎藤の名前は出さなかった」

「どうして出さなかったんだ」

「出せるわけないだろ。警察に通報したら、ボクらに頼まれたことまで話さなきゃいけない。トニーはボクらを庇《かば》ってくれたんだ」

「そうだよな、ごめん」

智哉は静かに返した。でも斎藤を罰することができるなら名前を出してくれても良かった。トニーに依頼したことが窃盗に当たるのかは分からないが、それでも罰は受けてもいいと思った。

「残念ながらトニーは、斎藤にボクの名前を出した。イギリスの外交官に頼まれ、永住権取得を手助けしてくれるのを交換条件に頼まれたと話してしまったらしい。ボクからトモヤまで辿り着くのも時間の問題だと思う」

「別にそれは構わないよ」

強がったわけではないがそう答えた。むしろ早く自分の名前が知られた方がいいと思った。

「それよりこの後、トニーはどうなってしまうんだ」

「仕方がない。しばらくは中国に帰るしかないだろうな」

「帰るって、そんな……」

智哉は絶句した。

「だって仕方がないだろ？　利き腕の指が二本も折れた状態なんだ。ロンドンにいたところで最低、三カ月はなにも仕事はできない」

ショーンから斎藤の店に中国人の優秀な職人がいて、その男を味方に引き込めると聞かされたのは一年前のことだった。ちょうど斎藤が郊外からジャーミン通りにグッドマンの店舗を移した直後のことになる。

その職人は「将来、中国でビスポーク店を出したい」と伝えて斎藤に弟子入りした。だが働いているうちにしばらくは英国に残り、できれば自分の名前で店を出したいと考えが変わってきた。独立するためには雇い主に権限のある労働ビザではなく、自分で自由に仕事ができる永住権が必要だ、とショーンは説明した。

酷い言い方をすれば、智哉とショーンはそこに付け込んだ。

すべてショーンが交渉しただけに、トニーが喜んで引き受けてくれたのかどうかは智哉には分からなかった。それでも彼は見事なまでに、斎藤の工房に置いてあった父の木型を計測し、そのデータを智哉の元に送ってくれた。

十五年前の靴とそっくりのコピー品を作り出せたのは、すべてトニーの技術に負うところが大きかった。

「ショーンの力で永住権を取れるように手助けしてやることはできないのか」

「出してあげたいのは山々だけど、申請するにはフルタイムの労働許可証を所有し、同一雇用主の下で四年間勤続しなければならない。彼は斎藤の店で働き始めて三年半だ。永住権を申請するには、あと半年足りない」

「そんなこと、ショーンはひと言もいっていなかったじゃないか」

智哉はさすがに怒った。あと半年なら作戦の開始を半年間遅らせることができたではないか。怒りを伝えたつもりだったが、ショーンの方がむしろ憤怒した顔を向けてきた。

「トモヤ、キミは本当になにも分かっていないな」

「分かっていないってなにがだよ」

「キミは怒りと優しさが綯《な》い交ぜになっている」

綯い交ぜ？　なに訳が分からないことを言っているのだと反発した。斎藤に対するのが怒りであり、トニーをなんとかしてやりたいと思うのは当然のことではないか。だがショーンは「キミは全然分かっていないね」と言い重ねた。

「復讐というのはそれぐらい代償を払うものなんだ。まして斎藤はキミのお父さんを死なせても平気でいられる、殺人者だ」

「その通りだよ。だから許せないんだ」

「許せないよな。肉親がそんな目に遭ったら。でも正直言えば、ボクは今でもトモヤにはそんなことに手を出さないで、自分の仕事に専念してほしいと思っている。そうすればいつかは斎藤を追い抜くことができるかもしれないからね。その日のためにボクはいろんなところでコネクションを広げている。二津木社長に交渉したのだってその一つだ」

「ショーンには感謝しているよ」

「感謝じゃダメなんだよ」ショーンはキッパリと言った。「ボクだってすべてを犠牲にしてトモヤの復讐に加担しているんだ。トニーだってそうだ。ボクが話したエノモト・トモヤというシューメーカーに共感し、協力してもいいと同意してくれたんだ。今や斎藤に対する怒りは、トモヤ個人の問題ではなくなっている。なのにキミがそんなセンチメンタルな気持ちになったら、トニーだって報われないよ」

智哉はなにも言い返せなかった。確かに智哉は彼らに金銭など報酬を払っているわけではない。ショーンに対しては、将来一緒にビジネスをするという約束だけ、永住権を欲しがっていたトニーにしても、危険を冒してまで協力することはなかった。それでも彼らは皆、智哉の味方についてくれた。

「最初、トモヤから計画を聞かされた時、トモヤがお母さんのために斎藤を懲らしめようとしているんだと思った。斎藤が普通の心を持った人間なら、お父さんだって死ななくて済んだかもしれないし、死んでしまったとしてもお母さんが苦労することはなかっただろうからね」

「それは違うと言ったろ」

「トモヤのそのセリフをどこまで信じていいかは分からないけど、でももしお母さんのためだけなら、ボクはここまで協力しなかったよ」

斎藤がデューク・スチュアートのために作るシングルモンクの撮影を頼みたいと話した時、智哉はショーンに、自分がどうして斎藤にこんなに敵意を燃やしているのか説明した。

あくまでも自分のパーソナルな問題だ。父親の復讐だけではない。苦労した母のためだけでもない。榎本智哉という一人の靴職人として、今のモヤモヤした気持ちのままではいつまで経っても自分の作る靴に対し胸を張れない。自分にとっての斎藤は、「靴職人として成長を遂げるためには、どこかで決定的に対峙し、超えないといけない相手だ」と説明した。ショーンがどこまで理解してくれたかは分からないが、「分かったよ」とそれ以上、追及してくることはなかった。

「トモヤは超えないといけない相手だと言ったけど、ボクは険しい山みたいなものだと思ったよ。山の頂上までいったらきっと違った景色が見えるような気がする。トモヤがくよくよ悩んでいたことなんて、なんてちっぽけなことだと感じるかもしれない」

「ああ、そうかもしれない」

智哉も素直に認めた。なにも斎藤を警察に突き出そうとしているわけではないのだ。終わってみたらどうしてこんなに拘りを持ち続けたのかと不思議に思うかもしれない。

「山登りが好きな人間は、いくら周りから危ないと反対されても言うことを聞かないからね」ショーンはニヤリと笑って続けた。「油断したら命取りになるのだから、しっかり準備をして少しずつ登っていくのが大事だな」

ショーンらしい言い方だった。自分たちがしようとしていることは、危険極まりなく、強い決意が必要だと言いたいのだろう。

「少し目が覚めたよ」

智哉は頷きながら言った。

「分かってくれればいいよ」

ショーンは吊り上げていた眉を下げた。

「トニーのケガが治ったら、他で仕事を探してあげることはできないかな。彼ほどの腕なら、欲しがるショップもあるんじゃないのかな」

「それはもちろん考えているよ。もうグッドマンはクビにされたので、最短で永住権を取れることはなくなったけど、それでもまだチャンスがなくなったわけではない。ボクに出来ることはするつもりだ」

また一からとなると気が遠くなるのではないか。だが今の智哉には、どんなに時間がかかろうと彼の希望が叶って欲しいと願うことしかできない。

「幸いにもトニーの指は三カ月もすれば元通りになる。神経はなんともなかったので、医者が言うには後遺症はなくこれまで通りの仕事はできるそうだ」

「それを聞いて少しホッとしたけど」

「ボクの責任ではあるけど、トモヤにだって責任はあるんだからな。だからキミも彼のためにボクらができるいいアイデアがあったら教えてくれ」

「分かったよ」智哉は答えた。「ショーン、二津木社長の連絡先は分かるよね」

「もちろんだけど、どうしたんだよ」

「今すぐ電話してほしい」

「やる気になったんだな」

ショーンは嬉しそうな顔をし、ポケットから携帯を取り出すと、親指でアドレスをスクロールしてから通話ボタンを押した。

呼び出し音が漏れてくる。二津木が出たのを確認してから、ショーンは智哉に電話を渡した。

智哉はゆっくりと「榎本ですが」と口を開いた。

2

制服警官が行き交うロビーのベンチに腰を下ろしていると、里沙子が息を切らして中に入ってきた。

「大丈夫なの」

開口一番、斎藤に向かって尋ねてきた。キャメルのロングコートにパープルのマフラーを巻き付けていた。夜になってさらに気温が下がったのだろう。白熱灯の下でも白い息がはっきり見てとれる。

「ああ、なんとか、釈放が認められそうだ」

「でもどうして」

「盛り場を出て、車に乗り込むのを警官に目撃されたらしい。それで尾行され現行犯逮捕だ。素直に従えばなんてことはなかったが、いつもの調子で気が大きくなって突っかかるから、車の中まで調べられた。そうしたら案の定、出てきた」

斎藤は座ったまま、里沙子とは目を合わせずに答えた。

サイモンが大麻所持で逮捕された——。

その通報を受けたのは終業間際の午後五時五十分頃だった。

この日、斎藤は朝から工房に籠り、昼休みも取らずに木型の制作に取りかかっていた。

美樹には「トニーは家族の都合で急に上海に帰ることになった」と説明した。美樹は、言葉通りに信じた訳ではなさそうだった。仕事の合間に抜けだして、何度か外に電話をかけにいっていた。それでも午後になって斎藤が「トニーの仕事の一部をキミが受け持ってほしい」と言うと態度は変わった。

突然、重大な仕事を与えられて、トニーのことを心配するどころではなくなったようだ。

さらにロイ・ウイリアムスという、今年の夏に靴の学校を卒業したばかりの青年を雇ったため、彼女には自分が行っていたポリッシュの作業を彼に教えるという仕事まで増えた。

それでもトニーの穴を美樹がいきなり埋めることはできない。ほとんどは斎藤がこなさなければならなくなった。しばらくの間は残業だ。少々うんざりした気分の時に、警察から電話がかかってきた。

電話に出た美樹が、真っ青な顔で斎藤に伝えてきた。すぐに美樹とロイを帰すと、斎藤は一人で警察署に駆けつけた。そしてこの狭い通路で、四時間は待たされ、さっきようやく刑事から話を聞くことができた。

「サイモンがまだドラッグに手を出していたなんて。あなたに隠れてコソコソやっていたってこと？」

里沙子が堰《せき》を切ったように質問してきた。

「もしかして、あなた知っていたの？」

「残念ながらそうだ」

「どうして、どうして止めさせなかったのよ」

里沙子は声を荒らげた。

「そりゃ、やめさせたかったさ。だが中毒者が簡単にリハビリできるなら、この世からジャンキーなどとっくにいなくなっている」

「だったら更生施設に頼めば良かったじゃない」

「そんなことすれば、サイモンは即座に俺の元から去っていったさ」

里沙子も納得したのか黙り込む。

「まぁ、俺が甘かったのは事実だ。だが、所詮マリファナだ。コカインではない。自宅で亜子と楽しんでいるぐらいなら問題はないと思った」

英国では薬物は三段階に分けられ、マリファナはまん中のB区分である。所持、製造、譲渡ともに違法行為だが、個人的に嗜んでいる分には逮捕される危険性は低い。ただしアルコールも摂取しての危険運転となると話は別だ。

「あの子がついていながら、まったくだらしない」

里沙子は明らかに軽蔑《けいべつ》していた。

友人だったのに、亜子がサイモンと付き合うようになって次第に疎遠になった。「あの子、ダメ男の面倒を見るのが女の幸せだと勘違いしているんじゃないかしら」としょっちゅう文句を言っている。

「三度目ということは、今度こそ実刑よね」

ため息混じりに言う。実刑となればグッドマンの看板にも大きな傷がつくことを心配しているのだ。

「その点については大丈夫だと思う。所持していたのはほんのわずかだし、刑事もそれほど大事《おおごと》には感じていないようだった。すでに出来る限りの手は打った。残念ながらドライバーライセンスの取り消しは免れないだろうけどな」

「そんなの取り上げてしまえばいいのよ。アル中のくせに車に乗ろうという考えからして間違っているのよ」

斎藤が座る長椅子の隣が空いた。座っていた中年男性が、カウンター越しから名前を呼ばれたのだ。里沙子は手袋をつけた手で椅子の表面を叩くと、ハンカチを敷いて斎藤の隣に腰を下ろした。

「留置場に入れられないだけでも良しとしなきゃいけない。なにせトニーがいなくなって、こっちは朝からてんてこ舞いだ。これでサイモンまで抜けられたら、どうしようもなくなる」

「あなたが大丈夫と言うのなら、少しは安心したけど……」

「ああ、心配するな」

「あなたが連絡をくれたから、てっきり家に招待してくれてお礼をしてくれるのかと思ったわ。そうしたら、警察に来てくれなんて言うんだもの」

　恨めしそうな顔でこっちを見る。

「本当はそうするつもりだった。なにせたった五日で探し当てたのだから、キミが依頼した調査会社はたいしたものだよ。まさかあの薗田幾男に妾《めかけ》の子がいるとは考えもしなかった。しかもそいつが靴屋をやっているなんて」

　榎本智哉という名前の男らしい。二十五歳というから、斎藤が想像していた通りの若造だ。薗田は病的なまでに女好きだった。よくよく考えてみれば、妾の一人や二人いてもおかしくなかった。

　ただそう疑わなかったのは、家族にも言えない恥を斎藤には晒してきた薗田が、もう一つの家族のことだけは、隠していたからだ。隠すどころか、気配さえ見せなかった。

　だが同時に今までずっと抱いてきた疑問が解決した。

　斎藤が犯した一番の罪が、なぜ今まで告発されるどころか、追及されることもなかったのか。

あの金が会社の金でもなければ、本家の金でもなかったからだ。妾の家から持ち運んだ急場しのぎのつなぎ資金だった。だから紛失したのが表に出ることはなかった――。

「靴屋ではなく修理屋よ。それも雑居ビルの一角で、近所の住民相手に細々とやっている」

「だったら余計に優秀だな。その調査会社は」

「調査会社が優秀なんじゃないわ。私の指示が的確だったから、こんなに早く判明したのよ」

里沙子が口を窄めて言った。

「ジェームスなんて名前の外交官はいくらでもいるわ。それにその男がトニーに本当の名前を伝えたかも分からないでしょ。だから私は名前など無視して、外務英連邦省か日本の英国大使館の両方に、靴が好きな洒落者がいないか探してくれって頼んだのよ。あなたが言うように木型を計測することにそれ相応なキャリアを必要とするなら、トニーに指示した人間もそれなりに知識を持っているはずでしょうから」

「そうしたら見つかったのか」

「何人か出てきた。なにせ外交官はお洒落な人が多いもの」

「よくそこから一人に絞り込めたな」

「現役ではなかったけど、日本の大使館で少し前まで働いていた元外交官に、今は日本のアパレルメーカーに転職したものがいるって報告が入ったの。すぐにその男だってピンと来たわ。名前を聞いたらショーン・シアラーという名前で、ミドルネームがジェームスだった。その男を尾行させたらすぐに榎本智哉まで行き着いたってわけ」

「なるほど、たいしたものだ」

「その男で間違いないのよね」

「たぶん、間違いない」

里沙子は接客する榎本智哉の写真を転送してきた。

短軀《たんく》でお世辞にもいい男とは言えなかった薗田とは異なり、写真の男はさわやかな笑顔が印象的な好青年だった。

顔のパーツのほとんどを母親から引き継いだのだろう。口元や撫《な》で肩に薗田の面影が残っていたが、斎藤に敵意を剝き出してくるような人間には見えなかった。

「ところで本当なんだろうな。その榎本がバークレーズと組もうとしているってのは」

里沙子が言うには、バークレーズが近いうちに、榎本のビスポークを始めるらしい。その情報を聞かされた時は斎藤は声を失い、思わずふざけるなと叫びそうになった。

バークレーズでは年に二度、受注会を開き、しかも銀座本店のサロンには斎藤が作ったビスポークのサンプルがいくつも展示されている。他のブランドのものもあるが、数はグッドマンのものが圧倒的に多い。言わば斎藤の聖域のような場所だ。

半人前の職人を斎藤と競わせるとは、いったい二津木はなにを考えているのだ。

「本当のようよ。バークレーズの店員の話だと、二津木社長がその榎本という男に一足作らせたんだって。それで店で扱うことを決めたみたい」

「たった一足作らせただけで決めたというのか」

「そう言っていたわ。でもあなたは、そんなことありえないと思っているんでしょ」

「ああ、普通ならありえない。世界の一流品しか興味がない人間なら、あの榎本ほどの職人には見向きもしない。だけど二津木ならやるかもしれないと考えが変わってきた」

「どういうこと」

「商売になると感じたということだ」

「榎本の靴が売れるってこと?」

「儲けるには二つの方法がある。一つはクオリティーが高くて、いくら値段をつけようが客がやってくる商品。そしてもう一つは、品質はたいしたことなくても、それ以上のコストパフォーマンスを感じる商品」

「榎本の靴はそれぐらい安いということ」

「そうだろうな」と返答する。「もしヤツの靴が、グッドマンと同じ値段だったら、二津木だって相手にしなかった。半値でも同じだ。だがそれよりもっと下、我々でも考えられないような安値だったらどうか? 二津木は売れると考えたのではないかな」

「でもそんな値段で手作りしたら儲からないでしょ? 榎本という男はそれでも構わないと思っているのかしら」

「最初は誰だって買ってもらえることに喜びを感じる。金儲けなんて二の次だ。俺だって十五年前、薗田に頼まれた時は、材料費を取ったら儲けはわずかだったが、喜んで薗田の靴を作った。俺の靴を履きたいと言ってくれるだけでも嬉しかった。それでも当時の俺はロンドンの有名店の半額は貰ったけどな」

今でも大切に保存しているあの木型をベースに何足もの試作品を作っては捨て、満足いく一足を薗田に渡した。薗田が完成を心待ちにしてくれていると信じていた。

あの木型には、夢や希望だけでなく、若かりし頃の斎藤の野心、野望が宿っている。だから捨てずに取っておいた。今作っている木型と比べたらはるかに粗雑で、お世辞にもスタイリッシュとは言えないが、壁にぶち当たった時、あの木型をじっと見つめているだけで斎藤はなにか新しいインスピレーションを得ることができた。

デュークに渡す二足目、斎藤がこれまでに作った靴の中でも最高傑作と自負するロンドンタンのシングルモンクにしても、眉間をつまみ、目を瞑ってあの木型を想像していくうちに、向こうから颯爽《さつそう》と歩いてくるデュークが浮かびあがってきた。そこまで映像を創り出すことができればしめたもの、あとは自《おの》ずと靴の形が造形されていった。

「でも恩人とは思っていないと言っていたわよね」

斎藤が話したことを蒸し返してきた。

「オーダーしてくれたからといって、それが全員恩人になるわけじゃないだろ」

「嬉しくない客もいるってこと？」

斎藤は返事をしなかった。そう言う意味で言っているのではない。本当に斎藤の靴に惚れこんで頼んできたのなら、どんな客だろうが感謝しただろう。だが薗田に対してそう思わなかったのは、彼はけっして斎藤の腕に惚れ込んでいるわけではないと気づいたからだ。

「しかしまさか二津木が関わってくるとは思いもしなかった」

頭の中にハインズという教授によって持ち込まれた黒靴が浮かんだ。

榎本という男が、斎藤の影響を受けているのは、あの靴を見てすぐに分かった。スタイル、フォルムだけでなく、パーツを分解していくと、その制作過程に至るまで、まるで斎藤が一つずつ指導していったほど忠実に再現されていた。

きっと榎本は斎藤が作った薗田幾男の靴を見ながら、基本を学んだのだ。今時たいした努力家だ。

ただし、いくら似ているとはいえ、榎本のレベルは十五年前、斎藤がまだ店を持つこともなく、英国の田舎町のボロアパートで人目を憚《はばか》るようにして靴作りに励んでいた頃の域だ。

「世界一美しい靴を作る日本人シューメーカー」と喧伝《けんでん》されるはるか前で、斎藤良一という職人がいることすら、誰も知らなかった。斎藤から見れば、今の榎本は十五年前の自分の生き写しのようなレベルである。博物館でもあるまいし、十五年前の作品と今の作品が一緒に扱われることなど、斎藤には絶対に許すことができなかった。

「どうやって二津木に取り入ったのかしらね」

「どういう手かは分からんが、それでも俺はあんなレベルの職人と比べられるのは我慢ならない」

「我慢ならないって、だったらどうするつもりなの」

「近々日本に行こうと思っている」

「日本って、二津木に直談判する気なの」

里沙子はそれは名案ではないと言いたげだった。二津木のような男は、外から干渉されることを嫌う。グッドマンとの既製靴の取引さえ白紙に戻すと言い兼ねない。

「それぐらいは俺にも分かっている。日本に行く目的は二津木じゃない」

「じゃあ、まさか……」

「寒いな。警察は暖房代をけちっているんじゃないだろうな」

里沙子の視線を外して、斎藤はチェスターコートの襟を立て、両手を擦ってはぁと息を吹きかけた。深夜近くなっても、出入りは激しく、すぐ近くのドアから風が入ってくる。

「キミはもう帰っていいぞ。朝までここにいさせられたら間違いなく風邪を引いてしまう」

斎藤がそう言った時、奥の扉が開き、制服警官に連れられた男が、背中を丸めたまま出てきた。

「サイモン！」

里沙子が声を張り上げた。

サイモンは顔を上げた。普段の自信満々の彼とは別人に見えるほど、弱々しかった。

「大丈夫か、サイモン」

斎藤は駆け寄り、サイモンを抱きしめた。サイモンも腕を回してきたが、力はなかった。

「申し訳ない、リョウイチ」

体を離すとサイモンは謝罪した。

「なにも言わなくていい」

斎藤は首を左右に振って優しく声をかけた。

なにも言うなと言ったにもかかわらずサイモンは「本当に申し訳ない」と続けた。「絶対に外には持ち歩かないというキミとの約束を守れなかった。きっとハイになって、気づかなかったんだと思う。それでほんのわずかなマリファナを車に持ち込んでしまったんだ。そのままずっと気づかないでその車を使っていた。しかも酒を飲んで運転するなんて……俺はなんて愚かなんだ」

「もういいよ、サイモン」

できるだけ優しい口調で言った。弁解されたところで、捕まった事実は消えない。

「弁護士をつけた。スタンリー卿に相談したら、最高の人間を用意すると言ってくれた。警察の幹部に手を回してくれたのだろう」

「スタンリー卿が……」

サイモンは眉根を寄せた。独立の後ろ盾であるスタンリーに知られたことにショックを受けたのではないか。

だが今は、そんなことを言っていられる状況ではないことはサイモンだって分かっている。逮捕され、そして今さっきまで厳しい取り調べを受けてきた。刑務所に収監されたら、今度こそ職人としてのキャリアすべてを失ってしまう。

サイモンは少し落ち着いたのか目をキョロキョロと動かした。

「アコは?」

恋人が来ていないことを不思議に思ったのだろう。

斎藤はサイモンの背中に手を回して「亜子は家で心配してキミの帰りを待っている」と答えた。

「家？」

「こんなところにいる姿、キミだって見せたくないだろう」

サイモンは口を噤み、「そうだな」と言った。

「亜子はきっと心配して、気が気でないはずだ。だから早く帰ってやれ」

右肩を摑んでそう言うと、サイモンは斎藤の手に自分の左手を添えた。

「じゃあ」

外に向かおうとするので斎藤は引き止めた。

「おい、まさか車で帰ろうとしているんじゃないだろうな」

「…………」

本人はどうして止められたのか分かっていないようだ。

「酒は抜けたかもしれないが、まだキミは動揺している。事故に遭ったら大変だ」

そう言って、ポケットからマネークリップを出した。二十ポンド紙幣を二枚、三枚、四枚、五枚と摘み出す。合計百ポンドを差し出し、「タクシーで帰れよ」と言った。

わずかな飲み代しか持っていなかったサイモンは「恩に着るよ」と言って紙幣を丁寧に畳み、ポケットにしまい込んだ。代わりに車のキーを斎藤に渡した。

後ろ姿まで痛々しかった。

愛する恋人の元に帰って、胸に飛び込んで泣くのではないか。そんな姿まで想像できた。

隣で里沙子もサイモンの背中を憐憫《れんびん》の目で見ていた。

「ねえ、どうして亜子は来なかったの」

里沙子は思いついたように疑問を口にした。亜子の性格なら、ここに来て真っ先にサイモンに抱きついている、里沙子はそう思ったのだろう。

「家で温かいスープを作って待っていた方がいいと俺が言ったんだ。こんなところに来てワンワン泣かれても、周りが迷惑するだけだ」

「そうかしら。あの娘の性格じゃ、あなたがいくらそう説得したところで、居ても立ってもいられなくなって、来てしまうんじゃないかしら」

「だったら彼女だって少しは成長したんだろ」

斎藤は冷めた言い方をした。里沙子は斎藤の説明を信じることなく、「……あなた、もしかして」と言った。

「もしかしてサイモンを独立させないために……」

里沙子はそこで言い淀んだ。彼女が斎藤に向かって強い疑念の目を向けているのは十分分かった。

「亜子だってサイモンが俺の元から独立することを望んでいない。これまでのように高い給料が貰えなくなるかもしれないわけだからな」

斎藤は顔を動かさずに言った。

「……あなた、まだ、亜子と続いていたの？」

里沙子が呟くような声で訊いてくる。

否定すればそれで済んだ話だった。

だが斎藤はあえてそういう選択肢を採らなかった。

「俺がどの女と寝ようがキミは関知しない。たとえそれがキミの友人でもだ。それが俺とキミとで交わしたルールじゃなかったのか」

引き締まった頬がピクリとも動かないほど里沙子は固まってしまった。

頭の中でこれですべての疑問が線でつながったようだ。

どうしてサイモンの車からドラッグが発見されたのか。

どうしてきょうに限って酒場から出てきたところを警察に見つかり、後をつけられたのか。

そして、どうして斎藤がすぐさまスタンリーに連絡したのか……。

「恐ろしい人だわ……あなたって人は」

里沙子の声が途切れ途切れになった。

3

大きな声で「またよろしくお願いします」と礼を言って客を見送ると、智哉は倒れるように椅子に腰を落とした。

朝から修理のお客さんが絶え間なく続き、いつになく忙しい日だった。

うち二人は近くの会社に勤めるＯＬで、一人は折れたヒールの修理の依頼、もう一人は「踵が脱げてしまうので、中敷きを敷いてもらえないか」という依頼だった。二人とも履いてきた靴なので、修理ができるまで外で待ってもらうことになった。

まさかストッキングのまま地面に立たせるわけにはいかないので、中から普段、ショーンが使っている丸椅子を出して座ってもらった。それでも真冬の寒空の下で待たせたら申し訳ないと気持ちが逸《はや》り、智哉はいつになく手こずった。

なんとか綺麗に仕上げることができ、二人とも満足して帰ってくれたから良かったが……。

しかしこんなに手際が悪くて、バークレーズの仕事を受けることができるのか。

月に六足はこなせない数ではない。ただしこれまでのようなショーンの友人や知り合いが客ではない。二津木克巳が「商売はある種の宗教」というなら、バークレーズの客は二津木を心酔する信徒だ。目の肥えた彼らを満足させることができるだろうか。二津木のカリスマ性に傷をつけてしまったら大変なことになる。

やはり無理だったかな、と後悔した。バークレーズが発表していない今なら断れる……。

だがすぐにこんな弱気な気持ちではまたショーンにガッカリされるなと反省した。

こんなことではショーンと二人で店を出すことになっても、ちょっと客に文句を言われた程度で、すぐに挫折してしまうだろう。

九〇年代後半から沸き起こった高級靴ブームの影響もあり、靴職人を目指している日本人はむしろ増えているらしい。専門学校や靴職人が開くカルチャースクールも各地で開講されている。

それでいてデフレの影響をもろに受けて、一足何十万もする靴を買う客は少なくなっている。靴を特集した雑誌は次々と休刊、廃刊に追い込まれ、一気に数を減らした。

もうきょうは客が来そうになかった。閉店まで十分ほど早いが店を閉める準備をしよう。そして腰を落ち着けて勝負の靴に取りかかろう。智哉はそう考えた。

閉店の準備といってもシャッターもないため、通りの端に申し訳なさそうに出してある看板を片付けるだけだ。

カウンターを潜《くぐ》って立ち上がった瞬間、扉が開いて入ってくる客と体がぶつかった。

智哉が「あっ、すいません。いや、いらっしゃいませ」と言い直した。いつもの習性で客の足下を見た。男性客が履いていたのはよく磨かれたいかにも高級そうな黒靴だった。なんとなく見覚えのある形をしていた。

低い声で「もう閉店ですか」と訊かれた。

「いいえ、まだ大丈夫ですよ」

顔をあげた。そこで言葉が出なくなってしまった。

男があの斎藤良一だったからだ。

「ここでオーダーメイドもやってくれると聞いたんで来たんだけど、お願いできるかね」

長身。肩幅が広く、日本人では洋服に着負けしてしまいそうなライトグレーのグレンチェックのスーツを着ていた。靴はもちろんグッドマンのビスポークだろう。

顔には感情らしきものがまったく感じられなかった。

斎藤の足は二津木同様、日本人としては大きめで、しかも日本人に多い扁平足ではなく、足の内側は細く抉れ、踵は小さなアーチを描いていた。踵が小さいのも日本人の特徴である。小さい踵は、偏平足と違って外国人から羨《うらや》ましがられる。言わば日本人の足のいいところだけを取ったような足をしていた。

智哉は動揺しているのが見透かされないように、スケッチブックの上に彼の両足の輪郭を描いていった。

計測している間、ずっと斎藤に捕まえられたかのような感覚に支配された。斎藤の足が目の前にあるのに、むしろ自分の足首を斎藤に摑まれ、逃げられないでいるような……なにもしていないのに勝手に口の中に唾液《だえき》が溜まった。何度か唾を呑み込む音が聞こえてしまったかもしれない。

ボールジョイント部や甲の一番高い所など七箇所を計測した。

「最後に足を確認させていただきます。失礼します」

恐る恐る斎藤の右足を触って、持ち上げた。斎藤は分かっていたのか、足を智哉の左膝の上に載せた。

足全体を触ることで出来る限りの特徴を探った。フットスタンプを使ったりカーボン紙を踏ませて足の圧を計ったりする方法もあるが、人間の手が触れて初めて分かる感覚もある。右足が終わると左足を持ち上げる。指先から足裏、土踏まず、踵と一箇所ずつ両手で触れていった。

「お疲れ様でした。ありがとうございます」

めくっていた斎藤のズボンの裾を元に戻した。

床に膝を付けたまま顔をあげると、斎藤は真上から視線を向けてきた。まるで、それだけでいいのかと訊いているようにも感じ取れた。

だがこれが智哉のやり方である。同時に斎藤のやり方でもある。

もう何年も前に、斎藤を特集していた靴雑誌を読み、真似をした。足つぼマッサージするように触ることで確認していくのも斎藤流である。

工房にいる職人をスパイに仕立てた人間が、自分とそっくりの方法で靴を作ろうとしているのだ。逆の立場なら、智哉は気味悪く感じただろう。だが斎藤は眉ひとつ動かすことなく、智哉の動作を見ていた。

「以上で計測は終わりです」

「じゃあ、靴を履いても構わないかね」

「どうぞ」

智哉は靴べらを渡そうとした。だが斎藤はそれを受け取らずに、スーツのポケットから携帯用のシューホーンを取り出した。

智哉は斎藤が靴を履き終えるのを待ってから「どんなスタイルがお好みですか」と尋ねた。

斎藤は「そうだな」と言ったきり黙り込んでしまった。

急に殺気のようなものを感じた。

ここでいきなり殴りかかられてもおかしくない。いや、斎藤の前で体を屈めているこの状態なら、蹴られたら一発で倒される。トニーという職人のように指を折られるのかもしれない。知らず知らずのうちに体に力が入り、身構えそうになる。

いっそのこと、自分から口火を切って、自分がどうして脅迫めいた行動に出たか話した方がよほど楽だった。

だが智哉はそうしなかった。ここは我慢比べだ。斎藤だって表情には出さないが、内心は平静であるはずがない。ここに来るまでにしても、相当な葛藤《かっとう》があったに違いない。

智哉は黙った。目の前の斎藤の黒靴だけを見つめ、言葉が出てくるのを待った。

「……スタイルは」

斎藤はようやく沈黙を破った。

だが続けた言葉は「キミに任せるよ」だった。

「キミの店ではそういうお客さんは多いらしいじゃないか」

「いえ、そんなことはありませんよ。皆さん、ご希望の形をおっしゃってくれます。できるだけご希望に添うように作らせていただいております」

「それは私が聞いてきた話とは違うな。二津木社長からは任されたと聞いたけど、その情報は間違いだったかな」

智哉は両膝をついたまま斎藤の顔を見た。

そうだったのか。智哉がバークレーズでビスポークを始めることを知って、この男は智哉の前に顔を出したのだ。そこまで調べたのであれば、今さら隠すこともないだろう。

「分かりました……でも二津木社長は僕の友人が履いていた靴を見ていましたので、お客様とは状況が異なると思います。裏の倉庫にサンプルがありますが、ご覧になられますか」

できればサンプルは見られたくなかったので、そう尋ねるまで少し時間がかかった。

立ち上がろうとすると「大丈夫だ」と斎藤に制された。

「キミの靴はすでに見させてもらっている」

斎藤は憎らしいほどの笑みを浮かべて智哉を見下ろしてくる。

「黒のオックスフォードだよ」

ショーンが大学教授に頼んでグッドマンに修理を頼んだ靴のことを言っているのだ。斎藤が十五年前に父に作ったのをそっくり真似して作った靴――。

「キミは靴を本格的に作り始めて何年目なんだ」

斎藤の質問に智哉は立ち上がってから答えた。身長差は五センチほどあるが、立ったことで目線はそれほど変わらなくなった。

「お客さまにお作りするようになったのは三年ですけど、高校生の頃から作っていましたから十年ぐらいになります」

作ったといっても家にあった斎藤の靴を分解しながら作り直した程度だ。

「年は幾つだっけ」

「二十五歳になります」

「ちょうど私があの靴を作ったのと同じ年齢だな」

クールな目つきが、少し緩んだ。

「二十五であれだけの靴を作れるのだからたいしたものだ。当時の私にはアウトワーカーをやっていた師匠がいたけど、キミは独学なんだよな」

「はい」

「それでいて、当時の私の靴と瓜《うり》二つのものを作れるんだから、センスはあるということだな」

「ありがとうございます」

智哉は礼を言った。ただし褒め言葉とは受け取っていない。

「スタイルを任せていただけるのでしたら、今回は黒のオックスフォードにさせていただきます。二津木社長にも同じものを作っていますので」

「キミは黒のオックスフォードが好きなんだな」斎藤は笑った。「まあ、二津木社長と一緒というのも悪くないだろう。ところで値段を聞いてなかったな。キミのビスポークはいくらなんだ」

「十万円になります」

「十万？　何分《なんぶ》仕上げだね」

靴の世界では九分《くぶ》や八分《はちぶ》といった言葉が使われる。手仕事の割合で、九分ならウエルト部分の出し縫いのみ、マシーンを使って縫われている。ただそれだけでも機械を使えば時間も手間も大幅に短縮されるので、価格は二割以上は安く抑えられる。十万円という値段を聞いて、斎藤は八分仕上げ程度と思ったのではないか。

「十分《じゆうぶ》です。すべて僕の手で作っています」

さすがの斎藤も驚いた顔をした。

「値段の割にずいぶん、本格的なんだな」

「本格的というか、よそへ頼むにも、人脈がありませんので」

「それで十万円か。儲けはほとんどないんじゃないのか」

「材料費だけでその値段を上回るわけではありませんので」

斎藤は少し苛立《いらだ》った顔をした。そういう意味で尋ねたのではないと言いたいのだろう。目つきが緩んだと思ったのは錯覚だったようだ。

「今、やっと分かったよ。キミの靴に欠けているものが」

「欠けている？」

「いやね。私が十五年前に作った靴とそっくりの靴を持ち込まれた時、私はその出来栄えに感心するとともに、キミが作った靴にはなにかが欠けているような気がしたんだ。その時は、なにかは分からなかった。ずっと喉の奥に閊《つか》えたままだったよ。でも今、ようやくその謎が解けた」

「だったらなんですか、その欠けているものって」

智哉も顔をあげた。不安を悟られないように言い返したつもりだったが、胃は収縮しキリキリと痛む。

「野心だよ」

「野心？」

「キミには技術はあるが、野心がない。野心なんていらないと思っているかもしれないが、そんなことはない。野心というのは、言い換えればプライドだ。自尊心でもある。だから野心のない職人の靴に、客は高い金を払おうなんて思わない」

「僕もプライドは持っています」

「だったら野心はどうかね。キミはそこまでの覚悟を持って仕事をしているのかね」

智哉は「している」と言おうとしたが、口からは出てこなかった。斎藤がケーヒルという同僚を陥れたような仕打ちを野心と呼ぶのであれば、自分にあるかどうかは分からない。

「職人というのはどの分野だろうが、作品を高く評価されたい、多くの人間の心を動かしたいと思って仕事をしている。キミだってそうだろう。だが普通の職人と、一流の職人の大きな違いはその野心の差にある。大きな野心を持っているからこそ簡単には満足しない。もっといいものを作りたいと精進する。もしかしてキミは持っているつもりだったかね。野心を持っているからこそ、手の込んだ悪戯《いたずら》をして、私を恐れさせようとしたのかね。だとしたら失礼だったかもしれない。ただ断っておくが、私はキミがしたことぐらいでは、心を乱すこともなかったけどな」

斎藤は嘲笑《あざわら》うかのように口元を微かに動かした。

「勘違いしていそうなので説明させてもらうが、野心というのは口で言うほど簡単ではないんだよ。野心を持つというのは自分を追い込み、さらに周りとの交流まで断つ、まさしく孤独との戦いだ。私は命を削ることに等しいと思っている。それぐらいの覚悟がなければ、この道で生きていくことは難しい。残念ながら、私にはキミがそこまでの覚悟を持ってこの仕事をしているとは思えない」

斎藤は儲けが出ない靴に、智哉が時間と手間をかけることが理解できなかったのだろう。許せないのだろう。ボランティアじゃないんだ。プロの仕事だろうと。

しかし智哉にしたって、いつまでも十万円という値段でビスポークを続けるつもりはなかった。いずれは値上げして、手間に見合う利益を取るつもりでいる。だが今はまだまったく名もなき靴職人なのだ。安く提供することで多くの人間に履いてもらい、口コミで広がっていくのを待つ——それもまた一つの方法ではあるまいか。

「あまりマスコミには話していないことだが、私がノーザンプトンのアウトワーカーの下で五年間、修業した話は、キミなら知っているね」

斎藤は智哉の背後の壁を見つめながら、話を進めた。

「労働ビザも持たずに、しかも職人としてのキャリアなどほとんどないにもかかわらず『働かせてくれ』と熱意だけで売り込みに回ったんだ。どこも私を受け入れてくれなかった。門前払いだったよ。当たり前だよな。今、私が逆の立場だったら同じことをする」

自嘲するように言った。

「ただ、一人だけ、そんな私を雇ってくれた人がいた。私が五年間師事した親方だよ。彼は今、うちの店にいるサイモン・コールのような変わり物で、口で教えてくれるのは最低限のルールや心構えといった程度で、あとの技術は見て盗めという典型的な古いタイプの職人だった。弟子のために労働ビザを取ってくれることもなかった。不法滞在がバレたらそれはオマエの責任だ、オレは知らないで通すと言われたよ」

「なのに、あなたはその人に仕えたんですか」

思わず訊いてしまう。自分ならそこまで冷遇されたら五年もそこで働かないだろうと考えてしまったからだ。

「この機会を逃したら、本物の技術を習得する機会は一生ないと思ったからだ。だが二年、いや三年ぐらい経ってからかな。私も一人前の職人になって、親方が体を壊した時などは、親方の分まで仕事をこなすようになった。彼も少しは感謝するようになったんだろうな。会話を交わす機会も増えた。そんなある時、私は親方に『どうして俺を雇ってくれたんですか』と訊いたんだ。そうしたら親方はこう言ったよ」

斎藤の視線が智哉の目に戻ってきた。

「これまでも何人も日本人が弟子にして欲しいとやってきた。だがオレは断った。なぜなら、そのほとんどが『お金は要りませんので』と言ったからだ。だがオマエは違った。たいして実力もないくせに、『給料もいただきたい』と言った。オマエの技術はまったくなってなくて、素人がグライダーで空を飛ぼうとしているぐらい無謀で危なっかしかったけど、意識だけはプロの職人だった。だからオレは雇ったんだと」

そこまで聞いて、斎藤がなぜそんな昔話をしたのかようやく分かった。

智哉のことをプロではないと言いたいのだ。

十五年前に彼が作ったのとそっくりの靴を作り上げた智哉に対し、その精神はプロとアマほどの違いがある、そう言いたいのだろう。

「ご批判は甘んじて受けます。けれどもこれが僕のやり方ですので」

斎藤は一瞬だけ目を見開いたが、あとは張り付けたように笑みを浮かべていた。

「それではお代を頂けますか。半金で結構ですので」

「いや、いいよ。面倒くさいから全額払う」

斎藤が出した札束を確認してからレジに入れる。

「それでは三カ月ほどお待ちください。出来あがったら連絡しますので」

「ああ、楽しみにしているよ」

心にもないことを言い残して、斎藤は店を出ていった。

4

「キミは斎藤にそこまで屈辱的なことを言われながら、注文を受けたのか」

ショーンが呆れながら言った。

斎藤が帰って、智哉はすぐにショーンに電話した。

饒舌な彼が電話口で黙り込んでしまうほど驚き、一時間もしないうちに店にすっ飛んできた。

トニーという靴職人が捕まり、ショーンは斎藤が智哉まで辿り着くのも時間の問題だと覚悟していた。だがまさか斎藤が店に来るとは思いもしなかっただろう。それは智哉だって同じだ。

「もちろん適当に作るんだろうな」

ショーンに言われたので、智哉は「まさか」と返した。面と向かって、智哉には職人が持つべき野心が欠けていると言われたのだ。そんな手抜きをした靴を渡すわけにはいかない。

「まさかって、客は客だとか言うんじゃないだろうね」

「斎藤は半金でいいというのに、全額置いていったんだぞ」

「だけどそんなことしたらすべてが台無しになるじゃないか。ボクらはヤツに復讐しようとしているというのに」

「もちろんその気持ちに変わりはないよ。だからこっちも新たな手を考えた」

智哉は決然と言った。

「なんだよ、新たな手って」

「さっき、二津木社長に電話を入れたよ」

「二津木社長に？」

「値段を安くしても構わないと言ったんだ。バークレーズの売値が十万円ぐらいでもいいと」

「売値が十万？　だったら八万円ぐらいで卸さなくてはならないってことになるぞ」

ショーンは目を丸くした。今でさえ利益は薄いのに、二万も下げたら赤字になる。

「もちろん、ずっとじゃない。期間を設けてもらった」

「どうしてそんなことするんだよ。斎藤からは値段が安すぎると咎《とが》められたんだろ。値段を上げる交渉をすべきなんじゃないのか」

「むしろ逆だと思ったんだ」

「客を増やすためか」

確かにこの価格帯での二万円は大きいだろう。客も相当な割安感を持ってくれる。だが智哉が申し出たのはそんな理由からではない。

「その代わり、二津木社長にはある条件を出した」

「条件って？」

「グッドマンの既製靴の販売価格が十万円を予定しているという情報は間違いないんだよな」

ショーンの疑問に答えずに逆に質問した。

「ああ、間違いない。斎藤は最初、十五万円前後で売りたいと希望していたけど、二津木がその値段では難しいと値下げを要求した。仕方なしに斎藤は他の工場にＯＥＭするのを諦めた」

「それで自分で工場を買ったんだよな」

「そういうことになる。バークレーズは五万円台のオリジナル靴、七万円台はクロケットやトリッカーズを扱っている。昔は十万円クラスも多数やっていたけど、エドワードグリーンの取り扱いをやめたり、ビスポークにシフトチェンジしていったりしたことで、そのクラスの価格帯がポッカリ空いてしまったんだ。だから二津木はその価格ならニーズはある、大きなビジネスになると説得した。二津木にそこまで言われたら斎藤も従うしかない」

「だったら良かった」

「なにが良かったんだよ」

「二津木社長にはこう頼んだよ。引き受ける代わりに僕の靴と同じ価格帯の既製靴は売らないでもらえませんかって」

「それって……グッドマンの既製靴の販売を中止しろという意味だよな」

ショーンはすぐに智哉の狙いが分かったようだ。

「で、二津木社長はなんて答えたんだ」

「しばらく黙り込んでしまったよ」

「だろうな」

斎藤は工場まで買収したのだ。動いているプランを白紙に戻すのは、いくらカリスマ経営者の二津木といえどもできるものではない、智哉だってそう言われる可能性もあることを覚悟して伝えた。だが返ってきた答えに二津木の本気が感じ取れた。

「社長からは少し考えさせてくれって言われたよ。前向きに考えるからと」

「前向きに？」

「こうも言われたよ。キミの靴の件、会議にかけたら、販売員たちが『十万円の卸値でビスポークができるなんて、社長、これはバークレーズの新しい看板になりますよ』って感動していたぞ。それをキミは売値が十万でいいと言うんだろ？　毎月六足で一年間ということは七十二人。そんな数字、一週間で予約は埋まっちまうぞって」

「そんなことまで言われたのか。だったらトモヤの条件を呑んだも同然じゃないか」

「僕もそういう手応《てごた》えをつかんだよ」

値下げの条件として、遠回しに斎藤の靴を出した時、二津木はどうして智哉がそんなことを言い出すのか不思議で仕方がないようだった。

二津木は智哉と斎藤の因縁を知らない。ただ斎藤良一に対抗心を燃やしたことで、智哉が本気で自分の靴を売る気になったと思ってくれたのかもしれない。実際、智哉に感心してくれているようにも窺《うかが》い取れた。

「ついでに頼んだ靴を早く仕上げてくれとも催促されたけどね」

「社長の靴はどこまで出来ているんだ」

「この前仮縫いは終えたので、あとは底を縫いつけるだけだ」

「それは早いな。調子が出てきたんじゃないか」

「そうだな。順調にきた」

「しかしキミがそんなことを言い出すとはね」

「少しは見直してくれたかい」

「少しどころか、急に頼りがいを感じるようになったよ。これでボクもベビーシッター役から解放されそうだよ」

ベビーシッターだなんて……まったく失礼な男だ。

「二津木社長にそこまで言ったということは、いよいよ勝負は終盤戦に入ったってことだな」

ショーンは丸眼鏡のブリッジの部分を押し上げるようにして言ったので、智哉は「ああ、最高の一足を作るよ」と返した。

5

ロンドンからの国際電話があと五分遅ければ、飛行機に乗り込んでいた。

飛行機は到着機の遅れから出発時間が三十分遅延していた。斎藤はファーストクラスのラウンジでくつろいでいた。優先搭乗のアナウンスがかかった時、携帯が鳴った。

里沙子の声は切迫していた。彼女の話した内容に斎藤は大声で「本当なのか」と聞き返した。

斎藤は電話を切ると、係員の元に駆け寄って搭乗をキャンセルした。

成田からはタクシーで都内に戻った。

二津木と会ったのは榎本智哉の店に行く前日だから三日前になる。二津木が贔屓にしている銀座の天ぷら屋で会食した。

斎藤が「既製靴は間もなく製造に入ります。試作品が出来ましたら、UPSの最速の便で送らせていただきます」と話した時、二津木は喜ぶこともなければ、普段のように質問攻めしてくることもなく「順調で何よりだ」と答えた。

それがたった二日で、「事情が変わったので既製靴の発売時期を延期してほしい」と里沙子に電話を入れてきた。

「あなた、二津木となにかあったの」

電話口で里沙子は問い詰めてきた。

「なにもないさ」

二津木とはなにもない。だが榎本智哉が二津木になにかを言ったとしたら……たとえば十三年前のあの事件の真相――それで二津木は斎藤とのビジネスに躊躇しだしたのか。

高速道路の外を流れていく単調な景色を見ながら、斎藤は自分を問いつめた。

榎本に「野心がない」と指摘した。本人に向かって最大の欠点を言い当てることで、榎本を打ちのめしたつもりだった。俺に牙《きば》を剝くなど十年早いのだと。

ただし不思議なのは、二津木はビスポークに関しては予定通り、次回もお願いしたいと里沙子には言ったらしい。変更したいのは既製靴のプランだけで、それも期間をずらすだけでプランがゼロになったわけではない、と。

だが期間をずらすことはありえない。

発売が数カ月遅れるだけで、グッドマンは破産する――。

トランクを持ったまま本社のある銀座のバークレーズに行くと、店長が出てきて、社長は今は商談中で手が離せないと説明された。

電話で、二津木が本店のビルに入っている本社にいることは確認していた。しかし直接、二津木の携帯にかけても、呼び出し音は鳴るものの、留守番電話に切り替わるだけだった。

三十分、喫茶店で時間を潰して出直した。店長は済まなそうな顔をし、「新しいお客さまが来てしまいまして……申し訳ないのですがきょうは会えそうにありません」と説明した。

斎藤は何時まででも待つつもりだった。なんなら店に居座って、二津木の帰り際を直撃しようとも思った。そもそも里沙子への電話からして、飛行機が出発したのを見計らったタイミングだった。定刻通りに出発していたら、こんな大事な連絡をヒースロー空港についてから聞くところだった。

その時、店長の携帯電話が鳴った。

店長が体を外に向けて小声になった。

自分を追い返すように指示しているのではないか。斎藤は不安になった。店長は電話を切ると「社長がお食事でもどうかと申しています」と言ってきた。もちろん、斎藤は快諾した。

ひとまず日比谷のペニンシュラにチェックインした。

資金繰りが苦しいだけに一泊増えるだけでも痛い出費だった。かといって飛行機代やホテル代をけちるわけにはいかない。誰がどこで見ているか分からない。一足六十万円もする靴を作る職人が、切り詰めた生活をしていれば、客が靴に抱く憧れまでが萎《しぼ》んでいってしまう。

部屋に入るとすぐさまランドリーサービスを呼び、慌ただしい移動で皺だらけになったスーツにブラシをかけてくれるよう頼んだ。

ガーメントバッグから新しいスーツを取り出し、シャツ、ネクタイも換えた。鏡の前で普段使っている櫛で髪の毛を整えてから、二津木から指定された店に向かった。

靴も新しいものに履き替えた。焦げ茶のパンチドキャップトゥ、履く前に念入りに磨いた。

指定された店は寿司屋だった。

五分前に着いた。すでに二津木はカウンターの端に座り、女将から日本酒をお酌されていた。

「おお、斎藤君、ここだ、ここだ」

斎藤を見つけるや手をあげて誘った。

「すみません、お忙しいのに無理を申しまして」

「いやいやいいんだよ。こっちもちょうど予定していた会食がキャンセルになって、食事に付き合ってくれる相手を探していたところだ。キミが日本にいてくれて良かったよ」

なにが日本にいてくれて良かっただ。真逆のことを考えているくせに。二津木の言い方は、ビジネスパートナーではなく、あくまでも食事の相手であると強調しているようにも聞こえた。

二津木はどんな言い訳をするつもりなのか。

むしろ斎藤が口にするのを待っているのではないか。切り出せば向こうの思う壺《つぼ》である。一刻も早く真意を確かめたい気持ちを斎藤はぐっと堪えた。

飲み物を訊かれたので、斎藤はビールを頼んだ
二津木は相当な常連客のようだった。頼まなくても、大将はショーケースからネタを出し、次々とつまみを、継ぎ目のない白木のカウンターに置いていった。この雰囲気ならコースで二万、いや三万は取るだろう。

雰囲気だけでなく、ネタも最高級であることは口に入れた段階ですぐ分かった。だが、いちいち大将が「これは今朝、鳴門で獲《と》れた赤貝」だの「明石の真だこ」だの「大間で獲れた中ではこ

の一週間でもっとも上物の大トロ」だの説明し、出す前に刷毛《はけ》で醬油《しょうゆ》を塗り、塩を掛け、スダチを搾り、挙げ句「一口で食べてください」とまで指示してくる。それが斎藤には不愉快で仕方がなかった。

まるで食べ方まで強制されているようだった。どう食おうが客の勝手だろうが……この職人は自分がいいと思うものを押し付けるだけで、客の気持ちを無視している。その振る舞いを鏡で見せてやりたいと思った。

もっとも隣の二津木はずっとご機嫌だった。片足を組み、体をのけぞらせては、大将の蘊蓄《うんちく》に半畳を入れている。

板前が穴子を焼くためにつけ場に移動した。二津木に喋らせようとしたことからして甘かったようだ。このままでは食事だけ御馳走になって終わってしまう。斎藤は言うならこのタイミングしかないと感じ、おしぼりで口を拭いてから切り出した。

「ロンドンにいるうちのマネージャーに連絡をされたそうですね」

「ああ、そのことか。いやね。キミに電話しようと思ったんだけど、すでに飛行機に乗ってしまったと思い込んでいたんで、弓岡さんにかけさせてもらったんだよ」

二津木はお猪口を口につけながら言った。

「延期といっても別になしにしようと言っているわけじゃないんだよ。大規模なビジネスだけに、もう一度じっくり話し合おうと言いたかっただけだ」

「すでに工場は稼働しています。試作品も間もなく仕上がるとお伝えしたはずです」

そう言って遮《さえぎ》った。二津木の額に皺が三本入った。

「工場を買収したことを言っているんだな」

「はい、その通りです。我々は莫大なリスクを背負って今回のプロジェクトに乗り出しました。新興のビスポーク店が既製靴の工場を所有するなど、無謀と笑われても仕方がないことです。でもその結果、社長が望まれた価格で売り出すことが可能になったんです」

「だけどそこの工員たちと、揉めているそうじゃないか」

「どこでお聞きになったのですか」

「私にもいろんな情報網があってね」

すぐにノーザンプトンだと思った。二津木はノーザンプトンの他の工場からも靴を卸している。グッドマンが既製靴に乗り出してきたのを彼らが脅威に感じているのは間違いない。だからあることないこと、ろくでもない噂を伝えてきたということだろう。

「工員たちには少し無理な条件を呑んでもらいました。彼らだって工場がこのまま閉鎖された状態でいるのは本意ではありませんからね。確かに待遇の問題で、彼らが快諾しなかったのは事実ですが、それでも最終的には私の要望に同意してくれました。彼らは全員、五十代、もしくは六十代で、子供たちはすでに成人しています。年金代わりとは言いませんが、若い人間と比べて、金銭への執着が少ないのも幸いしました」

実際、里沙子を連れて交渉を終えて以降、ロバーツからは一切、不満の電話はかかってきていない。斎藤のもくろみ通り、ロバーツが仲間を説得したのだろう。いや、あの工場でロバーツに逆らう者はおらず、彼さえ納得させれば、すべてスムーズに事が進むことは分かり切っていた。

「高齢者ばかりの従業員というのも心配だな」

「その点もきちんと考えています。機会を見計らって、若いスタッフを送り込もうと考えています。工場を動かすというのは、なによりも要領ですからね」

「要領ね……」

二津木はなにか言いたそうだったが、急に顔の向きを変え、「大将、もう一本頼む」と言った。ビールを飲み終えた斎藤に向かって「キミもやるか」と訊いてきた。斎藤は軽く頷いて先を続けた。

「六人という規模の小さな工場ですが、少ないだけに私の指示、すなわち社長の要望も全員に浸透しやすいはずです。ローコストでハイクオリティー、他のノーザンプトンのメーカーでは絶対に作れない既製靴になると確信しております」

すでに斎藤の頭の中ではバークレーズとの注文量が一年後には三倍まで増加すると計算されている。今の体制のまま生産量が三倍になれば、忙し過ぎて従業員から不満もでるかもしれない。ごちゃごちゃと揉めることになれば、クビにすればいい。工場に活気が戻りさえすれば、働き手はいくらでも集まってくる。

「だけどいくら熟練工といっても、しばらく休んでいたんだよな。いきなりそんな上等なものが作れるのかな」

二津木は新たな疑問を呈してきた。

「何度も試作品を作らせるつもりでいますのでご安心ください。社長が納得されないものを出すつもりはありません」

「もちろんだよ。そんなものは渡されても、私は受け取らないよ」

言い方にカチンと来たが、抑えた。ここで熱くなったらすべて終わってしまう。

「彼らはこれまで何十万足、いや何百万足を作ってきたプライドが高い職人たちです。それでも今回のコンセプトは『手仕事の雰囲気が漂う一〇〇％の工業製品《マシンメイド》』ということを伝えてあります。彼らも今までの仕事とは異質だと知り、気を引き締めて取りかかってくれています」

納得するには十分な説明だったにもかかわらず、二津木は気のない顔で酒を飲み続けていた。

これではいつまで経っても埒《らち》があかない。理路整然と説明しても二津木は重箱の隅をつつくようなことばかり指摘してくる。彼が白紙と言い出した理由が他にある以上、いくら訴えても無駄だということか。

「そんなことより、今回の件、日本の他のブランドが関わっているんじゃないですか」

あえて職人ではなくブランドと言った。あの榎本という若造を職人と呼ぶには抵抗があった。惚《とぼ》けてくるだろうなと予感した。だが二津木はお猪口を手に一気に飲み干し、喉をゴクリと鳴らしてから「しかしキミは地獄耳だねえ」と認めた。

「やはりそうですか」

「ああ、でもブランドなんかじゃない。たった一人で店を切り盛りしている若い靴職人だ」

二津木は自分から明かした。

「ただし未来を賭けたくなるような純粋な青年だ」

思わず、おいと声が出そうになった。

なにが未来を賭けたくなるだ、なにが純粋な青年だ。人を育てようというパトロン精神などこれっぽっちも持っていない拝金主義者のくせに、聞いて呆れる。

「キミを日本で最初に売り出したのと同じ方法でいこうと思っている。あくまでも客の足にピッタリ合った、かつ客の好みに応じた世界に一足だけのビスポークシューズ。その差別化こそが、若い客層の興味を惹きつける」

「そのことは理解しているつもりです」

「彼の靴はなかなかよく出来ていて、まだフィッティングしただけだが、噂に違わぬ素晴らしい履き心地だったよ。もちろんキミの靴も素晴らしいけどな」

取ってつけたような言い方をされた。斎藤は「私の靴のことはいいです。そもそも値段が違い過ぎます」と返した。

「ああ、まったく違うね」二津木は答えた。答えながらさらに表情を緩ませる。「今回は相当に安い価格で提供できることになったからね。これなら二十代の会社員でも手が出るんじゃないかという、それはもうビックリするくらいの値段だ。私もこの価格に抑えるのに相当な苦労をしてその職人を説得したよ。靴作りという文化を未来に継承していくために、頼むから今だけは我慢してほしい、そういって説き伏せたんだよ。いやぁ、これはもう大変な仕事だった」

文化を未来に継承していく——は二津木の持論である。もう何十回も同じセリフを聞かされてきた。それでいて高いマージンを乗せるのだから、言っていることとやっていることとがあまりにかけ離れている。

「そのビスポーク靴を取り扱うことに、どうして私のグッドマンとのビジネスが関係するのですか。私のビスポークはバークレーズでは六十万円。その職人の靴はせいぜい……」そこで一度、会話をやめて、斎藤は二津木の顔色を読む。「せいぜい十万円といったところじゃないですか」

「おっ、いいセンいっているじゃないか」

二津木は笑った。

「そのクラスでビスポークというのはなかなかできないからな。ボヤボヤしているとよその店に獲られちまう。だからもう私も必死なんだよ。こういうのは早い者勝ちだ。新人ミュージシャンをスカウトするのと同じさ。出遅れたら後々、そのミュージシャンの顔をテレビで見るたびに、どうしてあの時、うちでとっとと囲っちまわなかったんだって、ずっとうじうじと後悔することになる。私はそんな腰ぬけにはなりたくないからな」

二津木は砕けた言い方をした。斎藤は相手にしなかった。

「いずれにしても十万円で仕入れたとしたら、グッドマンでの売値は十三万円といったところですよね。六十万円の靴と十三万円の靴、私はそれぞれが並び立ってもいいと思います。どの価格帯を選ぶかはお客様の好みですから」

「いや、それは違うな」

「違う？　私の考えは間違っていますか」

「いや、キミは間違ってなんかいないさ。どの価格帯を選ぶかは客次第だ。こっちはそれぞれの価格帯で商品を提供するのが仕事だ。高いものもあれば安いものがあってもいい。うちが扱っている靴でもっとも高価なのはキミのところのビスポークだけどな」

はぐらかしてくる言い方にだんだん苛立ってきた。

「だったらなにが違うんですか」

斎藤の声が少し大きくなった。

「キミは微妙に勘違いしている。仕入れ値が十万円ではない。うちでの売値が十万円だ」

「売値が？」

「うちで予定しているグッドマンの既製靴と同じ価格帯ということになる」

「それじゃあ、社長の利益はないんじゃ……」

そう言いかけて慌てて口を噤んだ。それでは榎本の売り値を知っていたことになる。

二津木は気にもすることなく「利益？」と聞き返してきた。

「もしかして仕入れ値で売る気ですか」

最初のうちは儲け度外視で広めていくつもりなのか。だが二津木は「おいおい、こっちは大勢の従業員を抱えている上場企業だぞ」と笑い飛ばした。「いくら私でもそんなボランティアみたいな仕事はせんよ」

「でしたら、その職人の方が儲けを必要としていないのですか」

「さぁ、どうなんだろうね。それはその職人に訊いてくれよ。私だってその値段を聞いて腰を抜かしそうになったぐらいだからな」

「ということはもしかして……」

二津木はわざとらしく「おっと」と口に手を当て「つい口を滑らせてしまったな」と苦笑いした。

「そうだ、キミが思っている通りだよ。私から説得したと言ったが、値下げは彼の方から言い出したことだ。その際、彼は一つだけ条件を出してきたよ。自分の靴と同じ価格帯の既製靴は置いて欲しくないとね」

「置いて欲しくない？」

「ああ、正確に言うなら『売らないでもらえませんか』だったかな」

「あの男がそんなことを言ってきたんですか」

問い詰めると、二津木は「あの男って、キミ、榎本君のこと知っているのかね。それは奇遇だね」と驚いた。

「い、いえ、名前を聞いたぐらいですけど……」斎藤は言葉を濁した。

しかし二津木は、斎藤が榎本を知っていたのを承知していたかのように、「でもキミなら彼の気持ちも分からなくもないよな」と言葉を投げかけてきた。

「彼の気持ち？」

「だってそうだろ？　まだ無名とはいえ、彼が手がける靴は百パーセント、ハンドメイドだ。ひと手間、ひと手間かけた末に作り上げた工芸品と、工場で大量生産された工業製品とが、同じ値段で売られてみろ。同じ職人であるキミならその気持ちは理解できるだろう」

二津木はそう言うが、理解どころかどうしてそういう発想になるのかさえ納得できなかった。あの気弱そうな榎本がそんなことを言い出すなんて、あの男を見くびってしまったのか。

「幸い、私の店ではかつてエドワードグリーンやジョンロブも扱っていたが、現在、十万円の既製靴となると、キミと始めようとしているグッドマンの既製靴だけだ。いや、イタリアもので二十万円オーバーのものがいくつかあったかな。でもあれはロットが少しだから論外だ」

「でもビスポークと既製靴は別物ですよ。それを同等に考えることからして……」

「別物だからこそ、同じ値段では納得できないんだよ。彼の職人としてのプライドがね」

「プライド？」斎藤は声を絞り出した。

「彼がそう言ったんですか」

尋ねたが、二津木は「彼はそんな偉そうなことを言う男じゃないよ」と否定した。「見ていて頼りないくらいだ。だけどそんな男が言ってきたのだから、私も余計に彼に期待したくなったんだよ」

気分が良くなってきたのか、赤ら顔でさらにもう一本、熱燗《あつかん》を頼む。だがそんなに酔ってはいないようだ。

「もしキミの方で、新たな価格設定をし直すというのなら話は別だけどな」

斎藤は耳を疑った。この男、この機に乗じて値下げを迫っているのか。いったいどこまでがめついのだ。

斎藤は体の向きを変え、隣の二津木に正対しようとした。

顔の距離は五十センチもない。だが二津木は臆《おく》することなく、カウンターを向いたまま、板前に「ネギトロを巻いてくれ」と注文した。

「……社長は私に値下げをしろとおっしゃるんですか」

二津木はにやついたまま、板前から手巻きを受け取った。口に入れて、むしゃむしゃと噛み砕いてから口を開いた。まだ口に残っているのか、声が濁っていた。

「率直に言うならそういうことになるかな。だけど数千円では困るよ。客がはっきりと理解できるだけの額でなければ、差別化されない」

「いくらなら社長は納得されるんですか」

「そうだな」

二津木は自分で片口を摑んで、空いたお猪口に酒を注いだ。キミもどうだと持ち上げたので、斎藤は手で断りを示した。

二津木は答えない。こっちの出方を窺っている。

「いくらならバークレーズで売っていただけるんですか」

もう一度、尋ねた。焦《じ》らしているつもりなのか、それでも二津木は答えなかった。

「あくまでも今回の件は、世界一美しい靴を作るシューメーカーと呼ばれる斎藤良一なら、納得してくれるだろうと考えただけだ。キミが苦労して今の地位を摑んだことは重々承知している。そんなキミだからこそ若い職人の気持ちも分かるのではないかとね。だが無理ならこれ以上は言わない。ただしばらくの間、既製靴の販売は延期してもらいたい」

「延期ってどれぐらいですか」

「まぁ、そうだな」二津木はネタが書かれた壁に視線を泳がせた。「一年だな」

「一年？」

「榎本君との契約が一年なんだ。それが終われば当初の計画への弊害はなくなる」

「一年って、それじゃあうちの方が潰れてしまいます」

「だったら一度工場を売ったらどうだね。あの程度の工場なら、また売りに出せるんじゃないか」

「それはできかねます」

「そうだよな。一度手にしたものは簡単に売りたくないわな。経営者というのはそういうもんだ」

まるで他人事だ。怒りがマグマのように湧きあがってきた。気を抜いたら椅子でもぶん投げてしまいそうだ。

それでも気持ちを抑えて「社長」と呼びかけた。

「当初の計画で進める場合、私がいくらで卸せばバークレーズで売っていただけるのですか」

「そうだな……」

二津木は数秒開けて、希望価格を口にした。

斎藤は「話になりません」と席を蹴った。

第六章　野心と礼節

1

斎藤は手袋を嵌めた両手を頰に当て、踵をカタカタと鳴らしていた。

隣の里沙子は斎藤以上に苛立っていた。さっきから腕組みしたまま、ことあるごとに斎藤に突っ掛かってきた。

二人はアパートの入口に立っていた。

日本から戻ってきて一カ月半の時が過ぎた。既製靴のビジネスは依然として暗礁に乗り上げたままだ。二津木からの連絡は一切ない。一度だけ斎藤から電話をかけたが、二津木はイタリアに出張中だと告げられた。折り返しかかってくることもなかった。

二津木は榎本の靴を「噂に違わぬ素晴らしい履き心地だった」と言った。フィッティングで最高の履き心地と感じた靴が、底まで縫われた完成靴に足を入れた途端、一変して不快に感じることだってある。

仮に完成した靴の履き心地が上々だったとしても、それが素晴らしい靴とは限らない。足の形に寸分の狂いもなく合わせるだけなら、キャリアを積めば出来るようになる。だがビスポーク靴というのは足に適合させながらも、依頼主へのもう一つの適合が求められる。その靴を履いた姿が美しいか否かという問題だ。

世界中の靴を見てきた二津木ほどの男が、そんなことにも気づかないことに、斎藤は大いに落胆した。

あまりの安値に判断力まで鈍ってしまったのだろう。金というのは、そして儲かるといううまみは、その人間が生まれついて持っていたセンスまでを品のないものに変えてしまう。

クリスに一足目を渡して以降、斎藤はほぼ毎日、タブロイド紙に目を通してきた。日本から戻ってきてからは、これまで手に取ることさえしなかった、紙面の半分以上が女性のセクシャルなグラビアで占められている三流のゴシップ雑誌まで読むようになった。

デュークの写真は数え切れないほど掲載されていた。しかしどの雑誌に載るデュークも、斎藤が作った靴を履いてはいなかった。

そこで痺れを切らした里沙子が、クリスに直接言うべきだと言い出し、二人でチェルシーにあるこの高級アパートにやってきたのだ。

この建物の中にヴィンテージバイクを趣味にする道楽家たちが集うジェントルマンクラブがある。中にはサロンだけでなく、プール、ジム、レストラン、バー、理容室まであり、メンバー同伴であれば利用できるらしい。

しかし入口にコンシエルジュがいて、「クリストフ・ティエール氏はきょうは来ているか」と尋ねても、「プライベートなことは一切答えられない」と言われてしまい、二人は建物の中にも入れないでいる。

今さっき、会員らしき紳士が出てきた。その紳士に尋ねると、クリストフ・ティエールという会員が存在するのは間違いなかった。だがその会員が、斎藤がハイドパークで出会った男かどうか確証を持つことはできなかった。

「背は一七五センチぐらいで、中肉中背で、髪はブラウンだ」と説明した。彼は「彼とはそんなに仲良くない」と断った上で「もう少し背は低いんじゃないかな」と答えた。

だったらと特徴を説明しようとしたが、いい喩えが出てこない。「太っていて、鼻が丸く、二重顎だ」と言えば、伝わっただろうが、斎藤がそう言っていたことが知れたら、本人は気を悪くする。

その時、里沙子が思い出したようにパチンと手を叩き、「フィリップ・シーモア・ホフマンみたいな感じの方です」と答えた。

彼と最初に会った時、斎藤が受けた印象だった。

けっして褒めたつもりではなかったのに、男は「そんなにいい男ではないよ」と笑い、「もういいかな」とアパートの中に入っていった。

そんなこともあって里沙子は完全に別人だと決めつけたようだ。

「ほら、やっぱり、あなたが会ったクリストフ・ティエールは別人よ。あなたは騙されているのよ」

「どうしてそう決めつけるんだ」

「だいたいフィリップ・シーモア・ホフマンがヴィンテージバイクなんか乗るわけないじゃない」

「そんなことないさ。太った人間がバイクに乗らないなんて酷い先入観だ」

人は物の美しさに魅了されるのだ。美しいバイクに自分が跨っている姿など気にもしない。それは靴にしても、スーツにしても同じだ。だからおたくなんて言葉が生まれる。

「だいたいそんな人があのデュークと知り合いなんてありえないし」

「デュークじゃない。彼の執事《バトラー》とだ」

「バトラーだって同じよ。常識あるバトラーならそんな人、受け入れないわ」

よほど虫が好かないようだ。本人に会っても嫌悪感はたいして変わらないだろう。里沙子の好みと正反対なのは確実だ。外見だけでなく、鼻にかかった喋り方からして文句を言いそうだった。

「キミの言う通り別人だったとしよう。だったら彼の目的は何なんだ。何度も言っているが、俺は彼に金を要求されたことは一度もない」

求められたのは将来、会社の経営者グループに加えて欲しいということだけだった。

「そろそろ要求してくるんじゃないの？　向こうだってすぐに金をくれと言ったら怪しまれると思っているでしょうから」

里沙子は不満をぶつけながらずっと手を擦り合わせている。二月のロンドンは寒い。雨天より、この日のように晴天の方が空気が乾燥し、寒気が皮膚をつんざく。しかも二人は建物の中に入れてもらえず、三十分近くも外で立たされている。すっかり底冷えしてしまった。

「やあ、リョウイチ、こんなところでなにをしているんだ」

背後から声がしたので振り返った。クリスがタクシーから出てきたところだった。

フィリップ・シーモア・ホフマンのようなフレームの細い眼鏡を丸い鼻にちょこんとのせるようにかけていた。

クレバリーでビスポークしたと思われるチゼルトゥのストレートチップを履いていた。キャメルのコートを着て、右手には最近ではあまり作られなくなったサドルレザーのブリーフケースを持っていた。

靴、鞄ともに相当に年季が入っていた。そしてきちんと手入れが行き届いていた。彼がこうした伝統的な革製品に愛着があることの表れであり、造詣《ぞうけい》の深さも窺い知れた。

門番がクリスに向かって「グッドイヴニング、サー」と挨拶した。クリスは手を挙げて、しばらく話をするからドアは閉めておいてくれと伝えた。

「いやね。近くまで来たからどんなところなのか見に来たんだ。キミと会えたら私のパートナーを紹介しようと思ってね。リサコ・ユミオカだ。ロイズ銀行で働いている」

斎藤はクリスに怪しまれないように用意していた理由を口にした。だがこんなに長く待たされ、里沙子から別人だと説き伏せられていくうちに、次になにを話すつもりだったのか頭の中から消えてしまいそうだった。

「なんだ、だったらこんな寒いところで待っていないで、電話くれたらよかったのに」

「したさ。二回かけたけど、繋がらなかったんだ」

「それは申し訳ない。ナイトブリッジにある地下のレストランで食事をしていたので、電波が繋がりにくかったのかもしれないな」

「はじめまして、お会いできて光栄です、クリス」

里沙子が挨拶すると、クリスは「こちらこそ、ミス・リサコ」と近寄り、里沙子にビズーをした。

「フランス式なんですね」

頬に口づけされた嫌悪感を隠さず、里沙子は呟いた。

いきなり余計なことを言ってと斎藤は里沙子を睨みつけたくなった。しかしクリスは気にすることなく「我が家ではいつもそうだよ」と笑った。

ちょうどその時、中からクリスより一回りは若いと見られる二十代半ばぐらいの青年が出てきた。

「クリス、こんなところでどうしたんだよ。盛り上がっているぞ」

どうやらこの男もジェントルマンクラブの一員のようだ。

「仕事が長引いてしまったんだ」

「相変わらず忙しそうだな」

「それよりキミはどうしたんだよ。もう帰ってしまうのか」

クリスが尋ねると、彼は「妻に夕食を用意しなくていいと伝えるのを忘れたんだ」と言い、ボクシングのパンチを繰り出す真似をしてから、ちょうど来たタクシーに乗り込んだ。奥さんに殴られるとでも言いたげだった。

「新婚はどの国も大変みたいだな」

クリスは苦笑いする。

「あんな若い人でもジェントルマンクラブに入れるの」

里沙子の問いに「若い人はいっぱいいるよ」と答えた。

「もちろんもうリタイアしたベテランもいるけどね。ここは趣味の集いということになっているけど、実際は社交場みたいなものだから。ここで知り合ったコネクションから、ビジネスチャンスが広がったなんて話は山ほどある。だからボクも入っているようなものさ」

「でもオートバイは好きなんでしょ」

里沙子が不思議な顔で尋ねる。確かにクリスの体つきを見ていると、バイクを乗り回すようにはとても見えない。自転車に乗っても転びそうだ。

「もちろんだよ。ＢＭＷを別荘に置いてある。六〇年代のものだけど、週末に出掛けてはきちんと手入れをしているからまだまだ現役さ。たまに田舎道を走ったりすると気分が晴れる」

「気持ち良さそうね」

「ああ、最高だ。だからといってのめり込むほどではないけどね」

仕事のための手段だと言いたいのだ。

「なるほどね」疑い深い里沙子もようやく納得したようだ。

「せっかくだから酒でも飲みに行こうか。この通りの先に感じのいいパブがあるんだ」

「中に入らなくていいのかい」

斎藤が訊いた。

「さすがにそういう訳にはいかないので、少しだけ顔を出してくる。申し訳ないが先に行っていてくれないか。すぐに向かうから」

クリスは店の場所を伝えると、ドアに向かって歩き出した。

門番が扉を開けた。

斎藤は念のために、彼がどのようにコンシェルジェの横を通過するのか見届けた。

さっきまでは笑み一つ見せなかった堅物の老人が、クリスには笑顔で挨拶していた。

2

「ちゃんと私が作った靴をスチュアート家の執事《バトラー》に渡してくれたんだろうね」

斎藤は自分の口調が荒くなっているのに気づいた。

クリスが来るまでにジントニックを二杯飲んだ。三十分後に来たクリスは生温《ぬる》いギネスを頼んだ。斎藤も里沙子もギネスに変えた。飲み終えると、クリスから「どうする?」と訊かれたので、「じゃあギネスをもう一杯」と答えた。クリスは「それなら僕らはワインにしようか」と里沙子に薦め、バーテンに注文した。

その時になって斎藤は改めてクリスが生粋のイギリス人でないことを思い出した。その後、斎藤もワインにしたが、好きでもないギネスを二杯も飲んだせいで、いつもより早く酔いが回ってしまった。

「もちろん渡したさ。一足目の黒のプレーントゥと二足目のロンドンタンのシングルモンク。バトラーは二足とも、なんてエレガントな靴なんだと驚いていたよ」

「ならどうしてデュークはその靴を履いてくれないんだ」

斎藤は不満をぶつける。クリスは両手を開いて太い首を窄めた。

「おいおい、いくらなんでも早過ぎる。そんなにすぐに実現するのは無理だよ」

クリスは苦笑いで里沙子に同意を求めた。ただ里沙子が同調してくれないので、再び斎藤に顔を戻した。

「時間がかかるとは伝えただろう」

「ああ、それは聞いたさ」

「だったらもう少し待ってくれよ。日本人は気が短くて困るな」

クリスはワイングラスを持って、背もたれに体をのけぞらせた。百キロ近い体重がかかり、木製の椅子が悲鳴をあげた。

すぐに履いてくれることがないのは承知した上で、クリスのアイデアに乗ったつもりだ。

この作戦は無理に薦めるのではなく、何気なくクローゼットの中に忍ばせておくことに意義がある。若い世代は押し付けられるのをひどく嫌がる。デュークに先入観なしに斎藤の靴を履かせて気に入ってもらう。自分で見つけて足を入れるのと、バトラーに薦められて履かされるのとでは、感動も愛着も違ってくる。

だが今は、そんな悠長なことを言ってられる状況ではない。このままではグッドマンは潰れてしまう。

二津木にしたって、既製靴の販売をやめたいわけではない。あくまでも二津木のビジネススタイルである狡猾《こうかつ》な駆け引きを図ってきただけである。それだけに斎藤の靴をデュークが履いていることを知れば、榎本などは見捨てるはずだ。当初の半額である五万円で販売したいと斎藤に言ったことなど、酔って出た戯言《ざれごと》だったと前言撤回してくるに決まっている。

「私はすでにデュークへの三足目の靴の制作に入っている。今度はサイドゴアブーツだ。色はバーガンディーだが、きっとキミの目にはパープルに映るだろう」

「パープル？　それはずいぶん刺激的な色だね」

「だけどけっしてダンサーが身につけるような下品なパープルではない。キミが好きなシャトーマルゴーのような上品な色さ」

「どうしたらそんな深みのある色が出るんだ」

「もちろんそれは色の組み合わせによる。うちが使っているワックスは、重ね塗りをすることで私が思っている通りの色が出るように調合している」

「さすがグッドマンだな。他の店とは違う」

クリスはワイングラスを回した。その仕草が呑気《のんき》に見えてならなかった。

「だがせっかく作ってもデュークが履いてくれないのでは意味がない。私の創作意欲も失せてしまう」

「時間がかかることは、この計画を最初に話した時にキミに伝えたはずだ」

「キミはそのバトラーと親しいんだろ？　なんとかデュークに履かせるようなアイデアはないのか」

「アイデアってどんなだい」

「たとえば……」斎藤は酔った頭を巡らせてから思いついたことを口にした。

「……他の靴をすべて修理に出してしまうとか」

クリスは抱腹した。

「おい、そんなくだらないジョーク、売れないスタンダップコメディでも言わないよ。親子二代でスチュアート家に仕えているバトラーだぞ。そんな初歩的なミスをするわけがないじゃないか」

「まぁ、そうだな」

そう言われてしまうと返す言葉がない。

だがここで引き下がるわけにはいかなかった。斎藤はクリスをやる気にさせるための奥の手を出すことにした。

手にしていた紙袋をテーブルの脇からそっと手渡した。

「これは靴を愛するキミへのプレゼントだ。私が顧客のために用意した新しいケアセットだ。蜜蠟《ビーズ》ワックスや馬毛ブラシが入っている、これを使えばキミの靴はさらにピカピカに輝くに違いない」

クリスは目尻を下げてそれを受け取った。ところが中に手を突っ込むと同時に顔を歪めた。シューケア道具一式の下には封筒が敷かれている。その封筒を抜き取った途端、彼の顔に朱が差した。

「これはどういうことだ。リョウイチ」

「キミへの感謝の気持ちだ。あとバトラーへも。ぜひ、受け取ってほしい」

封筒には一万ポンドが入っている。すべて里沙子から借りた金だ。

「クリス、あなたはいずれグッドマンのパートナーになるんだから、配当の前渡しだと考えてくれればいいのよ」

里沙子が口添えしたが、クリスの険しい顔つきは変わらなかった。

「勘弁してくれ。キミはボクに犯罪者になれというのか」

封筒を紙袋にしまい、紙袋のまま突き返してきた。

「犯罪者だなんて」

「まさか、リョウイチがボクに賄賂を渡してくるなんて、それだけでもショックだよ」

いっそう鼻に籠った声になった。

「そんなに怒らないでよ、クリス」里沙子は止めるように両方の掌を前に出した。「あなたはすでにデュークの木型を盗み出すのに職人に金を渡しているじゃない。だからといって私はそれを賄賂だなんて思っていないのよ。ただ私たちのビジネスがスムーズに進行しているのに、あなただけはなにも得ていないわ。そのことを私たちはずっと申し訳なく思っているのよ」

機転の利いた言い訳だったが、クリスは「あの金はリョウイチが渡したのであって、ボクは一切の仲介料も貰っていないよ」と言った。

「つまりあなたは無関係ってこと？」

里沙子の口調も変わる。

「よく聞いて欲しい。ジェントルマンクラブにとって、身の潔白というのは社会的地位と同じくらい大切なことなんだよ。入会に厳密な審査があって、つまらない前科があるだけでも認められない。キミに賄賂を貰い、それをバトラーに渡すだって？　そんなことがばれたら、クラブから即刻追放されてしまうよ」

そこまで言われてしまうと、それ以上この話題を続けることはできなかった。

そもそも彼はビジネスをやりたいといって斎藤にこの話を持ち込んできたのだ。彼のビジネスの拠点がどこにあるかといえば、まさしくジェントルマンクラブである。腹に一物ある海千山千の集まりだろうから、悪どい金儲けも存在するだろう。それでも彼らは自分の手は汚さず、金銭だけでは手に入れることのできないステータスに満悦している。

少し急ぎ過ぎたのかもしれない。

クリスが気を悪くしたのは間違いなかった。しかし里沙子がフランスの話を振ると彼の強張《こわば》った表情が和らいだ。

クリスの祖先はフランスのノルマンディーで大きな農園を経営していた地主だったらしい。しかしロンドンの大学に留学した祖父が、祖母に出会い恋に落ちた。祖母の両親は厳格で、フランス人である祖父との結婚を許さず、祖母は仕方なく英国人の貴族と婚約した。それでも祖母は祖父のことが忘れられなかった。そんな時、偶然にも英国にやってきた祖父と再会し、駆け落ちするように二人はこの国で暮らすようになった……そうした経緯をまるで映画のナレーションを語るかのような抑揚のある語り口で説明した。

「それは美しい話ね。まるで『きみに読む物語』のようだわ」

里沙子がベストセラー小説を挙げて持ち上げると、クリスは「あの小説を読んだ時、僕は自分の祖父母の話だと思ったくらいだよ」とすっかり機嫌が戻った。

クリスはフランスへの愛国心は受け継いでいるようで、「イギリスの靴職人《シューメーカー》よりフランスの靴職人《ボッティエ》の方がはるかに新しいものに取り組んでいこうという姿勢はあるんじゃないかな。ベルルッティにしてもピエール・コルテにしてもオーベルシーにしても次々と新鮮なスタイルに挑戦している」と褒めちぎる。「向上心だけで比較するなら、イギリスで彼らと肩を並べられるのはリヨウイチ、キミと他にわずか数人しかいないだろう」

「だったらあなたはどうしてフランスの靴ブランドを経営しようと思わなかったの」

「それは簡単だよ。ボクにとってはグッドマンの靴の方が魅力的に映ったからだ。同じパリに店《メゾン》を出すならグッドマンの方が絶対に利益が出る」

「利益が出るという根拠は？」

里沙子が問い質す。クリスは「さぁ、どうしてかな」と太い首を窄めた。

「フランス人はなぜかイギリス靴が好きなんだな。靴だけでない、サヴィルロウのスーツにしても同様だ。客観的に見て自国の製品の方が上だと思ったとしても、なぜかイギリス製と名の付くものに憧れてしまう。なぁ、リョウイチ」

「そうかもしれないな」と同意した。確かにグッドマンにもフランス人が多数、ユーロスターに乗ってやってくる。

「なにか理由があるのかな、クリス」

「誰でもよその国の物がよく見えるものさ」

クリスは簡単に言ってのけた。

ただ斎藤は単によその国だからではなく、大陸の人間たちは、英国の伝統や様式美に、ある種の憧憬を抱いているのだと思っている。

英国には、変わらないことを美とする意識がある。同じアングロサクソンでも米国に渡った人間とは、スタイルの概念からして異なる。

ただしすべてにおいて、大陸の人間が英国に劣等感を持っているかと言えば、そういうわけではない。逆にフランスの色彩、ドイツの機械製品の精度、そしてイタリア人の粋……英国人が羨《せん》望《ぼう》の眼差しを向けることが多い。

長く領土争いを繰り広げ、多くの血を流してきたというのに相手の評価すべきところはきちんと認める。リスペクトなのか、それとも寛容さなのかは分からない。アジア人に同じだけの許容があるかと訊かれたら、斎藤は答えに悩んでしまう。

結局、それから一時間以上パブに居続け、店の前で別れた。

クリスは斎藤が賄賂を渡そうとしたことなど夢の中の出来事だったかのように、最後は笑顔で、斎藤に握手をし、里沙子には「これからもよろしく頼みますね、お姫様」と愛でも告白するかのように囁《ささや》いて、手の甲にキスをした。

「あの男が言っていることは本当のようね」

タクシーの隣席で里沙子が呟いた。

「だから言ったろ」

得意げに返したが、安堵していたわけではない。状況はなにも変わっていないのは分かっていた。

里沙子もさっきまでのような刺《とげ》のある言い方はしてこなかった。ただ心配そうに「どうするつもりなの」とだけ言った。

「どうするもなにも今ここでやめるわけにはいかないだろう」

「だけどこのままではあなたが時間切れで負けてしまうわよ」

「そんなことは分かっている」

つい声まで大きくなってしまった。

今まで感じたことのないプレッシャーが押し寄せてくる。不治の病に冒された病人の心理に近いかもしれない。闘う意思はあるのだが、明らかに劣勢であることを体が認めてしまっている。そしてこのままでは間もなく抵抗する気力もなくなる——。

ここで終わってたまるか。

もう一度、野心を呼び戻そうと奮い立たせた。紳士ぶった二津木の憎々しい得意顔を脳裏に浮かび上がらせる。

その画像の隣に榎本智哉の顔を並べようとしたが、輪郭がぼやけていてなかなか思い起こせない。それでも薗田幾男の脂ぎった顔を想像すると、薗田とは似ても似つかないにもかかわらず、勝手に画像が息子に切り替わった。

あの若造の体に薗田の血が流れているのかと思うとむかっ腹が立ってきた。薗田から受けた屈辱が甦り、斎藤の血を熱く滾《たぎ》らせた。

「もう一度、榎本に会おうと思っている」

「榎本に？」

「二津木がダメならヤツに直談判するしかないだろ」

「日本に行くの」

「ヤツがロンドンに来ると言うのであれば歓迎する。向こうが日本に来てくれと言うのなら、行くしかない」

「じゃあ、私がアポイントを取るわ」

「いや、いい。俺が直接、榎本に電話をかける」

3

日曜のハイドパークは多くの人たちがジョギングを楽しんでいた。

見渡しながら智哉は「どの国でも同じだな」と呟いた。

「同じって」

「だってショーン、日本も皇居の周りをランナーが走っているじゃないか。ここは王立の公園だろ」

「ロイヤルファミリーを見かけたこともあるよ」

「へえ、普通に会えるんだ」

「ボクが見た時はSPもついていなかった」

「SPなしで散歩するのか」智哉は感心した。

「日本との違いといえば、日本人の方がお洒落なランナーが多いのと、あと日本は皇居の外だけど、こっちは公園の中ということくらいだな」

「なるほど、そう言えばそうだな」

「といっても、イギリスの王室の場合、この公園の中に住んでいるわけではないからな。住んでいたらここまで開放はしないだろうね」

なんでも自分の国が素晴らしいといわないところがショーンのいいところだ。

「それにしてもこんなに人が多いとは思わなかったよ。しかも馬まで歩いているなんて」

目の前を馬が通ったのには驚いた。ショーン曰く、公園の外から来るらしい。つまり普通に道路を歩いているということだ。

「トモヤがカジュアルな場所にして欲しいと望んだんだぜ」ショーンが言った。

「まぁ、そうなんだけどさ」

「大丈夫だよ。公園は広い。なにせ二・五キロ平米もある」

「二・五キロ平米？」

「こういう時、日本人はなにに喩えるんだっけ。ほら、ニュースとかで言うじゃないか」

「東京ドーム何個分？」

「そうそう」ショーンが笑いながら「で、何個分なんだ」と訊いてくるので、「知らないよ。だいたい東京ドームが何平米なのかも知らないから」と答えた。

「なのにみんな使うのか」

「ああ、なんとなくそう言われると、そんなに広いのかって思うだろ」

「そういうところが日本人の可愛いところだよね」

ショーンは微笑んでからこう続けた。

「まぁ、それだけ広いってことは、斎藤と話のできる場所はいくらでもあるってことだよ」

会って話がしたい――斎藤がそう伝えてきたのは一週間前のことだ。

ショーンに電話をすると、「泣き落としにくる気じゃないのか」と言った。智哉に失礼なことを言ったのを詫びにくるのだと、ショーンは勝機が見えてきたと喜んでいた。

斎藤が困っているのは想像できた。工場を買収した斎藤にとって、バークレーズとのビジネスが頓挫《とんざ》することだけはどうしても避けたい。そのためには智哉を口説いて、二津木に出した条件を取り下げてもらうしかない――。

ショーンほど楽観的になった訳ではない。それでも自分たちから斎藤にアポイントを取らなくてはいけないと思っていただけに、連絡が来たのは都合が良かった。

日本に来ると言った斎藤に、智哉が「自分がロンドンに行きます。僕からもお話ししたいことがありますので」と言った。

「話したいこと？　なんだね、それは」

「それはお会いした時にお話しします」

智哉がそう言うと、斎藤は少し考え込んでから「では店に来てもらえるかな」と言った。

だが智哉は「場所はあとでこちらから連絡いたします」と一度、電話を切った。

斎藤がグッドマンを指定してくるのは予想できた。店の持つ雰囲気で、智哉を威圧しようという考えだ。

この計画が始まった直後に、ショーンが店に出向いて斎藤にオーダーしている。それから半年後に完成した靴は、文句のつけようのない見事な一足だった。ただしショーンは「あんなキザったらしい男が作ったかと思うと気分が悪くなる」と一度も履いていないのだが。

その際、智哉はショーンから店の雰囲気を詳しく聞いた。

けっして好意的に話してはいないにもかかわらず、気品のある高級な佇まいは想像できたし、斎藤がどのような態度で客に接するのかまで目に浮かんだ。

一度自分の目で見てみたいという思いもあった。相手の拠点となる場所をじっくり見ておくのも悪くはない。だがあえて彼が望む店とは別の場所を指定した。智哉なりに考えがあってのことだ。

公園を選んだこともあり、智哉は自分が作った靴ではなく、アディダスのスニーカーを履いていた。

上もチェックのシャツに、ユニクロのダウン、下はジーンズを穿いている。今回の旅行に自分の靴は一足も持ってきていない。

ショーンは紺のピーコートにグレーのスラックス姿だった。ゼロハリバートンのアタッシェケースを持ち、足元は大学時代によく履いていたというシュナイダーの茶色のブーツ、明るいブラウンは公園の緑によくマッチしていた。

約束の時間を五分ほど過ぎて、ショーンが「来たぞ」と小声で囁いた。

池がある方向から斎藤が歩いてきた。

先に斎藤の方が智哉たちを見つけていたようだ。顔をこっちに向けたままゆっくりと闊歩していた。

斎藤は黒のカシミアのコートにチャコールグレーのスーツ、足元はまさしくグッドマンだと分かる靴を履いていた。

4

公園の外にあるカフェで話をすることになった。

斎藤が予約を入れていたようで、ウエイターの案内で奥に通された。

ブランチを楽しむ客で店はそれなりに賑わっていた。だが、その席だけが厨房《ちゆうぼう》を挟んだ奥にあるため、周りの客に話を聞かれる心配はなさそうだ。斎藤もそう考えてこの店を選んだのだろう。

「お腹が空いているならクラブサンドイッチはどうだね」との斎藤の勧めを断り、智哉とショーンは紅茶だけを頼んだ。斎藤はエスプレッソを注文した。

斎藤はショーンの顔をまじまじと見つめて、ようやく思い出したようだ。

「眼鏡をかけているので分からなかったけど、キミはうちの店に来たことがあるね」

「ようやく気付いてくれましたか。あなたぐらいの方だから、ボクの身元が分かった段階で知られたと思っていましたよ」

ショーンが皮肉を込めて返した。斎藤も動じない。

「足の写真を見せてもらったら思い出しただろうけどね。残念ながら外交官をしていたインテリジェンスには見えなかった」

「ロックミュージシャンに見えたんじゃないですか」

ショーンは自慢の丸眼鏡に手を添えて言い放った。だが斎藤は意味が分からず「そうは見えなかったな」とだけ答えた。

「確かキミはうちではオールトンとか名乗っていたんじゃないかね」

「さすが、よく覚えていますね」

「うちで偽名を騙ったのはキミだけじゃないかな。なにせどの客もみんな、私に名前を覚えてもらおうと必死にアピールするからね」

「まっ、そうでしょうね。でもボクだけ別だと言われると、褒められたような気分になりますよ」

智哉が話を変えた。

「この店はよく来られるのですか」

「家がこの近くなんでね。ランニング後、家に帰ってシャワーを浴びてから顔を出す。まぁ、独り者が利用する家の近くの定食屋《ダイナー》みたいなものさ」

高い家賃の家に住み、いい暮らしをしていることを自慢しているように聞こえた。

「週にどれぐらい走っているんですか」

「三回かな。それでも減った方だ。最近は本業の方で忙しくなってしまってね。なにせ大事な職人が一人いなくなってしまったからな」

智哉たちがスパイを頼んだトニーという職人をクビにしたことを言っているのだ。挑発しているのか。智哉は非難したい気持ちをぐっと堪えた。

「私の靴は足の健康にもよく、持病が治ったと言ってくれる人もいるんだ。まさかその作り手が不摂生して、歩けなくなったら看板に偽り在りになってしまう」

さりげなく自慢を加える。

「足に合っていない靴が健康に影響を及ぼすのは日本でも意外に知られていませんからね」

「だから私は足裏の反射区から学んだよ。ツボを刺激しないのはもったいないが、し過ぎるのも問題だ」

「なるほど、日本に帰ったら僕も勉強します」

斎藤が智哉の顔を見た。

「なんだか、しばらくみないうちに、キミはずいぶん余裕が出てきたんじゃないか」

「そうですか」

「おどおどしながら私の足を計測していた前回とはずいぶん違うように見える。少しは私に親しみを持ってくれたのかな」

斎藤が頬を緩めた。目の周りには無数の皺が入っているのに、肝心の目がまったく笑っていないように見えた。

「キミのお陰でグッドマンは風前の灯火《ともしび》だよ」

ウエイターが頼んだ紅茶とエスプレッソを持ってきた。ウエイターに軽く礼を言ってから斎藤は喋り出す。

「キミがおかしな要求を突きつけたことで、二津木社長は私に値下げを求めてきた。その話は社長からそっちの耳に入っているよな」

「はい」

「そりゃ、そうだわな。キミが言い出したんだから」

「そうですね」

智哉が斎藤の靴の値下げを求めたわけではない。「同じ価格帯の既製靴は売らないでもらえませんか」と言ったのだ。だが二津木は「だったら同じ価格帯でなければいいんだよな」と確認してきた。二津木らしい発想の転換に、智哉は「構いません」と了承した。

「だが私は値下げに応じるつもりはないよ」

「でしたらどうするつもりなのですか」

二津木との既製靴のビジネスが破談になれば、斎藤は本当に窮地に立たされる。新たな販売店を探す方法もあるが、日本のセレクトショップの多くが、一年、二年先を見据えて事業展開をしており、いくらグッドマンが売り込んできても、簡単に受け入れてくれるほどアパレル業界は甘くはない。探している間にも工場買収のために借りた金の利子が膨らみ、工員への給料の支払いも遅延する。遅かれ早かれグッドマンは潰れることになる。

「キミのお父さん、薗田幾男さんにはずいぶん世話になったよ」

「やっと父の話をしてくれましたね」

「もっと早く話すべきだったかな」

斎藤は砂糖をスプーンに半分だけ取ってエスプレッソに入れた。

「私をプロの職人として最初に認めてくれたのが薗田さんだ。それまでも金をもらって仕事をしていたが、それはあくまでもアウトワーカーとしてであり、与えられた仕事を指示通りこなすだけだった。そんな私に、薗田さんは初めて『自分のために靴を作ってくれ』と言ってくれた。これほど職人冥利に尽きることはなかった」

底に溜まった砂糖をかき混ぜながら、先を続けた。

「しかも仕事も世話をするから日本に帰ってこいとまで言われたからな。二年間で十五足近くは作ったんじゃないかな。薗田さんは未熟な私にもちゃんと一人前の金を支払ってくれたよ。だけども当時の私は金なんかより、自分が作る靴ができるのを心待ちにしてくれる人間がいることの方がなによりも嬉しかった」

「なのにどうして殺したんだ」

ショーンが口を出した。

「殺したわけじゃない」

予想していた通り、斎藤は否定した。だが智哉たちにはそれは方便でしかないことは分かっている。

「ホテルで倒れたのにあんたはすぐに救急車を呼ばなかったんじゃないのか？　苦しむのをそばで見ていたんだろ？　それを殺人じゃなくてなんて言うんだ」

喧嘩腰だったショーンの挑発にも斎藤は乗らなかった。ようやくエスプレッソのカップを持ち、一口で飲み干す。智哉の顔を見て薄く笑った。

「私が即座に救急車を呼んでいたらどうなったか。薗田さんは全裸だったんだぞ。部屋には若い女がいた。薗田さんが目を付けた銀座のデパートで働いていた女の子だ。もちろん薗田さんのために、私が必死になって口説いた女だ。まだ十八、十九の未成年だった。上場企業の社長がホテルの一室で、十代の子相手にそんな破廉恥なことをしていたんだ。バレていたらマスコミの格好の餌食《えじき》になって、それこそ会社存続どころじゃなかった」

想像していたとはいえ、改めて聞かされると後頭部を打たれたような衝撃を受ける。

「だけど最初からトモヤの親父さんが大金を持っていたのを知っていたんだろ。その金を狙っていたんじゃないのか」

ショーンが口角泡を飛ばして反論した。否定してくると思ったが、違った。

「まるで私が意図的に彼を倒れさせたみたいじゃないか。そんなマジックが出来るならもっと早くやっていたさ」

否定をしないどころか、斎藤はふてぶてしく言い放った。

「私がヤツの金を持って逃げたとして罰など当たらない。いつもそう思っていたよ。私はそれぐらい薗田の欲望に貢献したからな」

「欲望に？　ということはあなたは父から見込まれたのは靴職人としての腕前だけではなかったと言いたいのですか」

「そうだ。そんなのは最初から分かっていた。私ならいくらでも薗田好みの女を調達できる。薗田が私に何を求めていたかなど、ノーザンプトンで初めて会った日から気づいていたさ」

「それなのに父の誘いに乗って日本に帰ってきたのですか」

「それでも靴を作らせてくれるのは有難いことだった。腕を買われたことに間違いはないんだからな。そう思って我慢したよ。だけどその腕さえ買われていなかったことを知ったら、キミならどう思うかね」

逆に質問してきた。

「薗田幾男は女の前では、いつも上から目線で私を紹介したよ。まるで自分の召使いのような紹介の仕方だったね。それは仕方がないと思ったよ。彼女たちを口説いたのは私だったし、どの子も、私が誘ったからとホテルまでついてきた。薗田としては女たちの関心を私から奪わなくてはいけなかったんだ。だから薗田は大きなことばかり言っていたよ。ハワイに行こうとか、ヨーロッパに連れていってやるとか、ドバイはいいぞ、買い物天国だ、とか。女がねだれば、宝石でもバッグでも買ってやりそうだった。なりふり構わず現金を渡していたこともあった。それならプロの女を買った方が安いんじゃないかと言ったこともあったけど、彼は聞かなかった。素人がいいんだって。素人が金で娼婦《しょうふ》のように様変わりするのが俺はたまらなく興奮するって薗田は言っていたよ」

斎藤はうんざりした顔で言った。智哉も黙ってしまった。ショーンですら最初の勢いを失っている。

「死ぬ二カ月ぐらい前のことだ。都内のミッション系大学に通っている女子大生を部屋に呼んだことがあった。デパートガールも可愛かったが、その子も清純系でいかにも薗田が好みそうな女だったよ。薗田がいつものように私のことを、自分のためだけに作らせているお抱えの靴職人だと説明した。するとその女子大生が、過剰に反応したんだ。どうやらその子の友人が靴職人を目指しているという。その子は私に靴作りのことをいろいろ訊いてきた。薗田は面白くなさそうな顔をしていたよ。そのうち私は気を利かして、外に買い物に出かけた。その間に薗田がなんとかするのが、私たちの合図になっていたんでね。戻ってきたが、二人はまだベッドに入っていなかった。女の子が嫌がっていたんだろうな。靴職人というのはどうやら友人ではなくボーイフレンドだった。そのボーイフレンドのために、必死になって私に靴作りのコツを訊こうとした程、彼女は愛していた。そうしたら薗田はその子になんて言ったと思う？　今度、そのお友達を私のところに連れてきなさい……まだ靴どころか、職人の顔さえ見ていないのに、キミの親父さんはそんなことを言ったんだ。その時の私の気持ちが分かるかね」

　斎藤の声が少し震えて聞こえた。

「私はさすがに耐えられなくなって、その日は帰ったよ。きっと女の子にも逃げられたんだろうな。薗田は反省したのか、三日もしないうちに新しい靴をオーダーしたいと私を呼び出した。だが私はこの男を一生許すまいと心に誓ったよ。もうあんな男、相手にするのもやめようかとも思ったよ。ただ啖呵を切れるほどの余裕は私にはまだなかった。だからそれからまた何度か飯に付き合ったよ。そのうち、また悪い病気が始まって、目をつけた女の話を私にするようになった。いい靴を作ってやろうなんて気持ちはとうに失せてしまっていたけど、仕事だと割り切って、薗田のために働いたさ」

「それであの夜、父を呼び出したんですね」

「あの夜の薗田の顔は一生忘れない。いつにもまして上機嫌だったからな。彼が気に入っていたデパートの子を私が口説き落としただけが理由じゃなかった。やはり経営者としての資格もないただのお坊ちゃんだったんだろうな。機嫌がいい理由を訊くと警戒することもなく『金が調達できたんだ、ここに一千万もの金が入っているんだ』と自慢げにアタッシェケースを叩いてみせた。彼が持っているようなジュラルミンのケースじゃない。エルメスにオーダーしたという立派な革のケースだった」

ショーンの鞄を見ながら言った。

父がその鞄を愛用していたのを智哉も覚えていた。死んだ兄にあたる人物もその鞄が見当たらなかったことで、斎藤の犯行に気づいたと話していた。

「薗田が大金を持っていたのは別にあの日だけじゃなかった。さすがに一千万円という大金はなかったが、見栄《みえ》っ張りな男だったから百万ぐらいは財布に入れていたよ。女とやっている間、金を奪ってこの場から立ち去ろうと考えたことはあるが、実行するほど私は愚かではなかった。そんなことをしたら捕まるのは目に見えていたからな。だが神様というのはいるものだな。あの日、ついに俺の祈りが通じたんだ。薗田は突然、胸を抑えたまま苦しみ出し、そのまま意識を失った。すぐにやばい状態だというのは分かったよ。女の子が真っ青になって震えていた。私にはこれが天から与えられたチャンスだと思ったね。この機を逃したら二度と自分が日の目を見ることもないと……だからこそ落ち着いて事後処理ができたんだ」

「事後処理ですって……」

物を扱うような言い方に怒りが湧きあがってきた。

「ああ、まさに事後処理だ。それ以外の言葉はみつからない。だってそうだろ。倒れた彼にパンツを穿かせ、服を着せ、女を帰し、そして乱れたシーツを直してから一一九番通報したんだぜ。残念ながら手遅れになってしまったが、それでも彼女に口止めし、ホテルの従業員にも女がいたなど余計なことは口外しないよう釘を刺した。薗田はいつも同じホテルのスイートルームを使っていたから、従業員の間でもバレバレだったからな」

残念ながらと言ったが、きっと間に合わないことを確認してから連絡したのだろう。父が意識を取り戻してしまっては金を奪ったのがばれてしまう。

「きっとあなたの野心が通じたんでしょうね」

智哉は皮肉を込めて言った。

「なるほど、それも野心か……それは今まで気づかなかったな」

斎藤は悪びれることなくそう答えた。


亡くなる数日前、父は昼間から家に来た。「資金繰りがピンチなんだ。どうしてもつなぎの金が必要になった。必ず一週間で返すから」と頼みこんだそうだ。

母は不承不承銀行に出向いて、定期預金を解約した。一千万を超える大金だった。

だがピンチだと言いながらも、父は母から金を受け取ると、自宅にも会社にも寄らず、都内のホテルに向かった。

女を誘えたという電話が斎藤から入ったからだろう。

斎藤からだと思われる電話を母に聞こえないように外に出て話し、その後、途端に機嫌がよくなった父を智哉は覚えていた。母はその姿を見ていつも呆れていた。女が絡むと、会社のピンチでさえ後回しにしてしまうほど、どうしようもない男だったということだ。

父が死んだ六年後、戦前から三代続いたケミカルメーカーは経営危機に陥り、その後、外資に買収される形で幕を下ろした。智哉より十五歳年上の長男が社長を引き継いだ時はすでに風前の灯火だった。すべては道楽者の父のせいだった。

買収された外資から社長を解任される一週間前、兄にあたる男が、初めて智哉と母の元を訪れ、すべてを打ち明けた。

「父があの頃、必死に金を工面していたのは分かっていました。いろんなところから借りていたようでしたが、私たち家族には、榎本さん親子のことはまったく聞かされておらず、父が榎本さんから大金をお借りしようとしていたことも存じませんでした。ただ、父が持ち歩いていた鞄が見当たらなかったこと、父が調達できたと話していた額とは一千万円ほど足りなかったことから、父にくっついていた斎藤という男が、鞄ごと金を着服したと疑い始めたんです。ホテルに忘れ物を取りに戻ったら父が倒れていたとの斎藤の説明も、よくよく考えてみれば不自然でした。ただすべてが分かった時は会社はどうしようもない状態に陥っていて、返済できるお金は残っていなかったんです。その結果、こちらに出向いてお詫びすることすらできませんでした」

そう説明した兄は、母に向かって土下座した。

斎藤に返済を求められないのは証拠がないからだと言っていた。だがそれだけではなかった。

父がホテルでなにをしていたか、家族も薄々感づいていたのだろう。

「本来ならキミにもうちの会社に入って、手伝ってもらいたかったんだけど……」

兄はそう言い残して智哉の前から去っていった。

その一年後、兄が首を吊ったのをニュースで知った。

すでに複数の雑誌が、「世界一美しい靴を作る日本人シューメーカーがロンドンにいる」と斎藤の存在を伝え始めていた。

斎藤の誇らしげな顔を誌面で見るたびに、智哉の憎しみは増していった。


「実は最近、靴作りには大事な二つの要素があることに気づきました」

智哉は斎藤に向かって言った。

「二つの要素？　なんだね、それは」

「一つはあなたの言う野心です。プライドともおっしゃいましたっけ」

そしてその野心こそ、智哉に欠けているものだと言われた。野心もプライドもない作り手の靴など、誰も金を払って買いたくないと。

「ああ、言ったよ。初対面のキミに言い過ぎたと反省しているけどね」

「反省していただかなくても結構です。僕に野心が足りないのは事実でしょうから」

「なんだ、ずいぶん謙虚だな」

「そうですか。でも、もう一つの要素こそが、今度はあなたの靴に絶対的に欠けているものだと言ったらどう思いますか？」

「私に欠けている？」斎藤の目が光った。「なんだね、それは」

口調は変わっていなかったが、声には恫喝《どうかつ》しているかのような迫力があった。

「あなたの靴には礼節が欠けています」

「礼節？」

「野心と礼節、あなたは対立する二つの感覚の境界線で留まることができてこそ、真のプロフェッショナルだと考えておられるようですが、この二つにおいては異なります。靴作りに求められる職人の野心と礼節、この矛盾する二つを併せ持つことができて、初めて客は、その職人に自分だけの一足を作って欲しいと思うのです」

「私に礼節が欠けているか。そんなことは思いもしなかったけどな」

「そして僕に野心が足りないのはあなたのせいだというのも気づきました」

「私のせい？　どういうことかね」

「僕は父が残した靴だけを頼りに靴作りを覚えました。あなたが作った靴です。必死に勉強しましたし、自分が作る靴にはそれなりに満足はできるようになりました。教科書だったあなたの靴とそっくりの靴ができたのに、なぜか僕は自分の靴にプライドを持つことができなかった。この靴で勝負していく気になれなかったんです。その理由はあなたが父を見殺しにして、しかも母の金を奪ったからだと思っていました。でもそれだけじゃなかった。僕の感性があなたの靴を拒絶していたためです。野心だけで作られた靴など認めてはいけないと」

「だったらキミがプライドを取り戻したように、私の方もキミがいう礼節とやらを持てば、二つを併せ持つことができるのではないかね。簡単なことだろう。ただしキミが言う礼節がどういうことなのか、私には理解できないけどな」

相変わらず冷静な口ぶりだったが、苛立っているのはわかった。膝がテーブルの脚に触れ、ソーサーの上でデミタスカップが音を立てて揺れた。

テーブルの揺れが収まるのを待ってから智哉は口を開いた。

「理解できませんか」

「ああ、できんな」

「理解できたとしても無理でしょうね」

「私には礼節は持てないというのかね」

感情を押し殺したかのような口調で斎藤が視線をぶつけてきた。視線と視線が激しく衝突したようにも感じた。智哉も目を逸らすことなく「そういうことです」と答えた。

斎藤は笑い顔を無理やり作り「まるでキミは私がどんな育ち方をしたかまで知っているような口ぶりだな」と続けた。

「あなたがどんな育ち方をしたのかは知りませんが、それは関係ないでしょうね」

「ならばどうして礼節を持てないなんて言うんだね」

「礼節というのは、うわべだけではなく、心の奥の方で積み重ねていくものだからです。環境ではなく精神の問題です」

「ずいぶん難しいことを言うんだな、キミは」

いつの間にか斎藤の耳は赤く染まっていた。

それでも必死に抑えようとしているのは分かった。いつもの斎藤良一に戻ろうとしている……斎藤は大きなため息を漏らした。

「まるでうちの靴がまったく品がないみたいだ。気に入ってくれて何足もオーダーしてくれた常連客がうちには何人もいるということを、キミは知らないようだな」

「それはサイモンや解雇したトニーのお陰じゃないですか。あなた目当ての客は、あなたが雑誌などで宣伝して集めた、興味本位の人でしかありません」

智哉は言い返す。

「キミは私以外の人間のお陰で、グッドマンが持っているというのかね」

「そういうことになりますね」

「そうか、それなら私もキミの忠告を胸に、もう一度初心に返って日々の仕事に勤しまなくてはならないな」

斎藤はわざとらしく答えた。

「ところで……」斎藤はそう断りを入れてから話を変えた。「電話をした時、キミの方も私に話をしたいと言っていたよな。それを話してくれないか」

「いいえ、それなら斎藤さんから言ってください。電話をかけてきたのはあなたの方ですから」

「なんだ、せっかく楽しみに来たのにな」

苦笑いされた。ただ口元に浮かびあがった笑みは蒸発するように薄れていき、いつのまにか一文字に締まった。なにか思案しているようだ。重たい時間がしばらく続く。斎藤が顔をあげ、ようやく口を開いた。

「私がキミの親父さんから奪った金は一〇六七万円だ。その金を全額、キミに返そうと思う。断っておくが、すべての金を着服したわけじゃない。さっきも説明したように女の子やホテルの従業員にそれなりの口止め料として支払った。だがそんなことはどうでもいい。全額返金する。だから今後は私は私、キミはキミとそれぞれの道を歩んでいく、そういう関係に戻してもらいたい」

斎藤にしてはずいぶん弱気な申し出だと思った。バークレーズも二津木の名前も出てこない。もっともそれぞれの道と言うからには智哉が二津木に出した条件は撤回してくれという意味も込められているのだろう。

「お断りします」

智哉はキッパリ言った。

「僕はそんな話をするために来たのではありません」

「だったらもう少し上乗せしてもいい」

「お金ではありません」

智哉はそこまで言うと、一度、ティーポットから紅茶を注ぎ、口に含んだ。すでに出涸《でが》らしで、お湯も温くなっていた。顔をあげてから口を開いた。

「S&Cグッドマンの経営権を僕に譲っていただきたい」

「経営権だって」

斎藤は絶句した。

「あの店はたった一千万ごときでできた店ではない。キミはそれを分かって言っているのかね」

「百も承知です。あなたが郊外の店で地道に客を集め、資金を調達し、そして銀行に借金までしてロンドンの一等地に店を開いた。けれども父の金がなければあなたは再びイギリスに渡ることもできなかったのではないですか」

「なにを馬鹿なことを言っているんだ。そもそも店を譲るのであれば、キミとこうして交渉する必要すらない」

「それじゃあ借金だけが残りますよ」

斎藤は黙り込んだ。

「あなたは今現在、相当な借金も背負っています。その借金がチャラになるだけでも、あなたはありがたいんじゃないですか」

「馬鹿な。ありがたいだなんて」

「でしたら二津木社長から出された条件を呑まれるんですか。呑まれるのでしたら僕の方から連絡させていただきますけど」

「いくらマシンメイドだろうが、あんな値段で私が望む靴が作れるわけがない。それなら潰れた方がまだましだ」

「でしたら僕の条件が一番だと思います。一から出直すことも可能になるわけですから」

「一から出直せだと」

「昔やったことを僕たちに暴露されて、二度とこの仕事ができないよりは、ましだと思いますけど」

眉を吊り上げ反論してくるのも覚悟していた。それぐらい屈辱的なことを言ったつもりだった。だが斎藤は静かだった。目を瞑ってなにか考えていた。

しばらくして彼の口元が緩み始めた。今度は無理やり作った笑みではない。腹の底から笑いたいのを必死に堪えているように見えた。

「なにがおかしいんですか」

少しムキになって聞き返した。

斎藤はナフキンで口を抑えた。声こそ出していないが、目を見開いた斎藤の顔は明らかに笑っていた。

「いやね。キミは言っていることと考えていることがまったく違うんだなって思ったんだよ」

「どういうことですか」

「私に野心はあるが礼節に欠けていると言いながら、キミこそ野心だらけで、礼節なんてこれっぽっちもないんじゃないか。キミの立場でグッドマンを乗っ取ろうなんて……」

痙攣《けいれん》していた頬の動きが止まった。斎藤はもう一度ナフキンで口を拭き、ポケットから二十ポンド紙幣を出し、テーブルに置いた。

「キミたち、ロンドンには何日、滞在するつもりかね」

「五日間ですが」

「だったらその五日間でゆっくり考えさせてもらおうか」

「分かりました」

「だけどキミの要求を呑めるかどうかは分からない。あまり期待しない方がいいな」

そう言い残して、斎藤は店を出ていった。

5

「なんだ。この裁断《クリッキング》は。ちゃんとパターン通り切ったのか！」

斎藤は大声を出した。同時に手にしていた革を木型から外し、ゴミ箱に投げ捨てる。勢いでゴミ箱が倒れ、中に捨ててあった革切れがすべて床に飛び出た。

美樹が「すみません」と謝った。新入りのロイ・ウイリアムスに靴底を布海苔《ふのり》で磨く作業を教えていたところだった。

革は昨夜、夜遅くまでかかって美樹が裁断したものだ。

「まったく……」

舌打ちした。

「どのあたりが間違っていましたか」

美樹の質問を斎藤は無視した。

「だいたい、キミはロイにいちいち教え過ぎる。だから自分の仕事に集中できないんだ」

「すみません」

「仕事というのは教えるのではなく、見て覚えるものだ。人のことより自分のことを考えて、もっと必死にやってくれ！」

美樹はまだこっちを見ていた。「もう、いい、自分の仕事に戻れ」と斎藤は言った。

「もう一度クリッキングさせてもらえませんか」

「いやいい。私がやる」

美樹は床に散らばったゴミを拾い、ゴミ箱を戻した。

あの日以来、美樹は斎藤のことを警戒しているのか、仕事以外で口を利くことはまったくなかった。仕事での会話にしても以前のような親しみやすさはまったく消えてしまった。とはいえ、斎藤にはそれを気にする余裕はなかった。

トニーをクビにしてから、斎藤が受け持たざるをえなくなった工程のうち、革の裁断は美樹に頼んでいる。

美樹は仕事の飲み込みが早く、断面は丁寧だし、パターンにも忠実だ。しかし木型を作ることまでは無理だ。さらに釣り込みができるまでとなると相当な時間を要する。

今、怒った件にしても、けっして美樹の仕事にだけ問題があったわけではない。トニーと比べたらまだ完璧ではなかったが、斎藤が納得できなかったのはむしろ自分の釣り込みの方だった。

榎本に会った昨日から、イライラしてまったく仕事に集中できない。これまで何千足もやってきた釣り込みにしても、自分が思うように造形ができないでいた。

自分の問題だ。分かっていても誰かに責任を押し付けないことには気が晴れなかった。

もっともロイという新人が入ってからというものの、彼は困るとすぐに美樹に相談し、それに対して美樹が丁寧に答えているのが、癇《かん》に障って仕方がなかった。

美樹を慰めようと、ロイが近寄って声をかけていた。これだからイギリス人は困る。日本語だろうが、雰囲気で怒っているのは分かるはずだ。

「自分の仕事をしろ、ロイ」

小声で言った。

だがロイは斎藤の声など耳に入らないのか上から覗き込むように美樹を元気づけようとしていた。

「美樹に話しかけるな!」

怒鳴り声をあげた。ロイは挑発的な目を向けてくる。しかし斎藤が睨み返すと、すぐに視線を落として作業に戻った。

この男は長続きはしないだろう。靴作りが楽しい仕事だと勘違いしている。女に現《うつつ》をぬかしているようでは、こんな地味な仕事に耐えられるはずはない。

狭い地下の工房にアルコール臭が漂っていた。これもまた斎藤が今朝から不機嫌な理由である。その匂いがする方向にゆっくり視線を動かした。

美樹の隣の席で、サイモンが底縫いを行っていた。咄嗟に銀色の容器を隠したのが見えた。

「サイモン、いい加減にしてくれ！」

相当な声で怒鳴ったにもかかわらず、サイモンは身じろぎもせず、聞こえなかった振りをした。

「キミは我々まで二日酔いにさせる気か」

サイモンが酒を持ち込んだのは今回が初めてではない。これまでなら穏便な言い方に努めたが、この日はとてもそんな気分ではなかった。

心を入れ替えて、小さくなっていたのは逮捕されてから数日間だけだった。罰金刑で済むことがわかった途端に悪びれることなく、以前にも増して態度が悪くなった。助けてもらったくせに、斎藤がスタンリーに連絡したために独立話がご破算になったと、責任を転嫁しているのか。あるいは亜子との関係を疑い始めたか……。

「オレがアルコールの力に頼らなくては仕事にならないのはもうずいぶん昔から知っているはずだ。アンタだってそれを知っていて、オレとパートナーシップを組んだんだろ」

サイモンはロイとは比較にならないほどの鋭い目を向けてきた。

「別にキミが家でなにをしようが構わん。だけどもさすがにもうドラッグには手を出していないだろうな」

美樹やロイの前で自分の犯罪歴を暴露されたことに、サイモンは気色ばみ睨みつけてきた。

「手を出していたらどうするんだ。警察にでも通報するのか」

含みのある言い方だった。斎藤の謀略だと気づいたのか。まさか――。もしそうだとしたら店に顔を出すこともないはずだ。

「……もうドラッグを断ち切ってくれたのであればそれでいい」

「それでいい……か、ずいぶん偉そうだな。まぁ、アンタは経営者だものな」

いつもならキミと同じ共同経営者であると説くのだが、「ああ、そうだ」とだけ答えた。

「それでいいのなら、オレが酒臭い息で仕事をしても文句はないはずだ」

「ああ、ここ以外で飲む分はな。だがそのスキットルはなんだ。さっきから私に隠れこそこそ飲んでいるのを知っている。もしその中に入っているのが紅茶だというのなら、みんなに分け与えて欲しいよ」

酒を飲みながらの方が効率が上がるのであれば、とこれまでは大目に見てきた。だが今のサイモンは仕事のペースも遅く、手を動かしているより休んでいる時間の方が圧倒的に長い。

「そんなにアンタのルールでやりたかったら、勝手にやればいい。オレだってなにも好き好んでこんな狭い場所で、仕事をしたいとは思っていない。家で一人でやった方がよほどうまくいく」

「だがそれならアウトワーカーと同じだ」

「ああ、オレはそれでも構わんよ。S&Cグッドマンから、Cの文字を外せばいい。なんなら今、中敷きのロゴをマジックで消してやろうか」

「馬鹿言わないでくれ。それにアウトワーカーとしてなら今ほどの給料は払えん」

「それでもいいさ。その代わりにオレは他の店の底付けの注文を受けさせてもらう」

サイモンは立ち上がってコートを着た。

「おい、サイモン、まだ仕事中だ」

「ごめんだね。職人に残って欲しければ、もっと働きやすい環境にしろ」

「働きやすい環境？　そうしているつもりだが」

斎藤は返した。どこに不満があるというのだ。ロンドン中探してもこれだけ勢いがあり、かつ優雅なサロンを持つビスポーク店はない。

「それはアンタの理想だ。オレたちはアンタからそれを押し付けられている。オレたちはアンタが悦に浸るための飾り物ではない」

サイモンは「なぁ」と同意を求めるように美樹とロイが座っている方向に目を向けた。

斎藤も二人を見た。

二人とも目線が合うと同時に下を向いた。

否定しないということは、二人とも同じことを思っているのだろう。

6

斎藤はその夜、里沙子の部屋に泊まった。

里沙子にはすべてを説明した。

斎藤が金を奪ったことに驚いた里沙子だが、「大丈夫だ。証拠は何もない」と言うと、「だったら突っぱねるべきよ」と言い張った。

斎藤も同じことを考えていた。

ただ榎本の要求を突っぱねたとしても、グッドマンが生き残るには二津木の値下げ案を呑むしかないだろう。二津木なら、商売になると判断すれば、榎本たちがなにを言おうが取り合わない。あの男はそういう人間だ。

クオリティーに目を瞑って、いくつかの制作工程を省くことで、コストは下げられる。ただし今度はロバーツら六人の工員に払う人件費が不足する。渋々半額の給料を納得させたのだ。これ以上下げれば、彼らだって黙っていないだろう。

里沙子は「投資家を募ってみたらどうなの」とか「この際、二津木と縁を切って新たな日本の代理店を探してみたら」と思いつくままにアイデアを提案してきた。しかしどれも藁《わら》の中から針を探すようなもので、斎藤の耳にはろくに入ってこなかった。

夕食後、斎藤は食卓にスケッチブックを広げた。鉛筆の先を軽く持って頭に思いつくまま靴のフォルムを描き、筆を立てたり、芯を寝かせたりしながら陰影を作っていった。子供の頃からロンドン郊外に初めて自分の店を開くまで、時間があればやっていたデッサンだ。

できるだけ違った靴を描きたいのに、頭に浮かんでくるのはほんの数種類のスタイルだけだった。気が遠くなるほどの数を作った。すべてが、その客のために斎藤が考え、作り上げた、この世に同じものが二つとない靴である。その持ち主の足の形まで覚えていると自負してきた。それがいったいどうなってしまったのだ。斎藤の手によって真っ白な紙の上に浮かびあがらせる靴が、自分が作ったものなのかさえも認識できないでいた。時には独創的で新しいと評価された自分の靴が、どれも同じに見えたことが、斎藤を余計に苛立たせた。

里沙子が淹れてくれたコーヒーに手をつけることもなかった。これが写実なのか創造なのかなどは、この際どうでもよくなっていた。ただひたすら鉛筆を走らせた。

たぶん三十枚は描いたと思う。ようやく昔、客に描いたデッサンに近いものを描くことができた気がした。出来あがると同時に、斎藤はスケッチブックから紙を引き裂き、半分に破った。

「大丈夫？」

その音に驚いた里沙子がこっちを見た。だが斎藤は無言で洗面所に向かった。


里沙子と並んでベッドに入った。ここに泊まってなにもしないのは初めてかもしれない。

「悪いな」

斎藤はそう呟いてから、里沙子に背を向けて窓際を向いた。里沙子は「いいのよ」と後ろから抱き締めてきた。まるで母親に慰められる子供のようだと思った。

四人兄弟の長男だった斎藤は、母にこんなことをされた経験は数えるぐらいしかない。

記憶にあるのは九歳の時だ。熱があるのに親に心配をかけまいと無理して学校に行き、肺炎を起こしてしまった。寝てりゃ治ると言った父の意見を無視して、母が病院に連れていってくれた。病院から戻ると、母は一つ下の妹に「きょうはお兄ちゃんを下で寝かせてあげて」と二段ベッドの場所を入れ替えるように頼んだ。一晩中、母が添い寝してくれた。後ろから抱き締めてくれる手を斎藤は生まれて初めて握った気がした。

両親は斎藤が物心ついた時から近くの工場で働いていた。

保育園に通わせる余裕がなかったので、学校から帰ってきた斎藤と妹が交代で、四つ下の弟と六つ離れた末妹の面倒を見た。友達の誘いを断るうちに誰からも声をかけられなくなった。だがそれを不条理だと感じたことはない。当時の斎藤にとっては当たり前の生活だった。

それが、肺炎になって母親に看病された時、初めて自分の人生に疑問を感じた。

母の手は温かかった。けれど皺だらけだった。

あの時、こんな惨めな生活から抜け出したいと思った。

将来のことを考え始めたのはそれからだ。

たまたま周りに靴工場があった。その職人たちの作業に興味が湧いた。高校に通いながらバイトさせてもらった。技術は自然と身についていった。

工場長や職人たちからはずいぶん親切にしてもらった。ただしスターだった、憧れだったなんて話は嘘っぱちだ。彼らのようになりたいと思ったことは一度もなかった。

腕を磨きながら、この仕事で金持ちになる方法はないかとばかり考えていた。高校を卒業した二年後、必死に貯めた半年分の生活費を持って、斎藤は日本を発《た》った。

「そんなに落ち込むなんてあなたらしくないわ」

背後から里沙子の慰め声が聞こえてきた。

「別に落ち込んでいないさ」

「あなたが負けるわけがないわ」

「榎本だけならなんてことない。あのショーン・シアラーというイギリス人もだ。だがヤツらに二津木がついてしまった。二津木を甘く見てしまった。それが俺の読み間違いだった」

世界中から選《え》りすぐりの名品を探し出してきては、世に広めてきた、言わばカリスマバイヤーとして崇められてきた男だ。それがあんな若造に、それもただ値段が安いだけの理由で惚れ込んでしまうとは……。二津木が持っていたのは本物を見抜く眼力ではない。持っているのは即座に金の勘定をするしたたかさだけだった。

二津木の力なくして、斎藤の名前が日本で知れ渡ることはなかった。

まだサイモンとともにロンドン郊外の工房で細々と作業していた頃、斎藤の名前などまったく知れ渡っていなかったにもかかわらず、バークレーズで行われた最初の受注会には三十人の客が集まった。

二津木はその受注会に旧知の編集者を招待した。そしてポケットマネーで彼らにも靴を作らせた。こうしたメディアを巻き込んで斎藤の名前を広めていってくれたことに感謝し、なおかつパートナーとして仕事をするうちに、斎藤は二津木から経営術というのを学んでいった。

二津木克巳に探し当てられた稀代《きだい》のシューメーカーと呼ばれるようになった斎藤は、いずれ二津木から独立して「世界一のシューメーカー」と評されるようになった。

そのことを二津木は面白く思っていなかったのだろう。だとしたらそれは斎藤のせいではない。メディア連中の責任だ。

「あの榎本という男とパートナーシップを結ぶしかないんじゃないの。経営者に入ってもらうとか」

「たいして役にも立たないのにか。余計な人件費が増えるだけだろうが」

「まぁ、そうだけど」

「そもそもあいつらは経営権を譲れと言っている。俺が働きたければ働かせてやると」

「だけどあなたとサイモンがいなければやっていけないんだから、そんなの脅しじゃないの。こっちが出ていくと言えば、きっとすぐに態度を変えて引き止めてくるわよ」

斎藤も最初はそう思った。

貴様にそんな大それたことができるのか。日本人がこの国で商売をするということが、どれだけ妬《ねた》みや嫌がらせを受けるのか分かっているのか。

だがあの榎本という男は意にも介していないようだった。最初にヤツの修理屋で会った時とは、別人のようだった。シアラーという英国人がついているから安心しきっているのか。

それは違う。グッドマンを乗っ取ろうとしているのは榎本の意思だ。ヤツが自分で考えてそうしようとしている。

「不思議だよ。あの榎本という男を見ていると、昔の自分を思い出す」

「昔のあなた？」

「ああ、怖いもの知らずだった。俺もいつかロンドンで店を持てる。最初はこの国に来て、ビザなしで働いていたにもかかわらず、俺は自分の未来を信じていた」

「実際にその夢を実現したじゃない」

「それは運が良かっただけさ」

「運が良かっただなんて」

「別に謙遜しているわけじゃない。途中で薗田幾男と出会って、そして一千万円という大金が手に入り、再びイギリスに戻ってくることができた。そして今度はきちんとビザを取り、再びキャリアを積み、ついに自分の店を出すことができた」

「でもそれって運じゃないわ。あなたが努力したことよ」

「もちろん、努力はしたさ。コツコツと一足ずつ作り、自分が思っていた通りの靴ができたにもかかわらず、どうしたら客が感動するのか、どうしたらもっと美しい靴が作れるのかと悩み抜いて、腕を磨いていった。トークだってそうさ。キミは下品だって馬鹿にするが、客を喜ばせるためと思って、俺はあえてそういう話をしている」

「下品とは言ったけど、批判しているわけじゃないわよ」

「別にどっちでも構わないさ」斎藤は首を振った。「いずれにしてもそうやって、少しずつ名前を広めていって今に至った。その間に多少の汚いこともしたよ。デュークの靴を作るため、木型を盗ませたのだってそうだし、今回、サイモンを引き止めたことだってそうだ」

「分かっているわ」

後ろから抱き締めてくる里沙子の手に力が入った。

「ねぇ、一つ訊いていい」

「なんだよ」

「薗田幾男のために女を調達したのがあなたの役目だと言っていたわよね」

「また、その話か」

「薗田がその子たちとしている間、あなたは部屋にいたんでしょ」

「いた時もあったし、いなかった時もあった」

「加わったりはしなかったの」

くだらないことを訊くなと呆れながら、「なかったね」と答えた。

「俺は見物していた。時々、薗田から『良一、キミも来い』と誘われたこともあったが、俺は自分が雇われの身であることをよく弁えていたんだな。だから下僕は下僕らしく、恨めしそうにじっと見ていたよ」

里沙子は「嘘」と否定してきた。

「あなたはそんな憐《あわ》れな目で見ていなかったと思う。まるでそんな女になんか興味がないように、冷めた目をしていたはずよ」

「さあ、どうだかな」

「だから女たちは薗田に抱かれたんじゃないの。あなたに抱かれていると思って」

「忘れたよ」

静かにそう言い放つ。里沙子もこれ以上、その話を続ける気はないらしい。

瞼《まぶた》を閉じると部屋の灯《あか》りが遮断された。

「あなたなら大丈夫よ」

耳元から囁き声が聞こえてきた。優しい声だった。無意識のうちに里沙子が回す手の上に自分の手を重ねていた。普段なら自分より冷たいはずの彼女の手が温かく感じた。

これが斎藤良一なのか――自分に向かって問いかける。

「あなたならきっとなんとかできる」

夢の中に落ちそうになった時にまた声が聞こえた。

少しだけ意識が戻った。どちらが夢でどちらが本物なのか区別がつかなくなった。それともここまでの軌跡がすべて夢だったのか……瞼が重くなり、意識が途切れていった。

「大丈夫よ、大丈夫だから」

その声の主を認識することもなく、斎藤は深い眠りに落ちた。

斎藤が目を覚ました時、すでに里沙子は朝食を用意していた。

オレンジジュースにトースト、スクランブルエッグにソーセージ、焼きトマトといった英国式ブレックファーストがテーブルに並べられていた。飲み物は斎藤が好むエスプレッソだった。

鼻歌を歌って手際良く用意する里沙子に向かって、斎藤は「俺は要らない」と言った。

里沙子の顔も見ずにシャワー室に向かった。

頭から湯を浴びた。

水流から体を離し、スポンジにシャワージェルをたっぷりとって体に擦りつけた。まるで十五年の垢をすべて洗い流すように……いや、二十歳の時からだから、二十年分の垢だ——。

シャワー室を出ると、外で里沙子がバスタオルを持って待っていた。無造作に受け取ると、頭から被って、勢いよく拭いた。

全身を拭き終えると、用意されていたトランクスとシャツを着て、リビングに戻った。

「本当になにも食べないの」

里沙子の問いかけには答えずに「悪い」とだけ答え、壁にかけていたスーツを着て、最後にネクタイを締めた。スーツの上からカシミアのコートを羽織って玄関に向かった。

手だけ差し出して、里沙子から靴べらを受け取った。

足を入れ、屈んで靴紐をきつく締めつけると、斎藤は彼女の顔を今朝目が覚めてから初めて、ちゃんと見た。

「大丈夫だ。俺はそんなに弱くない」

地下鉄の駅まで歩きながら斎藤はコートの襟を立てた。店のガラスに映った自分の姿がひどくみすぼらしく見えた。

途中のデリで買ったコーヒーはあまりの不味《まず》さに一口飲んで捨てた。里沙子が淹れたエスプレッソを飲んでくるべきだったとその時になって後悔した。

駅の入り口で若い男が新聞を配っていた。

「ＭＥＴＲＯ」というフリーペーパーだ。

とても新聞を読む気分じゃなかった。だがつい、いつもの習慣で受け取ってしまった。

せっかく体を洗ったのに、インクで手が汚れてしまうではないか。駅にゴミ箱はないし、ロンドンの地下鉄の車両は日本のように網棚があるわけではないので、新聞を手にすると捨てるのに苦労する。９・11以降、ゴミ箱を探すのが困難になったのは、このロンドンも同じだ。

地下鉄のホームに着くと、「3minutes」と表示が出ていた。次の電車が来るまで三分という意味だ。

仕方なしにフリーペーパーをパラパラと指で捲《めく》っていった。フリーペーパーといっても新聞とほとんど変わらない。政治、経済、スポーツ……いつもと同じで、大して興味を惹く記事は載っていなかった。

だが最後の裏面になって斎藤の指が止まった。

目を奪われたまま、視線が離れなかった。

電車がホームに入ってきた。

膝がガクガクと震え出した。

扉が開き、人が降りてきた。ぶつかりそうになったが、斎藤は避《よ》けもしなかった。

来た電車には乗らずに、胸ポケットから携帯電話を出した。

里沙子が出ると同時に斎藤は声を絞り出すようにして叫んだ。

「おい、やったぞ！」

「どうしたの」

「ついに、やったんだ」

「いったいなにをやったのよ」

「デュークの写真が新聞に載っていた」

「それがどうしたっていうのよ」

「俺の靴を履いていたんだ。俺がヤツのために作った靴だ」

「嘘」

「嘘をついてどうする。だったらデイリーミラーでもサンでも見てみろ。ハリー王子と一緒に『マヒキ』から出てきたところを撮られている。きっとどのメディアにも同じ写真が載っているはずだ」

「そうじゃなくて、本当にあなたの靴なのかってことよ」

「当たり前じゃないか。足元までカラーでしっかり写っているよ。俺が作ったロンドンタンのシングルモンクだ」

デュークはネイビーに白のチョークストライプが入った細身のスーツを着ていた。まるで靴を注目させるかのような短めの丈だった。ロンドンタンの明るい茶は、カメラマンが放つフラッシュの光でオレンジ色に輝いていた。そのオレンジが青みの強いネイビーと見事に調和されていた。写真はメイフェアのナイトクラブをバックにハリー王子と並んで車道に向かって歩いてくるところを右四十五度あたりから撮られていた。もちろん靴の先まできちんとフレームの中に入っている。

これこそ、斎藤が思い描いた角度だった。

自分の考えに間違いはなかった。

なんてセクシーなんだ。これ以上美しい靴はこの世に存在しない――。

「ハリーの靴だって悪くないぞ。だがそれ以上にデュークの靴は際立っていた。こんな素晴らしい靴を俺は見たことがない。きっとこの写真は世界中のファッション誌にも転載される。ＶＯＧＵＥにだって載るはずだ。今頃、編集者やスタイリストはこの靴はどこのブランドの靴だと大騒ぎしている」

日本の雑誌に初めて掲載された時もそうだった。二津木の伝手《つて》で、ある役者のＣＭ撮影に貸し出した。その評判はあっと言う間に洒落ものの編集者たちに伝わっていった。

今回も似た現象が起きる。いや、今回の騒ぎは日本の時の比ではない。

「すごいじゃない。ついにやったのね」

里沙子もようやく事態の大きさを飲み込めたようだ。斎藤は「ああ」と返事をした。

「神は俺を見放さなかったということだ」

「そうよ」

「里沙子、俺は決めたよ。あの榎本にグッドマンをくれてやる」

「えっ」驚いた声が返ってきた。

「もうあんな狭苦しい工房で息が詰まりながら仕事をするのが面倒臭くなった。酔っぱらいのサイモンともこれでおさらばだ」

「なに言っているのよ。デュークが履いたのはグッドマンの靴なのよ」

落ち着いてと諭してくる。里沙子に言われなくても斎藤はずっと冷静だった。

「俺はあの靴にグッドマンのロゴは入れていない。中敷きに書かれているのは、『RYOICHI SAITO』という俺の名前だけだ」

もちろんこれが英国靴だという証明として、「MADE IN UK」はきちんと入れている。

「本当なの」

「ああ、俺は自分の手柄を少しでもサイモンに取られるのが許せなかったんだ。だが今思えばそれで正解だった」

「だからって、せっかくここまでやってきたのよ。このことが二津木社長の耳に入れば、値下げを言い出したことなどなかったことにしてくれと言ってくるわよ」

それは斎藤も考えた。だがサイモン以上にあの紳士面した強欲男と仕事をするのはまっぴら御免だと思った。あんな店くれてやる。心の底からそう思った。

「あいつらは借金だらけの店を背負うんだ。持って一年かそこらだろう」

「だからってなにも言いなりにならなくても」

「くれてやると言っても、ただではない。相応の金はいただく」

「売るってこと？」

「ああ、そういうことだ」

「だけども向こうはあなたが手にした一千万円と引き換えに、店を譲れと言っているんでしょ」

「だがそれは交渉次第だ。こっちがもう一千万円出せと言えばヤツらだって出すだろう」

「お金は貰うべきよ。あなたがそこまで頑張って築いた店なんだから。一千万どころかもっと請求してもいいと思うわ」

銀行員らしい意見だと思った。だが今の斎藤にはどうでもよかった。ヤツらが出せる範囲内でなければ、沈没間近のグッドマンを買い取らせることはできない。

ヤツらがこのロンドンで、いつまでも斎藤と張り合うように靴屋を続けていくことが許せなかった。この機に乗じて破滅させたいと強く思った。斎藤良一に刃を向けたらどんな目に遭うのか、後悔させてやりたかった。

その一千万円とデューク・スチュアートが選んだシューメーカーという看板を元手に新しい店を出す。当然、ジャーミン通りに出すつもりだ。どうせならヤツらが細々と営業を続けるグッドマンのすぐそばがいい。

確か斜向《はす》かいにあるピカデリー・アーケードの中に、空き店舗があった。いや、あのスペースでは広さは今とほとんど変わらない。

今度の店はあのデュークがオーダーに訪れる可能性があるのだ。ロイヤルワラントにふさわしい店構えにしなくてはならない。

7

一階のサロンをひと通り案内すると、斎藤は「それでは工房も見るかね」と榎本智哉とショーン・シアラーを螺旋状の階段に案内した。

「気をつけてくれ」

斎藤がそう言いながら、先を歩くと、二人は手すりに手を置きゆっくりと足を降ろしながら付いてきた。この工房の階段は幅が狭く急なため、慣れないと踏み外す。

二人が地下まで降りるのを待ってから斎藤は「狭くて申し訳ないが」と言った。

「すごく綺麗に片付けられていますね」

榎本はそう言って工房を見渡した。

「うちのルールとして職人たちに煩く言っているからね」

美樹とロイには昨日のうちに「明日は休んでいい」と伝えていた。客が来ると話した訳ではないにもかかわらず、室内は普段と同様にきちんと整理されており、革切れ一つ床には落ちていない。

榎本は壁一面に吊るされた木型を見ていた。一方のシアラーの方は工房の雰囲気に圧倒されたのか生意気な口一つ利かない。

そんな格好でこの部屋に入ったのはキミたちが初めてだと、嫌みを言ってやりたかった。二人とも店のドレスコードを無視した、学生が休日に渋谷にでも遊びに行くようなラフな服装だったからだ。

シアラーはエンジのダッフルコートに、チェックのパンツで、靴は前回と同じシュナイダーのブーツを履き、同じゼロハリバートンのアタッシェケースを持っていた。前回と違うのは鞄の中にはこの二日間でかき集めた現金が入っていることだ。

一方の榎本は紺のダウンにジーンズにスニーカー、ハイドパークで会った時とまったく同じだった。

しかも手にはバーバリーの紙袋を持っている。土産でも買ってきたのか。だとしたらまったく呑気なものだと呆れてしまう。

サイモンや美樹やロイの仕事ぶりを見させて、自分たちはいかにこの店に不釣り合いなのか自覚させてやっても良かった。もっとも彼らがこれからこの店にどんなドレスコードを設け、どんな格好で仕事をしようが一向に構わないが。

一昨日、店に着くや、斎藤は榎本が宿泊するホテルに電話を入れて、譲渡条件として一千万円の支払いを要求した。

「最初の金と合わせても二千万円ちょっと。店の保証金や改装費だけでもそれぐらいの金はかかっている」

榎本は電話の向こうでシアラーとしばらく相談していた。かけ直してくるかと思ったが、その場で「分かりました」と即答した。

ただし条件を出してきた。店内の閲覧と、貸借対照表など財務資料をすべて見せて欲しいと言ってきた。

二人は今、棚に置かれてあるいくつかの制作中の靴を見つめていた。

榎本がめざとく端に置かれてあるバーガンディーからボルドーに色付けされたサイドゴアブーツに着目した。デュークに渡す三足目だ。惹きつけられるように近くに寄っていく。

「いい靴ですね」

手を伸ばそうとするので「触らないでくれ」と制した。

榎本は黙って手を引いた。

「どれも素晴らしい靴だろ。高いレベルでクオリティーが統一されているのがうちの売りであるからな」

そう言うと、榎本は体の向きを変え、再び壁一面に掛けられている百を超える木型に目を移した。

「キミが見ている木型《ラスト》はごく一部だ。常連でない客のラストは、郊外の貸し倉庫に預けている」

「もちろん、ラストは斎藤さんが持っていかれるんですよね」

「よかったら差し上げるよ」

「お客さんの中にはやはり斎藤さんに作ってもらいたいと思ってそちらに行かれる人もいるでしょうし、そのたびに新しくラストを作るのは大変ではないですか」

もしかして自分はこの榎本という男に同情されているのか。だとしたらまったくお笑い草だ。

「これはあくまでも私の客であると同時に、S&Cグッドマンの顧客だ。ラストもそちらの権利に含まれている」

「そうですか。それではお言葉に甘えて頂戴いたします」

「で、ノーザンプトンはどうだったかね」

二人は昨日、ノーザンプトンの斎藤が買収した工場を訪れたらしい。もちろん今回の契約にはその工場も、その工場買収に注ぎ込んだ膨大な借入金も含まれている。

「素晴らしい工場でしたよ。数カ月も機械が稼働していなかったとは思えませんでした。なぁ、ショーン」

「ああ、それにロバーツ氏がいるのは頼もしい。あの人ならうまく工員をまとめてくれそうだ」

そりゃそうだろう。ロバーツという男は、里沙子がロイズ銀行の調査部門で働いていると聞いただけで、態度を軟化させた男なのだ。元外交官だというこのシアラーの肩書を聞き、今までとは別人なほど低姿勢になったのではないか。

だが安心するのは今だけだ。いざ、工場が再開すればトラブルもでるだろうし、不協和音も生じてくる。

彼らがいくらで既製靴を売るかは知らないが、今からモデルを決めてサンプルを作るのでは、売り出しは当初の計画より相当遅れることになる。待てば待つほど工員に無駄金を支払うことになるし、急かせば工員たちはすぐに文句を言い出す。

「それでは財務資料を見せてくれ」

シアラーが手を出した。店にいくら借金があり、どこの銀行の抵当に入っているのか、マネージメントする立場としていち早く知っておきたいのだろう。

斎藤は引き出しから書類を取り出し、シアラーの前の机に投げた。彼は一瞬、睨んでからその書類を見る。

だが財務資料に目を通すや、表情は一変した。

借金だらけで、預貯金はゼロ。このままでは来月の家賃を支払うこともできない。

「少し期待外れだったようだな」

「一昨日、銀行から一万ポンド引き出されている。これは私たちに連絡を入れる直前ではないのか」

シアラーが即座に斎藤が金を抜いたのを見つけてきた。

「ああ、そうだよ。ただしそれは私の個人の金、恥を忍んでいうなら、私の個人的なパートナーである弓岡里沙子から借りた金だ。私が引き出して問題はないはずだ」

「だが同意した日に貯金を抜き、資産を売るのはモラルに反する」

「もちろんだよ。これが正当な取引なら私がやったのは違法かもしれないな。だがそうじゃないだろ。これはキミたちが私を脅迫して、強引に店を取り上げようとしているんだ。経営状態が火の車だろうが、それでもこのグッドマンの看板が欲しいと思ったから、そう言ってきたのではないのかね」

「脅迫だなんて失礼な。元々はそっちが犯罪行為をしたんじゃないのか」

シアラーは引かなかったが、隣の榎本が「いいんだよ、ショーン」と宥めるように言った。

「この人の言う通りだ。僕はどうしてもこの店を欲しいと思ったんだ。それを格安で手に入れることができた。貯金なんてどうでもいいことさ」

「それが分かっているなら、現金を確認させてもらえるかな」

斎藤が言うと、シアラーがアタッシェケースを開いた。急いでかき集めてきたのだろう。さまざまな紙幣が束になって輪ゴムで止められていた。

「よく二日で揃えたな。修理屋をしながらもコツコツ貯金していたのか。だとしたら若いのに立派だな」

金を勘定しながら訊いた。

「いえ、僕とショーンの貯金はこの半分ぐらいです。あとはショーンの父親や彼の知り合いから借金しました」

「そりゃ、大変だったな」

斎藤が人生最良の気分に浸っていたこの二日間、彼らは借金の工面に走りまわっていたということだ。

一昨日の晩から、斎藤の元にはデュークの写真を見た日本の雑誌社からひっきりなしに電話がかかってきた。

「どこの靴ですかね」と遠回しに尋ねてくる者もいれば、「もしかして作ったのは斎藤さんじゃないですか」とストレートにぶつけてくる者もいた。そのうちの一人の編集者は「あのシェイプ、どう見ても斎藤さんの靴としか思えないんですよ」としつこく探りを入れてきた。

喉元までそうだという言葉が出そうになったが、斎藤はあえて口にしなかった。

デュークに答えさせるのが理想だ。「これはリョウイチ・サイトウというシューメーカーが作った靴だ」と――。

そうすれば日本だけでなく、世界中のマスコミにまで斎藤の名が轟《とどろ》き、取材依頼が殺到することだろう。私生活についてほとんどコメントしないデュークも、ファッションに関してはよく喋る。新しい王室のウエルドレッサーであることを自任にしている彼なら、記者の質問に誇らしげに答えるのではないか。

「金は確かにあるな。それではサインしてもらおうか」

書類を出した。今度は投げずに丁寧に榎本の前に置いた。

榎本はポケットから万年筆を取り出した。書類にペン先を載せたところで、こちらを見た。

「漢字でいいですね」

「ローマ字でも漢字でも好きな字でどうぞ」

斎藤は掌を差し出した。

榎本が書き終えると、続いて斎藤も自分の名前を綴《つづ》った。

「これで売買契約が完了だな」不備がないか確認しながら言う。

「そうですね」

「サイモン・コールと永井美樹、それに見習いのロイ・ウイリアムスという職人の処遇はどうする。キミたちが不要だと思ったらクビにしてもらっても構わないが」

「いえ、皆さん、残ってもらいます」榎本が言った。「それにトニーにも戻ってきてもらいます」

「トニー？」

聞き返すと、榎本は「構いませんよね？」と尋ねてきた。

「ああ、キミたちの店だ。誰を雇おうが別に関係ない」

「そうですね」

「トニーは別としてサイモンを残すのは正解だな。なにせここは世界で一番保守的な国だからな。英国人の職人がいるのといないのとでは全然違う」

お節介と思いつつ、そうアドバイスを送った。ジャンキーで精神状態まで荒んでいることは口にしなかった。言わなくても調査済みだろう。

「僕もサイモンさんから教えていただきたいことは山ほどありますし、それに日本人の女性がいてくれるのも助かります」

「彼女はまだキャリアは浅いが、教えたことはすぐに吸収できる頭のいい子だ」

美樹を失うのは痛手だった。だが斎藤が希望したところでついてこないだろう。まぁ、いい。

これから日本人の若い職人が次々と弟子入りを志願してくる。

カーボン紙を挟んだ契約書の二枚目を二つ折りにして榎本に渡した。一枚目は四つに畳んで、ハンツマンのスーツの胸ポケットに入れた。

「では」と斎藤が言いかけたところで、榎本が「そうだ。昨日、ひと晩頑張って、やっと完成させることができました」と言って、バーバリーの袋の中に手を突っ込んだ。

完成したということは斎藤がオーダーした靴なのだろう。今さらどうでもいいと思いつつも「それは良かった。早速見せてくれ」と言った。

榎本は袋の中から靴を取り出した。机の上に、いつも斎藤が客にするのと同じように靴のつま先を少し開き、こちらへ向けて置いた。

「こ、これは……」

目の前に紳士の立ち姿のように置かれた黒のオックスフォードに、斎藤は目を奪われた。

声すら出ない。

「斎藤さんにお願いされた靴です」

まるでそこに人が立っているかのように靴が存在を主張していた。クラシックで飾りのないモデルだというのに、目映《まばゆ》いほど惹き付けられた。

「……触って……触ってもいいかね」

「もちろんです。斎藤さんの靴なんですから」

斎藤は靴を手に取った。

あらゆる角度から眺める。

完璧なフォルムをしていた。

仕上げも申し分ない。同じ黒のオックスフォードでも、店に修理に持ち込んできた靴とはまったく別ものだった。

目線を上げ、「これは本当にキミが作ったのか」と尋ねた。

榎本智哉は目を細めて、「はい」と首肯した。

「だったらあの靴はなんだったんだ。俺の元に持ち込んだキミの親父さんのラストに合わせて作った靴は？」

いつの間にかそう呟いていた。

あの靴には洗練された美は微塵《みじん》も見られなかった。

縫い目も雑だった。作り手の未熟さが節々から感じ取れた。

「まさか、キミ、あの靴はわざと下手に作ったというのか」

斎藤は声を震わせながら尋ねた。榎本は目線を下げてから口を開いた。

「あの靴は本当に作るのが大変でした。持てる力のすべてを発揮せずに物を作るというのは、たとえそれが売り物でないとしても、職人として堪え難いものです」

わざと下手くそに作った？　それだけの意味ではない。十五年前の斎藤のレベルに合わせて作ったと言っているのだ。

そんな馬鹿なことがあるか。俺がこんな若造に騙されるなんて……いや、騙されたのではなかった。斎藤が勝手にこの男の技術はこの程度だと決めつけてしまったのだ。

榎本の靴を見るチャンスはいくらでもあった。修理屋でオーダーした時、榎本はサンプルを持ってくると言った。なのに斎藤は断った。どうせたいした靴ではないと思ったからだ。榎本とシアラーがスニーカーや既製靴を履いていた理由も分かった。自分たちの靴を斎藤に見せないためだ。

榎本が再びバーバリーの紙袋に手を突っ込んだ。彼は袋の中から二足の靴を机に出した。一足は黒のプレーントゥ、もう一足はロンドンタンのシングルモンク。いずれも斎藤がデューク・スチュアートのために作った靴だった。

「ど、どういうことだ。どうしてキミがこれを持っている!」

不吉な予感が頭を掠めていった。

「……も、もしかして、キミ、ま、まさか……」

「斎藤さんの靴はデューク・スチュアートには渡しておりません」

「だったらデュークが履いていたのは誰の靴なんだ。まさか、キミが作った靴だというのか」

早口で尋ねる。榎本はすぐに答えなかった。

嘘だろ？　そんなことがあるはずない……榎本の顔を見ながら心の中で言い聞かせた。榎本がゆっくりと顎を引くと、全身から力が抜けていった。

「クリストフ・ティエールはあなたから受け取った靴はデュークの執事に渡さず、僕が作った靴を渡してくれました。クリスは投資銀行の日本支社で働いていた時、ある女性に惚れ込んでしまい、ストーカーで刑事告発されそうになったんです。その時、間に入って示談に持ち込んだのがここにいるショーンです。クリスはそのことをすごく恩義に感じてくれています。なにせジェントルマンクラブに居続けるためには、どこの国だろうが、前科がつくわけにはいきませんからね。そのこともあって、彼は今回、僕たちの計画に協力してくれました」

「協力って、ヤツがやったのは詐欺という立派な犯罪行為ではないか」

体に残るわずかの力を振り絞って大声を出そうとしたが、恫喝にもならなかった。

「犯罪行為ではありません。クリスはあなたから一銭もお金は受け取っていないはずです。ビスポーク店からデュークの木型を盗み出させたのも僕とショーンがやったことであり、彼はまったく関係ありません。そのお店にしても、店の管理体制が問われるわけですから、盗まれたことは絶対に認めないでしょう」

すでに榎本の説明は耳に入ってこなかった。

考えてみれば簡単なことだった。トニーに木型を計測させたということは、一足目の黒のプレーントゥや二足目のシングルモンクを撮影させることも可能だった。そもそも二足目のシングルモンクはトニーが送信している現場を斎藤は目撃した。だが送られた写真を見たところで、この男のスキルではなにもできないと疑いもしなかった。

この男は十代から靴を作っていたと話していた。しかも斎藤の靴を教科書にして、靴作りを学んだとも話していた。

この男がやってきたのは所詮は斎藤の物真似だ。シェイプもラインもフォルムもすべてが斎藤が作り出したものを正確に写し取っただけだ。いったい、写実が創造を超えることなどありうるのか。

だが目の前の靴はそれができることを証明していた。

いや、写実ではない。

たった数枚の写真だけを頼りに、斎藤が作った靴を見事に再現したのだ。

この男がしたのも創造だった――。

「最後に一つだけ訊いてもいいかね」

息を呑み込んでからそう言った。

「はい、どうぞ」

「靴には……デューク・スチュアートが履いたシングルモンクには、もちろんキミの名前が書かれているんだよな」

榎本は「まさか」と答えた。

「S&Cグッドマンと入れさせていただきましたよ。あなたがデザインした靴ですから」

ということは店を売らなければ、デュークからのオーダーはいずれ斎藤の元に来ていたということだ。

だがどうしてこの男は、斎藤がグッドマンのロゴを入れないことが分かったのか。斎藤が自分の名前を書くと分かったのか。その答えはすぐに判明した。

「迂闊《うかつ》だったよ。プライベートな客に頼まれたといって、私は自分のサインを中敷きに書き込んでいたからな」

「あの写真を見た時、僕はあなたはこの店を手放すと確信しました。もしグッドマンと入っていたなら、他の手を考えなければいけなかったでしょう」

店を取られるよう自分から仕向けてしまったということか。どうしてこんな簡単な仕掛けに気づかなかったのか。

こんな男に敗れるのか、こんな男に築いたすべてを奪われてしまうのか……この俺が、この俺が……。

心の芯《しん》で二十年間、燃え続けてきた熱い火が、力なく消えた――。

8

十六人目の計測を終えると、黒のパンツスーツを着た女性店員が「先生、お疲れ様でした」とお茶を運んできた。

「あれ、きょうは十七人と言っていませんでしたっけ」

智哉が尋ねると、「そうですよ。今のお客様で十七人です」と女性店員は答えた。

智哉は人差し指で宙を叩きながら数えていく。一、二、三、四、五、六……十五、十六、十七……確かに十七人だった。ただし浮かべたのは顔ではなく、客の足の方だった。

「三日間ごくろうさん」奥から二津木が出てきた。

智哉がS&Cグッドマンを受け継いでからバークレーズの受注会に参加したのは、この二年間で四度目になる。何度経験しても慣れない。それはロンドンの店舗で注文を受ける際も同じだ。もっとも先生と呼ばれるのはもっと慣れず、店のスタッフには「榎本でいいですから」と頼んでいる。アシスタントにつく女性店員にとってもビスポークの受注会は独特の雰囲気があるためかなり緊張するのだろう。ついこれまでの習慣でそう呼んでしまうようだ。

「まったく昼食を摂《と》る時間もなくスケジュールを詰めこんでしまって申し訳ないね。注文がひっきりなしに来て、どうしようもなかったんだよ。これでも何人かは断ったんだけどね」

「こちらがもう少し手際よくやれればいいんですけど」

「いや、いいんだよ。キミのペースで。キミの満足する一足を作ってくれることが、顧客の満足にもつながるわけだから」

二津木はそう言うとネクタイを緩めた。

店内はガランとしていた。

壁に掛けてある時計を見ると午後十時を回っている。

閉店時間を二時間も回っているのだから、スタッフの大半は帰ったのだろう。それでも社長自ら残って労《ねぎら》ってくれたのは、智哉にとっては嬉しかった。

ドアが開いて、男女が入ってくる。

「お疲れ様でした」

赤いマフラーを巻いた女性がこっちを見て頭を下げたので、智哉は「あっ、美樹ちゃん」と呼んだ。

後ろに立つ髪がクシャクシャの男性が「どうも」と頭を下げた。

二年間、グッドマンで智哉をフォローしてくれた美樹は、先月いっぱいで退店し、日本に戻った。この天然パーマの彼が今年の秋、美樹と二人で都内にビスポーク店を出そうとしている恋人の洋平《ようへい》だろう。

「ケーキ買ってきたんです。良かったらみんなで食べませんか」

箱を開けると、色とりどりのケーキが八個も入っていた。女性店員が「おいしそう」と声を出した。

「社長もいかがですか」

「ああ、いただこうかな」

すぐに女性店員が「お皿とフォーク持ってきますね」と奥に走り出した。

「キミのために美樹ちゃんが買ってきてくれたんだ。キミから選べよ」

二津木に言われたので、智哉は「じゃあ、お言葉に甘えて」と手前のショートケーキを選んだ。

ちょうど皿が来たので、手で取ろうとすると箱の中に苺《いちご》が落ちた。

「智哉さんって不器用ですよね。靴作りはあんなに完璧なのに」

美樹がくすくす笑った。

「ねぇ、ねぇ、あの話を智哉さんに訊いてみたら」

美樹が洋平の裾を引っ張った。

「なんの話？」

智哉が訊くと、洋平は寝癖のような後頭部を掻《か》きながら「実は……」と話し始めた。

洋平は、先月まで三カ月間、東ヨーロッパを旅して回ったそうだ。チェコ、ルーマニア、スロベニア、クロアチア、ハンガリー……そこには英国やフランス、イタリアの様式とは異なる靴の文化があることは智哉も知っていた。

靴作りの方法も微妙に違っていて、値段もビックリするぐらい安い。

「クロアチアからハンガリーに移動した時、国境を越えた小さな町で一泊したんですが、その町の靴屋にあの人がいたんですよ」

「あの人って？」

「斎藤さんですよ」

智哉も驚いた。

「違うんですよ、智哉さん。洋平ちゃんが勝手に斎藤さんだと思い込んでいるだけで、本人かどうかは分からないんですよ」

美樹が異論を唱えると、洋平はすぐに反論した。

「間違いないよ。あの人は斎藤さんだよ」

「洋平ちゃんは斎藤さんに会ったことはないでしょ」

「会ったことはないけど写真では何度も見たよ。靴職人を目指していて、あの人を知らない者なんていないし」

「だったらどうして返事をしなかったの。洋平ちゃんが斎藤さんって呼んでも、振り向きもしなかったんでしょ？　その男の人って肩ぐらいまで伸びた髪を後ろで結って、顔は無精髭を生やしていたのよね」

「髭を生やそうが、髪を伸ばそうが、どう見ても斎藤さんだったんだから」

「その斎藤さんらしき人は靴を作っていたんですか」

　智哉が洋平に尋ねた。

「靴を作っていたといえばそうなんですが、ただ……」

「ただ？」

「ひたすら木型を削っていましたね。なにかに取り憑かれたみたいに、鉄やすり《ラスプ》で削ってはメジャーで計測して、また削り続けていました」

「しかも洋平ちゃんが言うには、その斎藤さんらしき人、襟も袖も汚れたシャツを着て、作業ズボンのようなのを履いていたんですって。絶対に違いますよね」

「どうしてだよ」

　洋平が不満顔で問い返す。

「お客様が不快に思わないように自分の身だしなみからきちっとしろが口癖だったのよ。斎藤さんなら、服が汚れたら一度着替えてから仕事をするはずよ」

　美樹が否定したが、背後から「ハンガリーか。それは面白いな」と二津木が会話に入ってきた。

「オーストリア＝ハンガリー帝国の時代から、東ヨーロッパでは腕に自信のある仕立屋はチェコに、靴屋はハンガリーに集まったっていうからな」

「どうして靴はハンガリーだったのですか」

「いい水があったんだろうな。昔から水のいい場所に、質の高い革を作る鞣し業者《タンナー》が多く存在し、自ずと靴職人たちが集まってきた。ノーザンプトンが靴の聖地として栄えたのも良質の水が町の至るところに流れていたお陰だからね。もちろんいい革を作るには水だけじゃない。風や光も欠かすことができない」

二津木はポケットから葉巻を取り出し、説明を続けた。

「しかも東ヨーロッパの奥が深いのは、あの地域は人種にしても、宗教にしても、文化にしても西欧からロシア、ユダヤ、西アジア、イスラム圏までさまざまな物が混じり合い、幾多もの紛争を繰り返しながら今日の文化を作り上げたことだよ。私は思うんだよ。物作りというのは過去から受け継がれたものを守っているだけでは、必ずどこかで壁にぶつかってしまう。時にはまったく系譜の異なるものを入れなくては、その時代、時代に人々を満足させる作品なんて、作ることはできないんじゃないかってね。ただなんでも混ぜればいいというものでもないけどな」

「それでしたら社長は、洋平ちゃんが見たのは斎藤さんだと思われるんですか」

「さぁ、どうだろうか。斎藤君ならフランスかイタリアを選ぶような気がするけどな。キミはどう思う」

　智哉に振ってきた。

「そうですね。そっちの方がしっくりきますね」

「ほら、やっぱりそうじゃない」美樹は声を弾ませて洋平の顔を見た。「私も斎藤さんならもっとお洒落な国を選ぶような気がするな」

「斎藤さんじゃなかったのかなぁ……」

　洋平もさっきまでの自信は失せてしまったようだ。

　斎藤が作った靴を「カッコいいと評されるあらゆるもののミックスでしかない」と揶揄する人がいた。

　確かに彼の靴には英国の伝統を継承しながら、フランスっぽさやイタリアっぽさが加味されていた。

　だが認められたのは、いいところだけを合わせたからではない。本来は異物であるはずのそれぞれの個性が、きちんと混じり合っていたからだ。

　洋平が見た男が斎藤なのか、判断はつかなかった。しかし彼がどこかで靴を作り続けているのは間違いないだろう。これまでなかった新しい何かを身につけて、もう一度表舞台に戻ってこようとしている。それだけは断言できる――。

「社長。一つ訊いていいですか」

　二津木は「なんだね」と智哉に顔を向けた。

「今になってお訊きするのも変ですが、二年前、初めて僕の靴を見た時、社長はどう思われたんですか」

「どうって、若いのに素晴らしい靴を作るなと思ったよ」

二津木は目を細めて言った。

「いえ、そういう意味ではなくて、斎藤さんの靴と比較して、どう思われたのかと思いまして……」

なにせ智哉の靴は斎藤のそれと瓜二つだったのだ。二津木ならひと目見て、智哉が誰に影響を受けたか見抜いたはずだ。

「正直に答えていいかね」

声を低くして訊いてきた二津木に、智哉は「構いません」と答えた。

「本音を言わせてもらえば、斎藤君の靴の方が出来は良かったな。キミのも素晴らしかったけど、彼の靴は完璧で非の打ちどころはなかったからな」

「そうですか」

劣っていたと言われたというのに、なぜか落胆はなかった。

「だけど、斎藤君の靴には絶対的な欠陥があった」

「欠陥？」

「ああ、それは彼が客を選んでいたということだな。実際に彼が制作に関わっていたのは一部だ。いつの間にか彼は靴作りより、靴ビジネスに夢中になってしまった。だが私は思うんだよ。どんな客だろうが、お金を出して買っていただく以上、客によって手を抜いたり、人任せにしたりしてはいけない。すべてが同じ工程で、同じ労力を費やし、同じだけの注意力を持って物作りを行う。それが物作りの原点だ。だが彼は職人としての原点を忘れ経営者になってしまった。しかもオートメーションで金だけを産もうとする心の寂しい経営者だ」

二津木はガスライターで葉巻を焙りながらそう言った。

「もし斎藤君が貴族や一流企業の経営者、芸能人だけを相手に仕事をしたければ、一足五百万とか一千万とかにすればいいんだよ。それでも彼が望んでいない客は来るだろうけどね」

二津木はこれまで売れないブランド、気に入らないメーカーは容赦なく打ち切り、非情なまでに儲けに徹してきた商売人だと言われてきた。高級服、高級靴といったものは庶民には手を出しづらい贅沢品《ぜいたく》である。しかし売る側までが上から商売をしたのでは、この業界は廃れていってしまう。それが二津木の信条でもある。

そうした厳しさを貫いてきた結果、店舗数を増やし、事業を拡大してきた。だが大成功を収めた今でも、客商売の原点は忘れていないということだ。

そう言えば、グッドマンで働き始めた直後、サイモンから「英国ではダウン・トゥー・アースという言葉がよく使われる。私の古い友人はその精神に欠けていた。だからキミは今の姿勢を忘れるなよ」と教わった。

「でもキミの靴はこの二年で目を瞠《みは》るほどの進化を遂げたよ。それが斎藤君から完全に一本立ちしたからか、それとも世界一の靴街で、日々腕を磨いたからかは分からないけど」

「斎藤さんから一本立ちってどういうことですか」

美樹が尋ねた。

「彼の靴に近づきながらも、榎本君しか出せない独創性というものをきちんと出した。そしていつの間にかそのポジションに立つ靴を、我々は榎本智哉の靴だと認めるようになったんだ。最近は模倣することを、リスペクトとかオマージュとか都合のいい言葉を使って、正当化する者がいるけど、私はそれは違うと思うんだよ」

「違いますかね」

「ああ、全然違う。これ以上近づいたら模倣になる直前で立ち止まるのは、よほどの強い意思がないとできないことだ。なんだかこんな言い方をすると、私が斎藤君の模倣をしているみたいだけどな」

二津木は苦笑いを浮かべた。ようやく納得できる状態にまで葉巻に火がついたようだ。ライターを机に置いて葉巻を咥えるとゆっくりと煙を吸い込んでいった。

「で、本当にやめてしまうのかね」

葉巻を横に咥えたまま訊かれた。

「はい、二年間、お世話になりました。社長のお陰で、工場のスタッフにもきちんと給料を払えるようになりましたし、なによりも自分の腕を磨くことができました」

「でもせっかく斎藤良一のグッドマンではなく、榎本智哉のグッドマンとしてここまで浸透したんだぞ」

「いえ、僕だけの力じゃありません。サイモンやトニー、それに美樹ちゃん、みんな一流のシューメーカーです。これからもグッドマンは繁栄し続けるでしょう」

けっしてお世辞で言っているわけではない。ボトムメイキングに関してはサイモンに遠く及ばないし、指が完治して再びロンドンに戻ってきたトニーは、斎藤から直接、ラスティングを学んだ後継者にふさわしい技術を披露してくれた。

そして斎藤が予想していたように、美樹も目に見えて釣り込みの技術が上達し、二年間、グッドマンの貴重な戦力として貢献してくれた。それぞれが自分の得意分野で一足の靴に魂を吹き込む——だとしたら英国式の仕事方法はけっして分業でなく、融合であり調和なのだなと今頃になって実感した。

「まぁ、キミがそう言うなら仕方がない。でもデューク・スチュアートからのオーダーは続いているんだろ」

「はい、一応は」

あの後、デュークからは三足オーダーを受けた。サイドレースと呼ばれる靴紐が横にある黒靴、アーモンドカーフのUチップ、バッファローの革を使ったレースアップブーツ……デュークに似合うと智哉なりに考えたスタイルだ。

「あと一年、オーダーが続けば念願のロイヤルワラントじゃないか」

「さぁ、どうですかね。デュークは流行に敏感な方だけに、そこまで持つかどうかわかりません」

「そうかな、えらく気に入っているという噂を聞くぞ」

「それに三年続いたとしても相当数の注文をしないことには、ロイヤルワラントは出さないって聞きますし」

「そんなことはないさ。イタリア製ばかり好んでいたデュークがイギリスの靴を履いたということで、イギリスブランドのイメージまでよくなったんだ。王室だってそんな小さいことは言わんだろう」

デュークは結婚して、父親になった今でも、夜遊び癖が抜けないのか、頻繁にタブロイド紙の一面を飾る。まるでパパラッチに靴の撮影を頼んでいるかのように、そういう時に限って、わざわざ智哉の靴を履いてくれている気さえする。

「でも元はと言えば、デュークが気に入ったのは斎藤さんがデザインした靴ですからね。どこかで終わらせないといけないとずっと思っていました」

二津木は「キミらしいな」と笑った。

「この後、寿司でもどうだね。銀座に私の行きつけの店があるんだ」

智哉を夕食に誘うため、二津木は最後の客の採寸が終わるまで待ってくれたのだ。

「きょうはちょっと約束がありまして」

「なんだ、先約があったか。それは残念だ」

「せっかく誘っていただいたのに申し訳ございません」

「構わんよ。これからキミは日本で店を出すんだもんな。寿司ぐらいいつでも一緒に食えるな」

そう言って煙をくゆらせる。ちょうどその時、店のドアが開き、ショーンが入ってきた。彼は急いで入ってきたのか息が切れているように見えた。それでも智哉と目が合うと、ポケットに両手を突っ込んで口笛を吹く真似をした。

昼間、家賃が安くて、しかも工房が広い好物件を見つけたと声を弾ませて電話を寄越してきた。「品川だから、キミのお母さんになにかあった時も東海道線で一本で行けるぞ」と。

余裕がある顔をしているが、内心は早くそこに智哉を連れていきたくてしょうがないのではないか。

智哉はダウンジャケットを着た。床に置きっぱなしになっていたバッグに計測道具をしまう。オーダー帳を脇に抱えると、二津木に向かって「ありがとうございました」と頭を下げた。

続いて女性店員、美樹と洋平にも礼を言う。美樹からは「うちのオープンはまだずっと先なので、忙しかったらいつでも手伝いにいきますよ」と言われた。

「なに言っているんだよ。これからライバルになるのにそんなの頼めないよ」

智哉は苦笑いしながら返した。

「ライバルだなんて……」

美樹は言いながらも「そうですね。頑張ります」と笑顔で頷いた。

エピローグ

遠くから教会の鐘が聞こえてきた。

カラン、カラン、カランと鐘が転がるように連打されるのは、町の外れにあるバロック様式の教会だ。

長くこの町にいるお陰でどの教会が鳴らしているのか、音色で聞き分けられるようになった。

ただ聞こえるのが午前中の日もあれば、夕暮れ時もある。この日のようにほぼ正午に鳴ることもある。礼拝が終わったのか、結婚式の知らせなのか、それとも小教区内で誰かが亡くなったのか……男にはいまだに分からないでいる。

男は右手に握っていたラスプを机の脇に置き、さっき、親方に貸した巻き尺を探した。巻き尺はラジオの上に置きっぱなしになっていた。手を伸ばしてそれを摑む。親方が横目でこちらを見たが、悪いともすまんとも言わなかった。

「昼メシに行きませんか」

男の後ろで作業する、昨日弟子入りしたばかりのトルコ人が親方に声をかけた。

新入りといっても十五歳から十年以上、イスタンブールの靴屋で働いていたらしく、それなりの技術は持ってこの国に移民としてやってきた。

親方もユーゴ紛争の時、隣のクロアチアから移り住んできた。

親方の作る靴は、その武骨なデザインから力強さを感じさせながらも、履き心地が驚くほど柔らかい。それは彼の専門が整形靴だったからだろう。今でも他の靴ではどうしても足に合わないと悩む客が、噂を聞きつけ、遠方からはるばるこの店を訪れる。

店がある細い路地は、目抜き通りから数本奥に入っていて、車が一台なんとか通れるほどに狭い。

しかもその路地は高い壁や煙突、アパートの住人たちが干す洗濯物のせいで、昼間でも日が射すことなく薄暗く、よく注意しておかないと気づかないまま店を通り過ぎてしまう。

細長い窓の外を、旧東ドイツ製の車が、ボンネットを揺らしながら通り過ぎていくのが見えた。親方と同じトラバントという車種だ。

エンジンキーを回すとすごい音で空回りするため近所迷惑も甚だしい。それでも親方はまだまだ乗れるとまったく換える気はないから困ったものだ。

朝からずっと革を叩き、靴の形を整えていた親方は、「じゃあ、行くか」とトルコ人に向かって返事をし、握っていたハンマーを作業台に置いた。

革をたっぷり水に浸してから釣り込みをするのは大陸独自の製法である。革が柔らかい分、引っ張ったり縫ったりはしやすいが、その後は面がツルツルに磨かれたハンマーでひたすら革を叩き続け、靴の形になるよう成形していかねばならない。手間を考えたら効率的かどうかはわからない。もちろんここでは親方のやり方に男も従っている。

作業中つけっぱなしにしているラジオのスイッチを消してから親方は立ち上がった。後ろのトルコ人も一緒に立った。

「おまえも行こうぜ」

トルコ人が慣れ慣れしく男の肩を叩いてきた。男は返事どころか、振り向きさえしなかった。

「そいつはいいから、ほっとけ」

親方はすたすたと出ていった。トルコ人は「なんだよ、まったく」とぶつくさ文句を言いながら外に出ていった。

男は床に置いていた茶色の紙袋から紙パックの牛乳を取った。差し込んだストローを咥えて吸う。すでに中身は生温くなっていた。

朝、店に来る時に買ってくる牛乳とパンが男の昼食だ。倹約しているつもりはなく、時間が惜しいからそうしている。しかし周りからはひもじい生活をしていると見られているようだ。仕事以外でほとんど言葉を交わすことのない親方から、「持って帰って晩飯にしろ」とデリで買ってきたスープを差し出されることがたまにある。パプリカがたっぷり入ったグヤーシュ、知っているのかいつもちゃんと二人分ある。

牛乳を飲み終えると、紙パックを潰して屑入れに投げ捨てた。

さっき削り終えた木型を摑み、強い息を二回吹きかけて削りかすを吹き飛ばした。

目線の高さまで持ち上げ左目を薄くした。

ウインクするように右目だけでラインを確認するのがこの男のやり方だった。

男は忽然《こつぜん》と木型を机に置くなり、親方から取り返したメジャーで計測し始めた。

やはり男の目に狂いはなかった。

二ミリ大きい。

ただし、闇雲に数字を合わせようとすると、今度は左右のバランスが崩れる。

男はサンドペーパーを取った。そして木型に点で当たるように紙の表面を当てた。

ここから先はニュアンスの域に入る。

削るのは髪の毛ほどの量だ。薄く細く削ぐために指先以外の力を抜いた。その瞬間、我に返って男は木型からサンドペーパーを離した。

木型に黒ずみが見えたからだ。

左手の親指の付け根を見ると、皮膚が口をあけるように開き、出血していた。

五日前にラスプで削っていた時、肉ごとざっくりと削ってしまった。

完全に癒《い》えたと思っていたのだが、力を入れて木型を握っているうちに傷口が開いてしまったようだ。

親指を齧るように咥え、出てきた血を吸った。

同時に右手の月丘《げっきゅう》で、血で汚れた木型をごしごしと拭った。

木型はきれいになったが、代わりに男の右手が、手首付近までどす黒くくすんでいった。

男は指を咥えたまま、右手を伸ばして親方のラジオの摘みを回した。

少し間をあけてから、真空管がバチッと帯電した。
風船が膨らむように、スピーカーからゆっくりと音が流れてきた。
聞こえてきたのは、いつものジプシー音楽だった。

参考資料

Handmade SHOES FOR MEN by Laszlo Vass & Magda Molnar
エスクァイア日本版92年増刊「持ち物の基準」
MEN'S EX特別編集「最高級靴読本」
「LAST」vol.1〜13

靴作りの工程に関しては、ロンドンのジャーミン・ストリートにあるビスポーク靴の名店「フォスター&サン」に勤務されている松田笑子氏に教えていただきました。

本作品はフィクションです。実在の人物、団体とは一切関係がありません。

本書は書き下ろしです。

〈著者紹介〉
本城雅人　1965年神奈川県藤沢市生まれ。元新聞社勤務。2009年、『ノーバディノウズ』でデビュー。綿密な取材に裏打ちされたリアリティと新人離れしたストーリーテリングで話題となり、同作品で「第1回サムライジャパン野球文学賞」大賞を受賞。他の著書に『スカウト・デイズ』『嗤うエース』『W(ダブル)』『オールマイティ』がある。

シューメーカーの足音
2011年10月5日　第1刷発行

著　者　本城雅人
発行者　見城 徹

発行所　株式会社 幻冬舎
〒151-0051 東京都渋谷区千駄ヶ谷4-9-7

電話：03(5411)6211(編集)
03(5411)6222(営業)
振替：00120-8-767643
印刷・製本所：中央精版印刷株式会社

検印廃止

ISBN978-4-344-02067-2 C0093
幻冬舎ホームページアドレス　http://www.gentosha.co.jp/

この本に関するご意見・ご感想をメールでお寄せいただく場合は、comment@gentosha.co.jpまで。